魅丽文化
飞言情工作室

傅周 著

江苏凤凰文艺出版社
JIANGSU PHOENIX LITERATURE AND ART PUBLISHING, LTD

图书在版编目（CIP）数据

声入我心 / 傅周著 . -- 南京 : 江苏凤凰文
艺出版社，2020.7
ISBN 978-7-5594-4850-7

Ⅰ . ①声… Ⅱ . ①傅… Ⅲ . ①长篇小说 – 中国 – 当代
Ⅳ . ① I247.5

中国版本图书馆 CIP 数据核字 (2020) 第 077697 号

# 声入我心

傅周 著

责任编辑 张 倩
特约编辑 郭玲玲 刘冬鸣
装帧设计 桃 子
出版发行 江苏凤凰文艺出版社
南京市中央路 165 号，邮编：210009
网 址 http://www.jswenyi.com
印 刷 湖南关山美印有限公司
开 本 880mm×1230mm 1/32
印 张 9.5
字 数 200 千字
版 次 2020 年 7 月第 1 版，2020 年 7 月第 1 次印刷
书 号 ISBN 978-7-5594-4850-7
定 价 39.80 元

# 目录

CONTENTS

目录

CONTENTS

## 第一章
来日不可追

【1】他知道她喜欢他吗

宋立声打电话过来时已近午夜。

乔笺正在拍一场夜戏，补妆的时候，她趁着这个时间眯着眼睛小憩，不到五分钟，她的手机就响了。助理张琳琳一看来电显示，便站起身附在她耳边轻声地叫醒她，说："是宋立声先生的电话。"

乔笺按下接听键："立声。"

宋立声在电话那头问："你在拍戏吗？大概什么时候能拍完？"

"嗯，大概还要过一个小时。"已经是秋天了，晚上有些凉，乔笺觉得手指有些冰，但是心里是温热的，因为忙碌，他已经许久没有给她打电话了。

听到宋立声那边的通话背景有些嘈杂，乔笺问他："你在哪儿？"

"在陪客户。"宋立声欲言又止，"乔笺，你拍完戏后能过来一趟吗？我有个客户是你的影迷。"原来是这样，乔笺沉默了一瞬，正想答应，却又听到宋立声迟疑地说，“如果不方便就算了吧。”

“我拍完戏就过来。”她说。

乔笺其实已经很累了，今天将近二十个小时的拍摄，从凌晨到现在，如果没有助理泡的咖啡，她真的会撑不下去。

工作结束时已经是深夜一点，乔笺叫司机把自己送到宋立声那儿。

私人会所——

宋立声在门口等她，远远地，乔笺便看到他站在那里，他今天穿着深蓝西装，里面套的是同色衬衫，一条暗红格领带，很是保守的一套，穿在别人身上或许显得有些刻板，可是穿在他身上，偏偏衬得他眉目俊朗，气质沉稳。

宋立声看到乔笺来，似是松了一口气，忙不迭地领她进去。包厢里一拨人在打牌，另一拨人在唱歌。看到乔笺来，这些人就开始起哄：“宋总果真没唬人，看来那个项目，你是非拿下不可了。”

这时，一个大肚子、秃顶，头皮油光锃亮的中年男人迎了上来，脸上是喜不自胜的表情，他朝她伸出手，说：“乔小姐本人比在电视里看到的更美。”

乔笺疑惑地偏头望向宋立声，宋立声立刻靠过来些，嘴角带笑，不动声色地在乔笺背后轻轻地拍了一下。以前也有类似的情况，这是他们之间的暗号，意思是他有事需要她帮忙应付。

“这位是凯乐的陈总。”宋立声向乔笺介绍。

乔笺会意，对着陈总展颜一笑，手握上他的，说：“陈总您好。”她本来就很美，皮肤细腻瓷白，五官无一不精致，尤其是眼睛，似深蓝湖面盛着星光。

陈总的眼神有些发痴，这实在是令乔笺有些不舒服，她笑着抽离了手。陈总回过神，笑眯眯地望着她，说“说起来，我还是乔小姐的忠实影迷呢！不知道我有没有这个荣幸，邀请乔小姐一起唱首歌？”

虽说是询问的语气，但是看这阵仗是无法拒绝的，乔笺颔了颔首。

陈总点了首《知心爱人》，音乐响起，有人把灯光适时地调暗了下去，暧昧顿起。

宋立声把话筒递给她，在别人看不见的角度无奈地朝她笑了一下，仿佛是在说抱歉。

乔笺了解他所有的过去，没有人能比她更清楚，他能够走到今天这一步是多么不容易。她接过话筒，宽慰似的朝他笑了笑。

非常老旧而俗气的歌，陈总唱得投入，闭着眼睛自我陶醉，唱着唱着，他的腿蹭了过来，手也貌似无意地落在乔笺的腿上。她不动声色地挪开，可是那人变本加厉，靠坐过来。

乔笺觉得全身的汗毛都竖了起来，乔笺心里清楚，他肯定还会有更过分的举动。她又不敢表现得太反感，因为他是宋立声的客户。她朝宋立声的方向望过去，想向他求助，她看了许多眼，可是宋立声要么垂着眸喝酒，要么侧着头跟其他人聊天，而其他人，则暧昧又戏谑地望着她。

好在乔笺向来八面玲珑，以给陈总倒酒的借口，起身与他拉开了一些距离。她强忍着恶心，唱完这首歌，随便找了个借口，走出包间。

乔笺走在铺着厚地毯的走廊上，所有的委屈和心酸都涌上了心间，他们少年时期就认识，后来他创业，她也一直陪在他身边，以他们之间那样的情分，宋立声又怎么能这样？

“乔笺！”宋立声也走出了包间，自她身后喊她。

乔笺没有理会，一言不发地往大堂走，宋立声叫她，她也不应。

宋立声跑上前，拉住她的手臂：“生气了？”

乔笺站在原地，过了一会儿才转过身看着他，眼圈红得厉害。

“对不起。”大堂的灯很亮，她可以清楚地看到他的眼，眼神清澈得像能透过星光的河，他眼中满是歉意，“我没有办法，这个客户对我来说实在是太重要了，宋然声对我步步紧逼，现在是关键期，我不能让他看笑话。我只是想做出成绩让他们看到。”

说起这个，宋立声的眉宇间满是忧郁之色，似乎还是很多年前那个身世尴尬的少年。

宋立声的身世，以前是个禁忌。当年宋立声的妈妈李希文爱上一个有妇之夫，怀孕生下了宋立声。宋立声七岁的时候，那人的妻子知道自己丈夫出轨后便自杀了，李希文受不了谴责，带着宋立声回了家。

周围的人瞧不起李希文的作为，连带宋立声也被人瞧不起，就算宋立声成绩优异，为人谦和有礼，他也总是被人排挤。所以，他看上去总是那么寂寞，他总是垂着头走过长巷，看起来与周围格格不入的样子。

乔笺是他唯一的朋友，他们一起在小院里长大，直到有一天李希文故去，宋立声的生父接他回家。

可是到了宋家，他同父异母的大哥宋然声如何会给他好脸色看？宋然声的母亲因李希文而死，所以这些年，他总是一而再再而三地打压宋立声。

眼前的宋立声已经褪去了那时的青涩，眼神却还是一如既往的清澈，乔笺望着他的眼睛，心里又开始密密地涌上心疼。其实她都知道的，这些年他受了太多的苦，或许这一次是真的被宋然声逼得没有办法了。乔笺突然就原谅了他，爱一个人的软肋无非就是看不得他示弱。

乔笺跟宋立声走了回去。

看到乔笺回来，陈总亲自给她倒了酒，递给她："这瓶酒花了我好几万，就是为了让乔小姐赏脸。"

这一次，宋立声倒是挡在了她身前，赔着笑："陈总，不好意思，她不会喝酒，这瓶酒我请，我替她喝。"

这是宋立声的底线，自从两年前，乔笺陪他去应酬喝醉了酒，差点被别人占了便宜，宋立声在饭桌上都不会再让乔笺喝酒。

他果然还是在乎我的，乔笺想。

陈总的脸色立刻就沉了下来。宋立声这时倒也不顾陈总的脸色了，他接过酒杯自罚三杯，本来气氛有些不对，但是他这样豪饮，又引得众人鼓掌起哄。

等全部应酬完，已经是午夜三点，生意谈成了，宋立声脸上带着浅浅的笑意。送她上车时，宋立声有些醉意，刚刚那群人逼着他喝了不少酒。

“谢谢你，乔笺。”宋立声眼神有些迷离。

“我们之间不用说那两个字的。”说完，乔笺又嘱咐宋立声的助理，让他送宋立声回家。

张琳琳下车来扶她，闻到她身上的酒气，不禁皱眉，将她扶上车，等开了车，张琳琳才欲言又止地说：“明天还要拍戏呢，只有四个小时的睡眠时间，身体受得了吗？”

乔笺闭着眼睛，头靠在椅背上：“没关系的。”

张琳琳从乔笺一出道便跟在她身边，对她的事情十分清楚。她忍不住问乔笺：“值得吗？”

暖黄色路灯光的一缕落到她眼睛上，又一闪即逝，乔笺睁开眼睛：“没有什么值不值得的，我从来不去计较这些。”

“那宋立声知道你那么喜欢他吗？”张琳琳突然问。

乔笺愣住，她偏过头望着窗外，这座城市已然安睡，现在唯有路灯光陪着她，她是因为他才来这座城市的，然而这么多年过去了，她在这座城市里依然还是一个人。

他知道她喜欢他吗？

最终，乔笺闭上了眼睛。

## 【2】遇见宋然声

第二天早上七点钟，乔笺便来到片场化妆。

没过一会儿，张琳琳给她买来了早餐，她对乔笺挑了挑眉毛，一副八卦样，笑道：“听说于云清的那位今天要来探班。”

乔笺这几年红得一塌糊涂，综艺、真人秀一档接一档，好的剧本更是挑到眼花，其中一个民国时期的剧本显得尤其别具一格，所以乔笺接了这个戏。

这部戏是个大制作，国内知名导演、监制，道具服装无不精致，角色更是挑了又挑，都是些老戏骨，除了这个女二号于云清。于云清是一个刚满二十岁的小姑娘，科班出身却实在没有什么演技。后来，乔笺听别人碎嘴，才知道她是有人捧进来的。

化妆师也停下手中动作，插嘴道："我还记得于云清进组的那一天，带了四个助理、两个保镖、两个化妆师，这派头比当红小花还要足，第一部戏就演赵导的女二号，能傍上这样的金主，这运气也是没谁了。"

乔笺也不禁好奇，究竟是谁那么大本事，能让严谨至严苛的赵欢大导演松口？

乔笺很快便见到了这个人。

拍完一场哭戏后，导演示意休息几分钟，乔笺穿过长廊去化妆间，廊角种着湘妃竹，竹叶被风吹得簌簌作响。

天气很好，难得秋高气爽，天空瓦蓝，有鸽子在空中盘旋，有几只突然落在黑色的瓦片上。长廊尽头，有个人立在那里，穿着黑色风衣，他在看屋顶的鸽子，他个子很高，连乔笺都只到他肩膀。

听到脚步声，那人转过头，那是一张令人惊羡的脸，真正的朗眉星目，乔笺都忍不住惊羡，只是那张脸透着些玩世不恭的味道。他突然朝她笑，乔笺正疑惑，身后却传来一声惊呼："然声！"

于云清像风一样经过她，猛地扑进他的怀里。

原来他就是宋然声，很多年前，乔笺就从宋立声口中听说过他。

宋然声是真正的名门望族之后，他的母亲是叶家的千金，叶家从辛亥革命开始就活跃于政界，叶家先人的功勋都写在了历史书上。宋然声的母亲是叶老爷子最小也是最受宠的女儿，当年她不顾叶老爷子的反对，执意下嫁给宋然声的父亲宋之闻，最后却不得善终。

而宋然声本人则以狠厉闻名于商界，乔笺以为这样的狠角色应该不苟言笑又稳重才对，可他偏偏是一副公子哥儿的模样。

于云清在他的怀里撒娇："你怎么这么早就过来了？"

宋然声却只是漫不经心地笑。

乔笺是知道宋然声对付宋立声的手段的，她不想与他有交集，于是目不斜视地经过他们。可等她从化妆间出来往片场走时，宋然声依旧站在那里，于云清早就不见了踪影。

“乔小姐。”在擦肩而过的那一刹那，宋然声突然出声喊住她。

乔笺转过身，朝他笑了笑：“宋先生认识我？”

“乔小姐不是也一样认识我吗？相信我们都是久闻其名。”长廊有些窄，两人对立着站在长廊的两侧，宋然声微微低着头，望着她，语气亲昵得像叙旧。

“这么说来，宋先生今天是特意来找我的？”

宋然声点了点头，眼神颇为玩味，说：“昨天晚上，乔小姐帮宋立声搞定了凯乐的那个暴发户，我一直在想你是使用了什么手段搞定他的。”不等乔笺回答，宋然声又自问自答，“一个女人，能有什么办法？能依靠的无非就是自身的资本。”

乔笺气得脸色发白，手指掐入掌心，全身都在微微发抖，连声音都是颤抖的，她说：“宋先生，别欺人太甚。”

宋然声却是笑了，他微微弯下腰，凑近她的脸，在她的面前堪堪停住，说：“乔笺，我只是觉得你可怜，这个世界上怎么会有你这样可怜的人？陪在他身边这么多年，陪他交际应酬，可最后仍不能抓住他。乔笺，你以为你真的了解宋立声吗？”

“你这是什么意思？”乔笺警惕地望着他。

“我只是不想看到你这么可怜。”意味深长地说完，宋然声转身离开。

宋然声说的这些，乔笺自然是不信的，可还是被他影响了情绪，一整天都有些心绪不宁，状态不佳，NG 了好多次。好不容易熬到收工，换了戏服，乔笺的手机却在这个时候响了，是一个陌生号码，犹豫了一下，乔笺还是按下了接听键。

“是我。”听筒那边传来宋然声的声音。

乔笺第一反应是想挂掉电话，宋然声却好像猜到了她的想法，不疾不徐地说下去：“想不想见一见宋立声爱的那个女人？我想你一定还不知道，其实，宋立声早就有了女朋友。”

乔笺几乎是脱口而出：“怎么可能？”她只觉得滑稽，宋立声怎么可能会有女朋友？这些年她一直陪在他的身边，十分清楚，他是那样忙，忙着工作，忙着应付这个同父异母的大哥，有时候她打电话给他，他都因为忙匆匆说了几句就挂掉。再说，他怎么可能会瞒着她？

“那我就带乔小姐眼见为实吧。”

乔笺只觉得他像吐着信子的毒蛇，盘伏在潮湿的一角，只等着给她致命一击。

宋然声是开着黑色迈巴赫过来的，他换了一套黑色西装，是Brioni的手工定制款，里面白衬衫颈部的扣子解开了一颗，没有打领带，却依旧显得矜贵不凡。

“上车。”宋然声言简意赅。

路两旁的梧桐树早就落了叶，枝丫光秃秃地横亘在黑夜中，乔笺站在原地没有动，灯光打在她身上，显得她有几分单薄。乔笺隔着挡风玻璃与宋然声无声地对视，她不知道宋然声究竟是什么目的，可是他这样言之凿凿，让她十分不安。

纠结了许久，乔笺终于伸手去打开车门。

一路上两人都没有说话，她也没有说话的欲望，车里的气氛很微妙，乔笺一直望着窗外。

宋然声在商业广场附近停了车，广场高高的电子屏幕上放着最新上映电影的预告，广场上有许多情侣亲密地走在一起，脸上扬着幸福而灿烂的笑容。

乔笺一眼就望见了宋立声。

他们只是那么多情侣中的一对，站在宋立声身旁的那个女孩有着一双大大的眼睛，笑起来时脸上露出两个梨涡，一脸的天真烂漫。有小贩过去兜售夜光气球，宋立声给她买了两个，那个女孩拿着气球在前面一跳一跳的，而宋立声在后面跟着，眼神温柔，一脸宠溺。

那是她从未见过的宋立声的样子，乔笺坐在车中愣愣地看着这一幕。

广场的屏幕突然切换画面，是那个女孩的照片，笑着的、奔跑着的、沉思着的，可以看出拍这些照片的人是多么用心，最后所有的画面都化成光芒散去，又重新出现一行字："曼曼，生日快乐！"

乔笺也不知道该怎样形容自己的心情，这么多年，她一直陪在他身边，她在等，她一直在等，她以为他总有一天会看到她的喜欢，她以为只要她一直在他身边，那个位置终会是她的，可是不是。

他什么时候有了喜欢的人？她一点也不知道。这么多年，难道他就一点都没有察觉到她喜欢他吗？

"很浪漫不是吗？"宋然声也不看她，手指在方向盘上轻轻地敲，"猜猜他们是什么时候在一起的。"

什么时候？究竟是什么时候呢？

"他们在一起已经一年多了，还记得去年宋立声事业上遇到的危机吗？在你为了他的事业到处奔走，委曲求全的时候，他却舍得用卡上仅存的钱博徐曼曼开心，这些你都知道吗？"

乔笺只觉得心在被一刀刀凌迟。

"乔笺，这个世界上怎么会有你这样可怜的人？傻乎乎地为一个人好，可是你从来不知道他没有喜欢过你，甚至有了喜欢的人。"宋然声说出的话近乎刻薄。

手指凉得可怕，乔笺觉得很冷，整个人像是被浸没在冰冷的海水里，四面八方的海水涌过来，带着冰凌，那些冰凌割裂她的每一寸皮肤，这么冷，这么疼，乔笺忍不住打起冷战来。

璀璨的灯光之下，宋立声走向徐曼曼，握住她拿气球的手，拢在手心，小心地哈着气，几乎虔诚地吻了吻她的手，而徐曼曼望着他眼波流转。

红尘之中，他们是彼此相爱的人。那她呢，她算什么？她十多年的喜欢究竟算什么？乔笺望着他们的视线渐渐模糊。

宋然声偏过头来望着她，开口，用很低沉的声音，像是诱哄："你为他做了那么多，牺牲了那么多，最后你得到了什么呢？他一直在利用你拉拢客户，乔笺，难道你不恨他吗？"

乔笺吸了吸鼻子，仰着头努力不让眼泪流下来，她不能让宋然声看笑话："宋先生，你未免太小看我了，我还不至于狭隘到那个地步，况且立声不是你说的那种人。"

她打开车门，走了下去，宋然声也没有叫住她。

宋然声看着她越走越远，走到路旁伸手拦住了一辆车，她身材很高挑，却显得有些单薄，明明很难过，在他面前却强装镇定。也不知道宋然声在想什么，他慢慢地垂下了眼眸。

【3】那我拭目以待

乔笺也不知道自己是怎么回的家，关上门，她靠着门板在黑暗中发愣，眼泪被吹干了，脸紧绷绷的，绷得生疼。

到了现在，她还是不敢相信宋立声有了喜欢的人，而那个人不是她。明明自己那么早遇见他，她陪他走过青春年少，走过刚开始创业的迷茫与艰辛，更陪他走过被宋然声打压时的狼狈。

那些过往仿佛还在昨日，她从来没有想过有一天宋立声会喜欢上别人。不，不应该是这样的，她终究是不甘心。努力平复自己的心情，乔笺颤着手拨出那个她早已经铭记在心的号码，很快电话接通。

"喂。"是宋立声的声音。

此刻焦灼的心反而完全冷静下来，她听到自己冷静的声音，好像是完全不在意这件事的语气："立声，你是不是有女朋友了？我今天看到你和一个女生在一起。"

宋立声只沉默了一瞬，轻笑了一声，笑着回答："是啊。"接着他同她讲起他和徐曼曼相遇的过程。

去年，宋立声去其他公司开会，她是对方的一名小职员，有点迷糊，以为宋立声是新来的职员，闹了一个不小的笑话。有时候爱情就是这样不讲道理，不经意地来，让你无法招架。

他的话就像一把刀子，在她的心上慢慢地割，乔笺竭力忍住眼泪，让自己的声音听上去尽量平静一些："你为什么不早点告诉我呢？"

是不是他知道这么多年，她其实一直喜欢他呢？一个女人这么多年毫无条件地为他付出，不是因为喜欢，那又是因为什么呢？他怎么可能猜不到，只不过是他自以为是地选择闭口不提罢了。

乔笺忽然有了一种冲动，她捅破这层纸，她想要知道他明确的回答。

"立声，如果我也喜欢你呢？"这样孤注一掷，乔笺只觉得所有的血液都往面部涌了过去，她像一个等待高考成绩的学生，而宋立声的答案就决定了她的命运。

可是她等了许久，宋立声都没有说话，他沉默了下去。也不知道过了多久，两人就这样僵持着。

乔笺清楚地知道他的沉默意味着什么，他不爱她。

打破沉默的是徐曼曼："立声，你在跟谁打电话？我一个人搞不定这只傻狗，我给它洗澡，它老是跑。"

乔笺将徐曼曼的话听得清清楚楚，宋立声应该是在徐曼曼的家里。

"哦，一个朋友。"乔笺听到宋立声回答徐曼曼。

原来在他心里，她只是他的一个朋友。听筒中有开关门的声音传来，应该是宋立声走到了阳台，因为她听到了"呜呜"的风声，好似宋立声的声音都夹杂着寒风，语气故作轻松："乔笺，你是我最好的朋友，跟我的亲人一样，别开玩笑了。"

乔笺被他这句话逗乐了，她笑出了声，连眼泪都笑了出来："对，我在开玩笑呢，是不是吓到你了？"

她的声音听不出任何的异常，宋立声好似松了一口气："就知道你在开玩笑。"

好不容易挂了电话，乔笺的嘴角才垂了下来，刚刚似乎是用了一生的演技，她整个人如同垮掉了一般。她将额头抵在膝上，哽着声音自言自语："立声，你为什么不试着喜欢我呢？我不想只当你的朋友。"可真正的喜欢怎么可能还要勉强自己呢？更何况，他甚至不让她知道他有女朋友的消息，这样防备着她。

其实旁人早就看出来了，她的助理张琳琳曾经多次欲言又止，这么多年只有她在自欺欺人。

可是现在让她放手其实也是不可能的，她爱他，不到头破血流，她是不会放手的。那如何去争取他？如何留住他？乔笺做不到祝福他和徐曼曼，怎么可能会祝福？那是她爱了那么久的人，怎么会舍得看到他和别人白头到老？

她赤着脚，走到卧室的阳台，脚下是浮世的灯火，流下的眼泪被夜风再次吹干。能怎么办呢？不是没有过某些不好的想法，可是那样的事情她做不出，更害怕失去他，所以她只有等，等在他身边，等一个机会让他爱上她。

无论多久，她都愿意，他已经是她的执念。

眼睛红肿得厉害，偏偏还要拍戏，第二天，张琳琳给她用热鸡蛋滚眼睛。张琳琳问她："昨天晚上怎么了？"

"没什么，追了一部剧，看哭了。"乔笺勉强朝她笑了笑。

张琳琳好气又好笑："还是一点效果也没有，待会儿只能拜托化妆师尽量帮你遮住。"

乔笺今天要和于云清演对手戏，两个女人上演争夺一个男人的戏码，于云清完全是新人，单独给她镜头还好，跟乔笺对戏完全不行，她和乔笺根本不是一个段位的。

一场戏拍了又拍，赵导终于生气："于云清，你这是什么演技！"

于云清没见过多少世面，被他这么一吼，马上就撇着嘴，一副要哭的样子。或许是涉世未深，或许是仗着宋然声的宠爱，她竟然敢给导演摆脸色。赵导看到她这个样子火气更大，语气更加不好：“你有什么好哭的！”导演这样一说，于云清直接哭了出来，闹脾气走出了片场，工作人员一片哗然。

导演直接气笑了。

于云清应该是跟宋然声那边打了电话，没过多久，宋然声就赶了过来。

赵导跟宋然声应该很是相熟，十分没好气地说：“真不知道你喜欢她什么，竟然还亲自跑过来。”

宋然声勾唇：“小姑娘给我打电话哭得那么惨，我自然得过来一趟，这是起码的绅士风度。”

赵导也笑：“也是，你宋然声怎么可能会轻易喜欢一个人。”

自于云清跑出片场，赵导就宣布中场休息，乔笺来到后面的由片场临时改造的休息室。整个休息室都没有人，她关上雕花木门，一个人躺在躺椅上，才敢将疲态显露出来。

很累，似在沙漠中跋涉了许久，乔笺整个人都蜷缩在躺椅上，昨夜彻夜未眠，现在才有困意。可乔笺闭上眼，脑海里浮现的便是宋立声与徐曼曼相视而笑的画面。心又似针扎般疼，眼泪又开始不可抑制，乔笺觉得自己不能闲下来，于是决定出去走走。

乔笺披了外套便出去，经过长廊的时候，看见于云清的助理捧着一束粉红玫瑰，而于云清正在试戴一套蓝宝石制成的珠宝，高贵典雅，正适合于云清这样年纪的女生。

乔笺知道这肯定是宋然声的杰作。于云清嘴角含着笑，眼里满是春光，一扫之前的阴霾，或许她是真心喜欢宋然声的，爱一个人的眼神是骗不了人的。

片场其实在山上，是真正的民国旧宅，白墙灰瓦隐在青山中，随着时间的沉淀，旧宅显得越发古朴，转过青石板小路，乔笺迎面撞上了宋然声。

宋然声今天穿了一件深咖色的羊呢大衣，显得十分年轻，他年纪本来也不大，才二十八岁，可有时候太锋芒毕露，让人忽略了他真正的年纪。

“乔笺。”宋然声喊住她，同时不着痕迹地打量她略微浮肿的眼，他不难推测出她的心情。

乔笺望着宋然声，只觉得自己并不能猜测出宋然声的意图，她知道这些年宋然声一直跟宋立声不对付，他昨天晚上是希望她因爱生恨迁怒于宋立声，从此投诚于他？可是乔笺更清楚宋然声的权势与地位，就算他顾忌宋之闻，他要是真的下定决心对付宋立声其实也是轻而易举的，他根本没必要这样多此一举。

“你同我想象的不一样。”宋然声接着说。

乔笺面色坦然：“宋先生希望我怎样？因爱生恨报复立声，还是一气之下同他老死不相往来？”

宋然声挑眉：“这么看来，你一点也不恨宋立声。”

“我为什么要恨他？”乔笺反问，眼睛看向远方的枫树，“他只是不爱我。”

宋然声哂笑。

乔笺知道他在笑自己，牙尖嘴利地反击：“宋先生虽然有过女伴无数，可是你绝对没有爱过她们，你根本就不明白什么叫真正爱一个人。”

“那我拭目以待，不知道到时候你知道宋立声做的一切后还能不能说出这样的一番话。”宋然声耸耸肩，从她身旁走了过去。

乔笺却喊住他，问出了心中的疑惑：“你为什么希望我恨他？”

宋然声也不避讳什么，说：“怎样才能让一个厌恶的人痛不欲生？自然是毁掉他最重要的东西。宋立声最在意的是什么？无非是通过打拼得来的事业。如果我毁掉这些，你觉得会怎样？”

最了解自己的人果然是自己的敌人。宋立声以前吃过没钱的苦，因为从小生活在单亲家庭，他很没有安全感，被宋然声坑了后从宋家得到一笔可怜的创业资金，把这些年辛苦打拼的事业看得比什么都重要。

宋然声每年都会给宋立声挖一个不大不小的坑，闹得宋立声鸡飞狗跳。去年宋立声被害得差点破产，若不是乔笺将所有的积蓄给宋立声，他根本就挺不过去，好在后来宋然声没有赶尽杀绝。

“他以为自己真的强大了，拥有了一切，可在最意气风发的时候，他发现他所有的一切都岌岌可危，蓦然回首，发现自己已经众叛亲离，一无所有，这样不是更有趣吗？”宋然声好像在说一个有趣的游戏一样。

乔笺只觉得宋然声可怕，她是知道他的手段的，即使不是商界的人，她也听说过宋然声狠厉的手段——他曾经收购两家公司的手段在金融界广为流传，他想要做什么从来没有不成功过。

这样的宋然声让乔笺害怕，她说：“宋然声，他毕竟是你的弟弟，不是吗？那些已经是上一辈的恩怨了。”

宋然声转过脸，冷冷地望着她，眼神冷得可怕，脸上的那种玩世不恭的神情再也不见半分，像是换了一个人。

“闭嘴！乔笺，你有什么资格说这样的话？你听清楚，我绝对不会放过宋立声。”

乔笺只觉得所有的血液都涌上头顶，宋然声这句话完全激发了她的保护欲，宋立声受过那么多苦，她怎么能忍心看到他所有的努力一夕之间被他覆灭？

“宋然声，不管如何，我都会陪在立声身边，我不会让立声落到那个地步的。是，你手段高明，我们招架不住，大不了我陪他重新开始。”

“所以乔笺，你这是在同我宣战吗？”在这里还没有人敢同宋然声宣战，圈子里的人都要尊称他一声“宋少”，人人都想巴结讨好他。

“是。”乔笺说得坚定。

宋然声倒是真正地笑了起来：“好久都没有遇到这么有趣的事情了，乔笺，我会给你一次机会选择，为你的勇气。只此一次，要不要与我为敌，你可得好好想清楚。”

# 第二章
## 误打误撞

【1】我想和她结婚

跟宋然声偶遇后回到片场，乔笺就接到宋立声打来的电话，宋立声想约乔笺出来见个面，正式介绍徐曼曼给乔笺认识。

“你是我最好的朋友、最亲的亲人，而曼曼是我最爱的人，你们都是我生命中最重要的人。”

乔笺心情很是复杂，一方面觉得宋立声残忍，另一方面又觉得自己在他心目中一定有一定的分量。

“好。”乔笺仰着头，努力不让自己的眼泪掉下来。

乔笺向剧组请了一天假，见面的前一天，她就在为穿什么衣服发愁，将衣帽间所有应季的衣服都试了一遍，从晚礼服到日常的衣服。太隆重肯定是不行的，这并不是晚会，可是太朴素又不行，毕竟是去见情敌，她也想会一会对方究竟是何方神圣。

挑了又挑，试了又试，乔笺终于选定了一条枚红色的鱼尾连衣裙，这个颜色衬得她肤色莹白，身材高挑，美得不动声色。

约在一家苏州菜馆，地点有些偏僻，可是很有格调。菜馆是老式的苏氏建筑，已经有了百年历史，是从苏州一块青砖一块青砖地拆下来，运到此地重新一块块拼凑而成的。他们订了一个包间，小轩窗正对着外面的假山，仿古的小桥流水，别有一番意境。

乔笺到的时候，他们两人早就到了。

见到她来，宋立声示意她坐，取了茶具给她倒茶，然后牵起徐曼曼的手向她介绍："这是曼曼，徐曼曼。"又向徐曼曼介绍她，"我最好的朋友，当红影视明星乔笺。"

乔笺取下墨镜，朝徐曼曼笑了笑，优雅地朝她伸出手："徐小姐，你好。"

徐曼曼有些激动地握住她的手，惊叹："我的天，你比电视上看到的还要美。立声跟我说他最好的朋友是你的时候，我根本不相信，没想到竟然是真的。"

"我们认识已经十多年了。"宋立声笑着说。

徐曼曼的长相很是清纯，眼睛圆而大，鼻子不高但是小巧，脸很小，还有些许的婴儿肥，笑起来的样子十分甜美，仿佛不谙世事，总之是个美女。而乔笺的长相属于大气妖艳型的，眉眼妩媚含情，是真正的明眸善睐。

乔笺心中黯然，原来宋立声喜欢这样类型的女子啊。

苏州菜口味有些偏甜，看得出他们很喜欢，可乔笺并不十分喜欢，她嗜辣。宋立声因为胃不好，向来口味清淡，所以以前乔笺都迁就他。此刻，乔笺突然心想：他知道我喜欢吃辣吗？乔笺又觉得自己矫情极了。

徐曼曼对演员这个行业很感兴趣，在餐桌上倒是问了乔笺好多行业问题。餐毕，服务员上了一壶好茶，茶香袭人，闲聊的空当，徐曼曼去了一趟洗手间。宋立声放下茶杯，突然神色认真："乔笺，如果不出意外，我以后会和她结婚。"

乔笺手一抖，滚烫的茶水溅了出来，尽数溅到了她的手背上，而她却不知道疼似的，只是抬头望着宋立声，以为自己听错了：“你说什么？”

“你知道我的身世，其实我一直渴望有一个家，我希望在我累了、脆弱了的时候，这个世界上能有一个让我栖息的地方。”宋立声望着窗外，脸上带有向往的神色，“我想娶她，跟她在一起我觉得很快乐，在她身上我甚至可以嗅到家里的那种温馨的味道。”

乔笺愣愣地看着他，没有想到他已经有了这样的打算，他的这番话好像是一只无形的手，紧紧地攥住她的心，然后将她所有的希望撕碎。

手上传来温热的触感，乔笺回过神，才发现她的指甲掐入掌心，太过用力，指甲断了，锋利的断裂面划破了皮肉，鲜血涌了出来。

忍不住，再也忍不住，乔笺站起来努力地装作镇定：“我去下洗手间。”她用没有受伤的那只手取过墨镜戴上，遮住微红的眼。这时徐曼曼回来了，乔笺匆匆走了出去。

到了洗手间，乔笺才坐到马桶上捂住嘴哭。她恨死了自己，如果当初她直接向宋立声表明爱意，等徐曼曼再出现之时，他是否会有所顾忌，结局会不会不一样？

乔笺压抑着哭声，此刻她终于明白，宋立声原来真的不属于她了，她抓不住他了。

知道他有女朋友后，她甚至想到过无数种将他抢过来的方法，最极端的是想用这么多年的情分去要挟他。可如果以他们之间的情分要挟宋立声，宋立声或许会跟她在一起，可是这些情分也会在他的愤懑中渐渐消磨殆尽，甚至真正永远失去他，她不能冒这个险。

由爱生怖，不外如此。

她整理好情绪，洗了一把脸，又补了一个妆。她望着镜中的自己，不由得自嘲，再怎么美又有什么用呢？女为悦己者容，可宋立声不是那个悦己者。等回到了包厢，乔笺已经可以装作若无其事，她必须这样，否则会显得自己很可怜，也像个笑话。

晚上，乔笺回到剧组继续拍戏。

已经快到杀青的时候了，今晚的任务很轻松，只有一场戏，大家的状态都还不错，几乎是一条过，连于云清的状态也非常好，将绝望、哀伤演得恰到好处，赵导也对她称赞有加。

十点钟就拍完了，乔笺卸了妆回酒店，因宋立声的事情心情低落，她想喝酒，可她是艺人，助理严格控制她的饮食。

乔笺等张琳琳回到自己的房间后，就偷偷溜出了门。如果不去好好发泄一下，她真的会疯掉，她现在什么也不想管，就是想任性一回。

于云清的房间在她的隔壁，乔笺路过她房间之时，发现门是半开着的，乔笺不由自主地朝里边望了一眼。

于云清房间的地板上摆了许多酒瓶，她坐在地上，怀里还抱着一瓶啤酒，一边哭一边喝。于云清也看见了乔笺，有了几分醉意，朝乔笺招了招手："要不要过来喝点儿？"

乔笺本来不想理会，可看她这个样子，又忍不住走了进去。

于云清拿过一瓶酒递给她："乔笺姐，其实你一直是我的偶像啊，我一直很喜欢你呢，他们说我和你长得还有几分相似呢，能和你拍戏其实我很高兴。"

乔笺这才注意到于云清的眉眼确实有几分同她相似，乔笺接过酒，问："你助理不管你？"

于云清笑："他们才不敢管我呢，我身后是宋然声啊。"她突然将脸凑过来一些，声音压低了许多，"你保密呀，前天，他助理给我打电话，说然声要给我一笔不错的分手费。"她捂着脸哭道，"可我做错了什么？我那么喜欢他。以前很多人都跟我说过宋然声是怎样的一个人，可是我不信。"

原来是这样，说到底也是同病相怜。乔笺打开瓶子，碰了碰她的瓶子，仰头将酒喝了下去。这瓶是白酒，度数很高，有些辣，喉咙、食道都火烧火燎起来。她想醉，只有醉过去了才不会想起宋立声，才不会那样疼。

于云清看到她这个样子，也不再说话，抱着酒瓶小口喝酒。

乔笺不知道自己喝了多少，总之脑袋开始发晕，而于云清开始耍起了酒疯，她拉着乔笺的衣袖开始嘤嘤地哭诉："你说他为什么要和我分手，我明明那么喜欢他。"

或许乔笺是真的醉了，脑袋有些不清醒，似有感同身受的难过："喜欢他那就去找他，去争取他。走，我带你去找他。"乔笺把于云清拉了起来，就拖着她往外走。

出于做艺人的本能，即使有些醉酒，她们都还记得戴上墨镜、口罩和帽子。

两人踉跄着一前一后进了电梯，乔笺歪着脑袋问于云清："你知道宋然声现在在哪里吗？"

宋然声每日都有不同的行程，唯有周四晚上不会有任何安排，他在江边有一套公寓，每周都会去那里安静地待上一晚。于云清跟了他两个月，从他身边的人那里打听出了他这个习惯。于云清大脑虽然混沌，但还是想起了那个地址。

上了车，乔笺的手脚并不是很听使唤，一直启动不了车子，这才想起不能酒驾，于是在网上找了一个代驾师傅。代驾师傅在开车时还回头望了她们两个好几眼，深更半夜，两个醉酒的女人，打扮成那个样子，开着价格不菲的车，实在令人浮想联翩。

快到目的地的时候，于云清刚好看到了宋然声的车，她按下车窗，朝乔笺喊："然声，是然声。"

"截住那辆车。"乔笺吩咐代驾师傅。代驾师傅还很年轻，他看到对方的车也是豪车，不免生出些八卦心理，于是开始加速，准备截住宋然声的车。

"宋先生，那辆车想截住我们。"宋然声的司机是军人出身，对于这种小伎俩一眼便看穿了。

宋然声稍稍按下车窗，那辆车看上去有些眼熟。这时，乔笺将车窗全部降下来，将头稍稍探出来：“宋然声！”车速太快，风将她的帽子吹了下来，头发散开。

“停车。”宋然声突然吩咐司机。

【2】纠缠宋然声

乔笺拉着于云清下了车，朝宋然声的车走去。她伸手拍了拍车窗的玻璃：“宋然声？”今晚温度有些低，应该会有霜降，可乔笺因喝了酒，一点也不觉得冷。或许是真的醉了，要是在平时，她肯定会躲宋然声躲得远远的，可是现在她不依不饶地敲着宋然声的车窗。

宋然声终于下车，甫一下车，乔笺身上的酒气就浓烈得让他皱起眉。

乔笺去拉宋然声的衣袖，神色悲伤：“她那么喜欢你，你为什么要这样对她？”就像她那么喜欢宋立声，可是他依然爱上了别人。

宋然声知道乔笺已然神志不清，他的眉头皱起，将她拉住他袖子的手指一根根地掰开：“乔笺，你这是发什么疯？”

乔笺听到他这么说，松开了手，隐隐约约记起自己的目的，于是把于云清推到他怀里。

于云清也是浑身酒味，只是没那么浓。宋然声向后退了一大步，几乎说得咬牙切齿：“乔笺！”他其实向来有洁癖，刚刚于云清完全扑到他怀里，他觉得衣服上都沾上了酒味，简直忍无可忍。

于云清确实被他这个样子吓到了，其实她喝得没有乔笺多，头脑比乔笺清醒。再则，她或多或少是了解一些宋然声的，她本能地畏惧，这一畏惧，酒也醒了几分：“然声。”

宋然声睨着她，语气十分冰冷，像是变了一个人，说：“于小姐如果对哪个方面不满意，可以直接联系我的助理，或者我直接承诺你再加一套房子，一部女一号的戏，不知道于小姐意下如何？”

于云清打了一个冷战，额头开始冒冷汗，酒又醒了七八分，想起有人对她的告诫——宋然声最讨厌女人纠缠他了。

“宋……宋先生。”于云清支支吾吾。

宋然声抿着唇，这是他生气的前兆，于云清和司机都低头保持沉默。

可是乔笺还不知所谓，一脸茫然地望着他们。宋然声这时准备上车，乔笺下意识地去拉他，不让他走。可她脚下不稳，不小心往前一摔，整个人都撞到了他的背上，还不知死活地扣住他的手腕：“不说清楚不能走。”

她身上浓烈的酒气再一次让宋然声眉头皱起，额上的青筋一跳一跳的。宋然声说得咬牙切齿：“好，好得很，乔笺。”宋然声是真的生气了，他一把拽过乔笺，“我今天就让你醒醒酒。”他把她塞进了副驾驶座，制止她乱动的手，给她系好安全带，脸色凶狠地走到另一边，开了门坐上了驾驶座。

他今天开的是法拉利。宋然声发动引擎，按下按钮，车窗降下，顶级车子伴随咆哮的引擎声弹射出去。

路两侧的灯光飞快地从宋然声脸上掠过，他下颌线绷得紧紧的，神情很是不悦。他也不说话，只一味地往前开。

车速有些快，天气已经冷了，风像薄刃一样刮过乔笺的脸，有些疼，她本能地伸手去挡脸，长发被风吹得四下乱舞。

乔笺想说话，可是刚一张口，风就灌进嘴里，喉咙发痒发疼。乔笺本能地咳了起来，她的头发有些长，被风吹起的发梢堪堪掠过宋然声的脸颊。

宋然声觉得有些痒，偏过头去看她，她还在咳，双手捂着嘴，整个人都缩成了一团，看上去有些可怜。

他觉得她应该是要清醒了，于是长指按下按钮，车窗升起，终于不再有寒风吹进来了。乔笺终于不再咳，长发也柔顺地贴在脸颊上，她头发很黑，这样贴着脸颊更是衬得皮肤惨白。应该是被吓到了，宋然声心想。

“酒醒了吗？”宋然声的声音还是很冷。

然而乔笺被风吹得大脑发晕，神智更是不清，胃难受得不得了，她只觉得身边的那个人简直可恨，是他让她这么难受的。

是真的醉了，乔笺开始哭哭啼啼：“你为什么不喜欢我？我那么喜欢你。”最后她甚至伸手去捶宋然声。宋然声反应快，握着方向盘一个左拐，下了高架桥，因为惯性，乔笺被甩在座椅上。

“看来你还是没有清醒。”宋然声蹙着眉，可他又不想与她再纠缠下去。这里离云山很近，那里有他的私人别墅，宋然声犹豫了一下，还是往山上开去。

乔笺被这么一甩，仿佛受了天大的委屈，撇着嘴一副要哭的样子，又要哭不哭，委委屈屈地缩在那里。谁都没有再说话，只有婆娑的树影从脸上稍纵即逝。别墅在山顶，可以俯瞰半座城区，这样望下去，山脚的繁杂红尘显得甚是热闹，而山上则太清冷了。

将车开进去，有管家出来迎接。将车停在草坪上，宋然声下车，瞥了一眼还缩在座位上的乔笺，对管家说：“派人送她回去。”

他这句话才说完，乔笺自己解了安全带下了车，跌跌撞撞地跑下来，去拉宋然声的衣袖。酒的后劲有些大，她是真的醉得厉害，可是她隐隐约约记得她是帮谁来找他的，帮谁呢？不记得了。他是谁？也不记得了，但是好像不能让他走。

“松手！”宋然声不禁抚额。

可是乔笺就是拽着他不放。宋然声又去掰她的手指，一根一根地掰开。乔笺突然觉得很难过，她泪眼婆娑地望着他，觉得好像有人不要她了，一个对她很重要的人不要她了。

在她最后一根手指被掰开之前，她主动松开了他的衣袖，往前狠狠地一扑，整个人直接扑进了宋然声的怀里，双手紧紧环住他的腰。她身上的酒味被风吹散了许多，没有那么浓烈，但是这对于宋然声还是无法忍受。他有哮喘，平时最闻不得烟味，其次是酒味。

“乔笺！”因为生气，宋然声额上的青筋一跳一跳的，他去拉她的手臂，可是他越拉，乔笺抱得越紧，甚至将整个头都埋在他怀里。为什么不要她呢？她不明白，为什么呢？乔笺再也忍不住，哭了起来，在他怀里小心地抽泣着。

管家误会了些什么，识趣地退下了。宋然声有些无语，他是男人，如果他用力扯开她，当然是可以摆脱她的。可是这样，乔笺肯定会受伤，宋然声自问不是什么好人，但是这样对一位女士实在是一种非常没有风度的行为，也辱没了他良好的教养。

僵持了好一会儿，宋然声认命地叹了一口气："乔笺，你究竟想做什么？"

话落，乔笺从他怀里抬头。其实她今晚出门时已经卸了妆，帽子、墨镜在与他的纠缠中都遗落了，宋然声这样近距离看她，觉得她的皮肤依然是非常好，肤色瓷白，脸上没有任何斑点。

"不要丢下我，不要娶别人。"她喃喃自语，眼神似有哀求。

宋然声笑了一声，说："原来是这样，乔笺。"

他没有想到那天知道宋立声的恋情之后还能冷静与他辩驳的乔笺，这次竟然因宋立声向她吐露想结婚的消息崩溃成这个样子，不顾自己的艺人形象，喝醉酒深夜跑出来，当街纠缠他。这样的新闻如果被爆出来，她的形象必然会毁于一旦。

乔笺这时松开了宋然声的腰，伸手继续扯着他的衣袖，还偷偷地观察他的脸色，生怕他再甩开她，这完全是孩子气的行为。

宋然声也就不管她了，任由她拉着，他径直往屋里走，而乔笺则亦步亦趋地跟在他身后。

穿过客厅，往二楼走去，宋然声房间有一个超大的浴室，他想泡澡。他身上沾染了乔笺的些许酒气，这令他十分不舒服，可是乔笺依然拉着他不放。

"乔笺，放手。"宋然声试图劝说她。

可是听到"放手"两个字，乔笺下意识地将他外套的衣袖抓得更紧。宋然声无奈，也不再看她了，直接将外套脱了下来。乔笺痴痴地看着手中的外套，完全没有反应过来，愣在原地。

而宋然声趁她愣神的空当，闪身走进了浴室，反锁了门。

宋然声里面穿的是一件藏蓝色的羊绒衫，他脱衣服的时候发现胸口有一块位置比周围的颜色更深一些，伸手一摸，是湿的，应该是乔笺的眼泪。他微微偏过头，没有听到乔笺的声音，不知怎的心里松了一口气。

过了一会儿，宋然声才穿着浴袍出来。刚一开门，他就看到乔笺抱着他的衣服蹲在地上，整个人蜷缩在一起，脸埋入他的大衣里，好像抱着那件衣服就抱着全世界。

宋然声突然想起很多年前自己养的一只博美，每当它不开心，就会埋着脸窝在自己的小窝里，后来他哮喘逐渐严重，那只狗便被送人了。

“乔笺。”他喊了她一声，她没应，宋然声走过去一看，才发现她睡着了。

宋然声蹲下来，近距离地看她，她的眉毛长得极好，有些浓密，根本不需要画眉。他不知道为什么想到“翠羽”一词，他甚至忍不住伸出手沿着她的眉勾勒了下去。

等意识到自己在做什么，宋然声赶紧收回了手。

## 【3】与宋然声过了一夜

头痛欲裂，眼皮沉重，乔笺不舒服地翻了一个身，陷入温暖柔软的羽绒被之中，意识慢慢回笼，她隐隐觉得有些不太对劲。

乔笺睁开眼睛，入目是一片陌生的布置，黑色的丝绒窗帘，同色地毯上勾勒着暗红色的花，玳瑁灰的黄花梨床头柜。

这分明不是酒店！

她猛地坐起来，查看身上的衣服。她身上的衣服被换掉了，现在穿着一件宽大的睡袍，这分明是一个男人的衣服。昨天晚上发生了什么？她只记得自己跟于云清喝酒，后来呢？乔笺从床上跳下来，这里是哪里？别人有没有对她做了什么？

心里慌乱不堪，连手都有些抖，又觉得很是懊恼，她昨天怎么就做了那样的蠢事？乔笺穿上地上摆放着的拖鞋，深吸了一口气，将门打开走了出去。

右边有一个楼梯，乔笺下了楼梯来到一楼，房间很大，中式的布置，客厅墙角的案几上摆着一个石榴瓶，里面插了新剪的花。很快，有穿着制服的女管家走了过来："乔小姐，早上好。"

"请问我的衣服在哪里？"乔笺抓着衣襟，神情防备，这样穿着别人的衣服站在陌生的地方让她一点安全感也没有。

管家的态度简直是毕恭毕敬："乔小姐，您的衣服昨晚我已经拿去清洗了，衣服也是我给您换的。实在不好意思，因为先生从不带女客回来，这里没有准备女士的睡衣，您身上那套是先生没有穿过的新睡衣，希望您不要介意。"

乔笺这才释然一些，有人将乔笺的衣服送过来，换好衣服，乔笺试着套管家的话："你家先生呢？"

"在晨跑，很快就回来了。"管家回答。

不久，宋然声回来了，他刚运动完，额上有些薄汗，穿着运动服显得很是精神。乔笺看到是他，完全放下心来，直觉告诉她，他不会对她做什么。不知道为什么，乔笺坚信他这点风度还是有的。

宋然声睨着她，看来昨晚的确是惹恼了他，神情还是有些冷："乔小姐，恕我直言，你以后还是少饮些酒，免得酒后失态。"

乔笺脑海里突然闪过几个片段，是她拉着他的衣袖不让他走，又突然冲过去抱着他的腰，似乎手下的温热触感隐约还在。乔笺有些不好意思，更何况因着宋立声，她和宋然声的关系也比较尴尬。饶是乔笺摸爬滚打这么多年，练就一身处变不惊的本领，她还是忍不住脸红。

乔笺轻咳一声："宋先生，不好意思。"她昨晚确实太失态了。宋然声也不再理她，径直擦着她走了过去。

管家走上前来，带乔笺去吃早餐。桌上的食物琳琅满目，管家解释：

“不知道您的口味，所以让厨师中式西式都做了一些。”

乔笺要了一笼小笼包，热气腾腾的，咬开面皮，汁水就溢了出来，香味都黏在舌尖，真是唇齿生香，实在是太好吃了。没过多久，宋然声就过来了，他换了一套衣服，头发刚洗过还有些湿，没有吹太干，额前的发丝微微耷拉下来。

他在她对面坐了下来，他要的是面，他吃面很是斯文，半点声音也没有。乔笺不由得想起了宋立声，其实不可否认，宋然声确实很完美，家世、长相和教养都是实打实的好，当年的宋立声敏感又自卑，他看到这样的宋然声压力可想而知，她又不由自主地心疼。

乔笺忍不住看了他一眼，刚刚好，宋然声不知怎的恰好抬了一下眼皮，两人的目光就这样相遇。

宋然声又不动声色地垂下眼睛。

别墅在山上，又是他的私人领域，根本没有公交车，等吃完早餐，宋然声让管家安排司机送乔笺下山。

到达片场时，时间刚好不早不晚，乔笺从宋然声的车上下来的那一瞬间，整个片场都安静了，赵导的眼神颇有些意味深长，于云清则一脸震惊地望着她。乔笺这才反应过来，坏了，她一夜未归，早上宋然声又派车送她回来，他们肯定以为她和宋然声有种不可言说的关系了。

气氛有些凝固，众人脸色各异，有些好事者纷纷把目光投向于云清，他们都还不知道宋然声和她分手的消息，而于云清巴不得把宋然声跟她分手的事情瞒得紧紧的，乔笺却突然来了这么一出。

昨天晚上，于云清是亲眼看见宋然声带乔笺走的，孤男寡女，乔笺又喝醉了，能发生什么？于云清咬着唇。这样的气氛没有持续多久，都是人精，很快，他们该干吗干吗去了，连于云清都调整好了脸上的表情，好像什么都没有发生过。

乔笺看着他们突然有些心累，什么都不想解释了，反正他们也是不敢随便编排宋然声的。

赵导的脸色不太好，整个上午都没有给乔笺好脸色，于云清就更不用说了，那样的演技让赵导又是一通好骂。

这一次要比上一次骂得狠得多，上一次于云清直接冲导演发脾气，可是这次她红着眼低着头，一句话也没有说，明眼人一看就知道是怎么回事，无非就是有了新欢忘了旧爱的戏码，以前受过于云清气的人开始冷嘲热讽。

等全部拍完，助理张琳琳将乔笺拉上保姆车。上了车，助理的眼泪就开始掉下来："乔乔，你昨天晚上究竟去哪里了？我今天早上看到你房间没人都快急死了，那个时候经纪人又给我电话，还好我给你圆过去了。你再这样，我真的要被炒鱿鱼了！今天早上又是怎么一回事？你和宋少在一起了？"

乔笺向她道歉，抽出纸巾递给她，听到她后面的那句话忍不住笑出声。她把昨晚的大概情况讲给她听："我和他怎么可能呢？你又不是不知道他是立声的哥哥，要不是昨晚我喝醉了，我想我这辈子都不想跟他有任何接触。"

张琳琳惊叫出声："要是被人拍到你就完了，现在对女艺人的公众形象要求有多高，你又不是不知道，怎么会突然去喝酒？"

乔笺情绪低落地垂下眼睛："宋立声有女朋友了，甚至，他打算和那个人结婚。"

张琳琳错愕，忍不住劝她："这样也好，乔笺你放弃吧，这未必不是一件坏事。"张琳琳是比较清楚她和宋立声的事情的，如果宋立声真的喜欢乔笺，这几年，他怎么可能让乔笺陪他出席形形色色的场合？更何况那么多年，他从未有任何表示，怎么可能是喜欢？

她也知道乔笺不可能不懂这个道理，只是真正喜欢一个人，难免会给对方找借口，宁愿让自己沉浸在自己制造的错觉中。

张琳琳又开始担心另一件事："不过，你一宿未归，今早又坐宋少的车回来，恐怕没人会相信你同宋少没关系。"

乔笺笑了笑，反正这几年关于她的风言风语也不少，这个圈子就是这样黑白不分，那又何必较真。

这部戏终于到了杀青的时候，随着赵导的一声“卡”，所有的工作人员都放松下来，这部戏整整拍了半年，终于结束了。

赵导发话：“大家都辛苦了，晚上请大家吃饭。”话音刚落，工作人员开始欢呼。

导演请大家吃的湘菜，味道真的不错，连在减肥的女演员都忍不住多吃了几口。乔笺是属于吃不胖的体质，她吃得很开心，像是自虐一样，吃那些最辣的菜，似乎这样才能将所有的坏情绪都发泄出来。

吃过饭，导演又请大家唱歌，大家玩得都很嗨。

半途的时候，乔笺去洗手间，从隔间出来准备洗手，这时于云清从外面推门进来，乔笺意外地发现于云清的脸上有一个很大的巴掌印。

四目相对，虽然没有什么交情，乔笺还是忍不住问：“你这是怎么了？”

于云清脸上有些不自然，对着洗手台的镜子，查看脸上的伤，轻声说：“被杨冰打的。我演的角色本来是她的，是我横插一脚，抢了她的戏。”她看着乔笺，毫不在乎地笑。

“我那时是真的以为宋少喜欢我，仗着他的喜欢肆无忌惮，可到头来都是镜花水月，所以以前欠的债自然是要还的。”于云清一点一点地用粉饼遮住红肿，“不过我总有一天会讨回来的。”

乔笺知道从此刻开始，于云清不再是以前的于云清了，她会学会虚与委蛇、趋炎附势，娱乐圈就是这样，大部分人都是这样过来的。

乔笺不知道为什么有些感慨，这个名利场，每个人都想往上爬站在顶层，最后也没有几个人能成功，那便只能借助其他手段。而她自己进入这个圈子只是偶然，她的确是运气好，才一天天走到今天这步。

于云清突然问：“乔笺姐，宋少他很喜欢你吧。其实我和他在一起这么久，从来没有同他过过夜，我甚至有些嫉妒你。”

乔笺愣住，没有想到于云清也会这样误会，明明那天于云清也是在场的，她甚至是为了帮于云清才会去找宋然声的。

乔笺懒得再解释，轻轻推开门走了出去。

# 第三章
## 祸不单行

【1】从今以后，你就是与我为敌

很晚才回家，乔笺把浴缸放满水，将自己沉了下去，水从四面包裹而来，她在水里屏住呼吸，实在忍不住了，她才从水中抬头，失声痛哭。

这段时间，那些溃烂的伤口开始流脓。在工作中，她无法展露情绪，她要面对的是媒体，是镁光灯，唯有回到家，她才敢将情绪一点点展露出来。镜子被雾气氤氲得模糊不清，乔笺伸手将上面的水雾抹去，她望向镜中的自己，眼睛红肿不堪，美丽而憔悴。

她是那么喜欢宋立声，可是宋立声却想和别的女人结婚，从头到尾，他都没有喜欢过她，他只是把她当朋友。一想到这个，她就忍不住做傻事。

乔笺上了床，也不知道哭了多久才沉沉睡去。

第二天醒来，才发现外面下了雪，乔笺下床，踩在毛茸茸的地毯上，走到落地窗前，望着窗外纷飞的大雪。

她喜欢雪天，喜欢晚上在床上听雪落下的声音，更喜欢撑着伞在雪中慢悠悠地走，最喜欢的是曾经在雪地里等着宋立声和她一起去上学，在雪地上写他的名字。

她想，原来过去所有的一切都与他息息相关。

打断她回忆的是她的手机铃声，是一串数字，但是这个号码有些眼熟，乔笺犹豫了一下，还是按下接听键。

“是我。”听筒那边宋然声的声音传来。

乔笺记起来了，宋然声曾经打过她电话的，只是她没有存。

“安导明年要拍一部电影，想从国内找一个女演员当女主。”安导是华人电影第一人，多次获得奥斯卡优秀导演奖，如果能够演他的戏，不仅能够打开国际市场，提高国际知名度，还意味着她有可能问鼎国际影后。

宋然声的声音低低的，就像是诱惑：“安导和我母亲是故交，只要你向我投诚，这个位置就是你的，所有人都可望而不可即的东西，你可以轻而易举地握入手中。”

一边是星光熠熠的前途，一边是并不爱她的男人，要是换作别人都知道该怎么做出最好的选择，可是现在做选择的是死心眼的乔笺。

“宋然声，我想你并不清楚他对我的意义。我从来不在乎名利，我甚至进入这个圈子都是为了能更好地帮他，就算你开的条件再诱人，我都不会心动，因为我的初心并不在此。”乔笺一边用手指在玻璃上写下宋立声的名字，一边和宋然声说这番话。

宋然声的声音听上去像在压抑着薄怒：“乔笺，你是不是傻？明明知道他不爱你，明明知道他想要娶别的女人，你这样做又是图什么呢？”

“我图什么，不劳您宋先生费心。”乔笺冷着声音道。

“好，乔笺，你好得很。”宋然声深吸了一口气，将领带扯松一些，“我跟你说过，我会给你最后一次机会选择，而你拒绝了，那么从今以后就是与我为敌，你以后休想再拿到圈子里的任何资源。”

挂了电话，宋然声依旧觉得怒不可遏，他不知道自己怎么了，看到乔笺为宋立声这样无条件地付出，他就觉得心里隐隐有怒气，那种怒气似跗骨之疽伴随了他好几年。

其实，他很久之前就认识乔笺。

第一次见到乔笺，还是在乔笺读大二的时候，那时宋立声开始做电商，在网上卖女装，找乔笺给他做模特。

那是夏天最热的时候，地面温度高得似乎可以融化鞋底。取景地是写字楼的广场，工厂刚将新品制作出来，款式比较多，乔笺顶着炎热的高温拍外景，对着镜头笑、摆动作，前前后后换了两百多套衣服，将每个款式每种颜色都拍了一遍。

宋然声那天正好路过这里，隔着车窗，他看到乔笺灿若艳阳的笑容，即使穿着廉价的衣服也无损她的气质与美貌，但这些都不值得他多看她一眼，让他另眼相看的是，他开完会回来，她还在这里取景。

她刚换完一套衣服，蹲在地上，把矿泉水瓶贴在脸上降温。乔笺应该是有些不舒服，微微皱着眉。

这时，宋立声走了过来，好像是又要开工了。她刚刚还是一副恹恹的样子，他一过来，她就又元气满满，脸上的疲惫再也不见半分，配合着将剩下的衣服的图片拍齐，这样坚韧，宋然声不由得多看了她一眼。

后来在不同的地方偶遇过她几次，有时是在停车场，有时是在酒店，可都是远远地擦肩而过，乔笺都没有注意。

宋然声不知道何时开始关注起了乔笺，后来，她成了当红明星，有时候关于她的一些新闻，他都会忍不住去看一眼，后来他渐渐知道了乔笺与宋立声的全部。

他们是青梅竹马，乔笺喜欢宋立声，为了他的事业赴汤蹈火、在所不辞。因着自己的名气，乔笺跟着宋立声去见他的各种客户，陪着他的客户打牌、喝酒，十八般武艺齐齐上阵，就为了能让宋立声签下合同。

最过分的一次，是宋然声有一次在酒店遇见了乔笺，她陪宋立声共同出席，席间喝多了，她跑到洗手间吐，而宋然声刚好在那边不远处的走廊打电话。

等她吐完跌跌撞撞地出来，外面等着一个尾随她而来的男人，是宋立声的一个叫马毅的客户，他见她醉得不清，竟然过来搂住她的腰。

“乔小姐，我们换个地方谈生意。”那个男人眼中的欲望，让宋然声看着都恶心。她下意识地去挣脱开，可是她连路都走不稳，又谈何去挣脱一个成年男人的钳制，她被那个男人扣着往电梯走。

接下来会发生什么，宋然声一清二楚，他不是多管闲事的人，他只当没看见，可没走几步，他又忍不住停下来往乔笺的方向看。

宋立声如果真的爱她，就根本不会带她出席这种场合，那么他故意与乔笺保持这样暧昧的距离只是为了利用乔笺，难道宋立声就不清楚这里发生了什么吗？然而他一眼都没有出来看，或者说是默许这种事情的发生。

他突然觉得乔笺可怜，竟然被自己喜欢的人利用得一干二净，自己却浑然不知，更可怜的是，她甚至可能因为宋立声而毁了一辈子。

宋然声突然生生地止住脚步，掉转方向往电梯那边走，在电梯门关闭之前，他按住了电梯。

“宋先生？”马毅是认识宋然声的，毕竟他是行业传奇，家世斐然又上过财经杂志。

宋然声却是一个眼神都不给他，只盯着他扣住乔笺手腕的那只手。乔笺一心想挣脱那个男人，看到宋然声过来，一个猛扑就扑到宋然声怀里，抱着他的腰。这样暧昧的姿势，一切都心知肚明。马毅以为乔笺是宋然声的女人，以为自己得罪了宋然声，瞬时吓得脸色苍白。

宋然声漫不经心地勾了下唇，那个男人几乎是落荒而逃。

乔笺身上有很浓的酒气，他明明那样讨厌酒气，可是乔笺喝醉了站都站不稳，她这个样子，让宋然声生出一种奇异的怜悯。

宋然声在酒店开了一间房，将她送进去放在床上，本来想立刻离开，可是不知道为什么，又在沙发上坐了好一会儿才走。乔笺对那晚的事情一无所知，宋然声却一直记到了现在，他后来总是有意无意地关注她的消息，自己也浑然不觉。

这个世界上怎么会有这样的人呢？在这个名利充斥的浮华社会，谁不是钩心斗角、利益至上？这样死心塌地地为一个人好，宋然声还是第一次见到乔笺这样的人。

可乔笺就是一个傻瓜，宋立声有了喜欢的人她都不知道。宋然声故意让她知道这件事情，他以为她会怨恨，会生气，会因爱生恨，可是她竟然不惜与自己为敌也要维护宋立声。

宋然声只觉得心中的怒气更浓，好，既然她要与自己为敌，那么想以卵击石，那就慢慢走着瞧吧。

挂完电话，乔笺觉得宋然声的行为有些奇怪，想了许久，她都想不明白。她叹了一口气，其实真的与宋然声为敌，她并不是没有压力的。

宋然声在上流圈子的地位，乔笺不是不知道，正是因为宋然声这层关系，宋立声才格外艰难。如果他放话要对付一个小小的演员，那简直就跟捏死一只蚂蚁那样简单。

乔笺觉得头疼，干脆不想了，那就走一步算一步吧。

## 【2】他果然说到做到

这部戏之后，乔笺决定休一个月的假，去国外走走。她正在考虑去哪里度假，宋立声这时给她打了一通电话。

“乔笺，我决定进军女性化妆品行业，走高定路线，还记得你大三那年，我们的玩笑话吗？”电话那边的宋立声语调轻快，可以看出他此刻愉悦的心情。

乔笺似乎也被他这种好心情感染，嘴角一点点地勾起：“当然记得。”

当年，她特地考去他所在的大学，后来就一直帮着他创业，开始她给他做模特。大三那会儿，又一次拍外景回来，那天拍到很晚，宋立声请她吃饭。

吃过饭，两人沿着江边散步。江岸灯火璀璨，江水映着灯光，像是盛着星光。空气很潮湿，乔笺的心被空气沾染得湿漉漉的，她正想说什么，江对岸的大屏幕突然亮起来，将两人的脸映红。

是一支口红的广告，是当时最红的女演员代言的，在镜头中巧笑嫣然地献吻。

“以后，我的公司也要请最当红的女星拍一支广告。”他指着那个女星对她说。

乔笺跟他开玩笑：“那我就成为那个当红影星，给你拍广告，就像现在一样。”

“好啊。”两人朗声笑开。

经过几年的累积，宋立声的网店渐渐积累了人气，而乔笺也有了些许的名气。

乔笺大四的时候，有一个著名的导演突然联系她：“乔小姐，我在网上看到你的照片，我手上有一个剧本，我觉得你非常适合这个角色，你能过来试镜吗？”

要是换作别人肯定已经欣喜若狂了，但乔笺还是有些犹豫，她忍不住打电话给宋立声：“你说我要去吗？”

宋立声开玩笑似的说：“挺好的呀，不是说好了吗？到时候你要给我的公司代言。”

正是这句玩笑话，让乔笺点了头。

乔笺在那部电影里演一个天真烂漫却爱而不得的闺秀。最经典的一幕是，雪地里，黑发及腰穿着红嫁衣的女子，看着新郎弃她而去，她拔出剑斩断秀发三千。

那一幕也成就了一个经典，被很多影评家翻来覆去地感慨。因为这部电影，观众都记住了乔笺这个新人，她虽然非科班出身，但是演技着实好。乔笺成了导演的新宠，剧本也接到手软。

现在乔笺是名副其实的最当红的女星，而宋立声的公司更是蒸蒸日上，一切都在往好的方向发展。

两人约在一家咖啡店，宋立声把合同带了过来，递给她："想请最当红的影星乔笺小姐担任我公司的代言人。"

他的眉眼间全是笑意，乔笺看着他一时愣住，好一会儿才回过神，低头翻看着手中的合同。他给出的代言费极高，甚至比同类想要请她代言的公司都要高出不少，可进军一个新行业不是那么一件容易的事，前期宣传、代言，还有新产品的研发、行业的扩展，这些都需要不菲的资金。

宋立声的情况乔笺又不是不知道，如果她按这个价格接下了这个代言，宋立声的公司可供周转的资本怕是有些拮据了吧。

"你给的代言费价格太高了。"乔笺合上合同。

宋立声笑，喝了一口咖啡："人家都是希望代言费越高越好，你倒好，竟然嫌代言费太高了，如果让你的经纪人知道非得骂你不可。"

乔笺也笑："立声，我们之间这些根本不算什么的。"

外面又下起了雪，宋立声转过头看着窗外的雪，雪有些大，似纷飞的棉絮，他似乎在回忆往事，过了好久才转过头："这些年，你已经帮了我许多了，我现在已经不像当初那样窘迫了。"

那些往事还历历在目，乔笺莞尔道："等你在化妆品行业有了一席之地，那个时候你再用钱来砸我，我这可是在放长线钓大鱼。"最后两人以原价格的三分之一达成协议签了合同，其实这个价格于乔笺而言真的只是象征性的价格了。

当乔笺把这份合同拿给经纪人时，经纪人用恨不得掐死她的眼神看着她："私下接代言也就算了，你还真是敢接这种新品牌，要是出了什么事，你这个代言人非得被骂死。"

乔笺自然知道，可是那人是宋立声，她哪会想那么多。

不管经纪人怎么生气，不久后，广告还是顺利拍成了，在全国上星电视台黄金时段播出。

首播那天，乔笺一个人沿着江岸散步，当年她和宋立声一起走过这里。江岸两旁依旧是灯火辉煌，晚上八点整，江对岸的大屏幕准时亮起，然后她看到了自己的脸。

几年前，宋立声站在这里，指着屏幕对她说，他会请最当红的女星来拍一支广告，几年后，她成了最红的女星，她在江那边的屏幕里为他宣传他的产品，可他不在她身边。

宋立声有了喜欢的人，现在这个时候，他应该是陪在徐曼曼身边吧。屏幕上那张倾城的容颜是属于她的，对岸广场上许多人都驻足欣赏着，有人还拿出手机来拍照。

江边有很大的风，风里还夹杂着水雾，寒冷似乎可以穿透肌肤刺入骨髓，乔笺拢了拢羽绒服。她穿着焦糖色的羽绒服，戴着黑色的帽子，脖子上围了一条同色的围巾，将整张脸都埋入了围巾里，只露出两只眼睛在外面，路人根本就没有认出乔笺。但宋然声一眼认出了她，她在看她为宋立声公司的化妆品拍的广告。

宋然声的一只手在方向盘上轻轻地敲打，眼睛却望着乔笺，他放慢车速，等更靠近了一些，清楚地看见了她红肿的眼睛，眼睛里似乎还盈盈有泪。

“傻子。”宋然声低骂了一声，心中压抑的怒气似乎又要蔓延上来，连自己都说不清为什么，宋然声踩下油门快速地从她身边过去。

宋然声回到公寓，那些隐约的怒气不降反增，他脱下大衣，坐在沙发上，看着落地窗外的茫茫大雪，今年的冬天格外冷，刚刚开车回来的时候，雪就已经开始下了。

红尘喧嚣，大雪落下，似乎整座城市都开始静谧，而宋然声想的却是乔笺现在有没有回到家。对于自己的反常，宋然声心底已经有了一个隐约的答案，他只觉得荒谬，他怎么可能喜欢乔笺？

想起上次自己说过的话，如同要证明自己一般，宋然声拨通一个号码，很快电话接通："以后圈子里，不能给乔笺任何资源，任何。"

宋然声挂了电话。

这支广告播出后，反响挺好，乔笺的影响力太好，她的许多粉丝都去买这个品牌的护肤品，产品的销量高得吓人。

与此相反，乔笺的通告突然被告知全部取消，乔笺打电话问经纪人，经纪人支支吾吾，她试探着问："是宋然声？"

经纪人沉默，乔笺苦笑了一声，宋然声果然说到做到。

经纪人压低声音："你怎么就把他得罪了？前一段时间，圈子里还有人说宋少是你男朋友。你要做好心理准备，如果一直这样下去，宋然声不松口放过你，公司可能会雪藏你，你要是想解决这件事，还得去找宋然声。"

挂了电话，乔笺的心情复杂极了。她查看了这些年她的积蓄，其实也不少了，就算不再拍戏，不出什么意外的话，这些钱也足可以让她过完后半生了。

可是不久，她代言的那款化妆品出现了问题。

一位女士使用了那款化妆品后，脸开始红肿流脓，她将她脸部溃烂的照片发在网上，一时间在网上炸开了锅。这件事情就像滚雪球一样越滚越大，各种质疑的声音在网上持续发酵，很快评论数就上五万了。

网友认为宋立声公司的这款化妆品根本就是利用代言人来圈钱的三无产品，有人开始谩骂乔笺，为了代言费，什么产品都代言。

网上已经炸开了锅，一个"乔笺代言费"的话题，开始出现在微博热搜榜，乔笺点进去，发现是骂她的，内容全部是指责她误导消费者。

乔笺一条条地刷评论，网友的言语一条比一条更不堪，看到她被黑，乔笺的粉丝们在下面跟其他网友辩驳，但仍然抵不过众怒，很快粉丝的声音被淹没，甚至有网友给乔笺的粉丝封了一个"邪教粉"的称号。

乔笺给宋立声打电话，过了好一会儿，电话才接通："立声，这究竟是怎么一回事？"

宋立声的声音满是疲惫："我们的产品绝对没有问题，我们现在在联系那位女士，我们公司出资，希望她能去医院做个检查，可是被她拒绝了，她一口咬定就是我们的产品问题。这里面一定是有猫腻的，公关部门也在处理这个问题。"

事情是昨天发生的，影响这么大，宋立声可能愁得一宿都没有睡上觉，乔笺一样替他发愁，她安慰他："清者自清，这个事情肯定会得到解决的。"

挂了电话，乔笺又重新登录微博，发了一篇长微博，大意是用她的人品做担保，产品没有任何问题，她愿意陪同那位女士去医院检查，并欢迎大家全程监督。

不到十分钟，乔笺的这条长微博就空降到了热搜榜第一，舆论又稍稍偏向她这一边，纷纷表示愿意等医院的检查结果。

可是不到一个小时，另一条关于她的微博爆料上了热搜榜，很快，挤下她的长微博成为新的热搜榜第一，不过一会儿，后面就跟了一个大写加粗的红色的"爆"字。

那个热搜是：乔笺酒驾。

## 【3】雪上加霜

乔笺有些蒙，她什么时候酒驾过？她点开了那条微博。

那是一条视频，是一个有几百万粉丝的娱乐博主发的，视频的封面的确是乔笺，里面的车也是她的。乔笺点击播放，画面的内容是监控拍的，左上角还显示着时间：21 点 32 分。

停车场里，乔笺穿着黑色的外套，戴着酒红色的帽子，脸上还罩着墨镜和口罩，捂得很严实，可这的确是她。画面中的乔笺踉踉跄跄的，像是醉得不轻，她脚步虚浮地向她的车走了过去。车牌号被清清楚楚地拍了下来，的确是她的车。

乔笺走过去打开了车门，上了车，随即画面一转，是另一段监控画面，在高架桥上，她的车飞快地行驶，时间是：21 点 59 分。

乔笺的大脑一片空白，愣愣地看着这段视频。视频播放完毕后又开始重播，好一会儿乔笺才回过神，努力回想那天发生的事情。

很快，乔笺记起来了，这监控画面是她喝醉酒找宋然声的那天拍的，可那天明明不只她一个人，还有于云清，为什么视频只挑有她的画面来剪辑？那天她明明叫了代驾师傅，为什么视频又把后面的那一段截了呢？

很多网友评论说："这难道就是你的人品？我们不相信酒驾的人有人品。"

乔笺知道，这是有人故意的，故意在这个节骨眼放出来，就是准备一击击垮她。

手机铃声在这个时候响了起来，乔笺一看，是经纪人，她几乎是手忙脚乱地接通电话。

"乔笺，视频中的这个人究竟是不是你？"

"是我。"乔笺承认。

"你竟然在剧组喝醉酒还酒驾？乔笺你可真有本事啊！"经纪人气急败坏，因为生气，连声音都尖锐起来，越发像女人的声音。

"可我没有酒驾。"乔笺急急解释。

"你以为公众会相信吗？连这个视频都是真的，你如何解释？他们只会相信自己的眼睛。乔笺，你完了。"经纪人深吸了一口气，"如果宋少没有放话，可能公司还会尽可能地给你公关，可是现在公司是不可能为了你得罪宋少的，所以不管你有没有真的酒驾，公司都不会采取任何措施。"

乔笺被彻底放弃了。乔笺试图联系酒店拿到完整的监控视频，却被拒绝。

没过几天，网上又爆出一条视频，监控画面中多了一个女人，是于云清。从监控画面来看，她也有醉意，但是好像有些不情愿，一直拉扯着乔笺，画面戛然而止。

网友们对于云清还不是很熟，有网友来科普，知道了原来于云清和乔笺在同一个剧组待过。

等这条视频到了一定的热度，于云清发了一条微博："那天乔笺姐心情不好，硬逼着我陪她喝酒，我想拒绝，可是她说如果我拒绝，她就让我在这个圈子里混不下去。我只是个新人，没有办法，就喝了，更没有想到她喝醉了竟然想开车。当时我喝得少，所以我大脑是清醒的，我阻止她，我说不能酒驾，可是她执意开车出去。"

这样的一番话更是让乔笺死无葬身之地。

乔笺明白这幕后黑手究竟是谁了。

粉丝纷纷脱粉，他们发帖骂她，言语不堪入目，私信也爆了，几万条私信，乔笺忍不住点开几条，果然，都是一些恶毒的诅咒，还有他们用软件给她修的黑白遗照。

乔笺再也忍不住，崩溃得哭了起来，在这样的舆论压力下，乔笺知道自己可能真的要完了。

乔笺愁得头发大把大把地掉，觉也睡不着，不仅仅是因为她这个事情，还有宋立声的事，可这两件事她都无能为力。她没有再打电话给宋立声，因为她知道他肯定在着急处理产品的事情，她不想因为自己的事情再影响他。

乔笺在公寓里窝了两天，把冰箱里的食物全部吃完之后，她准备去超市买东西。到了地下停车场，她惊悚地发现她的车被人喷了白漆，凌乱的线条显得恐怖极了。

车库里空荡荡的，没有其他人，可是乔笺生出一种被监视的错觉，她的住址已经被曝光了吗？周围是否有狗仔？她又联想到经常有一些极端的人对明星做一些极端的事情，她觉得可怕极了，又转头往电梯跑去。

回到家，乔笺背靠着门，全身控制不住地发抖，想给宋立声打电话，可是他或许还在为那件事情焦头烂额，于是生生忍住，又给助理张琳琳打电话。

乔笺将事情告诉张琳琳，说："我有些怕，你今天能过来陪陪我吗？"张琳琳答应过来陪她，乔笺才稍稍安下心。

过了一会儿，张琳琳便赶了过来，还带来了许多食物。她一看到乔笺这个样子，安慰了她几句，就去厨房做饭。

乔笺觉得没安全感极了，便跟在张琳琳的身后，两人一起待在厨房。

张琳琳一边切菜，一边和她说话。

"宋少为什么突然放出那样的话？如果不是这番话，公司也不会这样对你。"张琳琳问她，斟酌了一下语气，"其实圈子里有流言，说宋少是因爱生恨。"毕竟上一次在剧组很多人都看到乔笺坐宋然声的车回来，转眼又放了那样的话，肯定会有人浮想联翩。

乔笺苦笑："是因为立声，我得罪了宋然声。"可是让她去求宋然声，是不可能的事情。

宋然声第一时间就知道了乔笺酒驾的消息，他看着视频中乔笺的打扮就知道是她醉酒找他那天的视频，网上的舆论发酵得越来越厉害，他抿着唇一条条地看评论。

其实消息出来后，于云清还没有发声前，宋然声就找人着手调查了这个事情，所以他早就知道趁着这次落井下石的是于云清。

宋然声跟于云清分手后，乔笺却第二天被宋然声送回来，于云清就一直怀疑是乔笺抢了宋然声。更可恨的是，因为她，自己和宋然声分手的事情被剧组的人知道，被人冷嘲热讽，被人扇耳光，所以她一直怀恨在心。

后来，于云清火速勾搭上了另一个金主，碍于宋然声才一直没有动作，直到宋然声放出那样的话，代言事件发生，她就知道她的机会来了，买了水军，稍微一煽动群众的情绪，乔笺就成了众矢之的。

宋然声的眉头微微皱起，事态确实很严重了，这个事情因他而起，如果乔笺来找他，向他投诚，或许他会对她伸以援手。这样的情况，能帮她的只有自己，宋然声甚至有些笃定她会来求自己帮忙。

不知为何，宋然声心里生出一种隐秘的喜悦，如果她态度更好一些，或许他可以收回他以前说的那句话，如果她肯讨好他，他甚至愿意介绍更好的资源给她。

他全然忘记了自己的初衷。

让宋然声没有想到的是，即使于云清发声再次将乔笺推上风口浪尖，乔笺也没有来找他。

乔笺酒驾的事情在全面发酵，事态已经俨然不可控。而宋立声这边，他已经联系到了那名女子，原来那名女子对之前用的化妆品严重过敏，却故意赖到他们的产品上，她本意只是想讹钱，却不想事情闹得最后如此不可收拾。

宋立声公司将事情的始末发在网上，并配上医院的证明材料，并且趁这个时候推出新品发布会。

发布会全程直播，宋立声很上镜，一袭银色西装更是衬得他长身玉立，眉眼如画。他是那样的沉稳与自信，将每款产品的功效娓娓道来。

许多人因为微博那次爆料来到直播间，其中还有很多女粉丝。因为宋立声，直播间的礼物一直没有断过，甚至有女粉丝大胆示爱，不管怎样，这次的风波算是过去了。

看着屏幕中她爱了小半辈子的男人，乔笺由衷地感到自豪。经过这件事，倒是让宋立声公司的产品名声大噪，可谓因祸得福。

直播结束后，乔笺给宋立声打了个电话：“立声，恭喜，新产品一定会大卖的。”

“谢谢。”宋立声在那边说，斟酌了一会儿又说，“我听曼曼说你因为酒驾的事情，现在闹得比较大，你还好吧？一直没有时间给你打电话。”

乔笺有些心酸，可还是强行忍住心中的涩意，装作无所谓：“没事，娱乐圈嘛，大风大浪见得比较多，风浪来得快，去得也快，熬过去就好了。”

宋立声想请她出来吃个饭，却被乔笺拒绝，因为她实在不想让宋立声看到自己狼狈失意的样子，再则，如果遇上娱记，那就更加麻烦。

## 第四章
强势告白

【1】宋立声的求婚

宋然声一直没有接到乔笺的电话，他等她联系他，可是即使于云清这样发声，乔笺都没有任何表示。手渐渐握紧成拳，他不明白，向他低头就这么难吗？宁愿堵上自己的前途？宋然声只觉得心里有一股子邪火。

过了几天，实在忍不住，宋然声取了车钥匙，朝乔笺的公寓开去。他把车停在了附近的停车场，并不着急下车，手指在方向盘上轻轻地敲，降下车窗，冷风吹进来，他似乎清醒了一些。

他这又是做什么？他放出那样的话不就是让这个圈子封杀乔笺吗？后来发生这一系列的事情，难道不是她越惨他就应该越高兴吗？她一直因为宋立声而跟他作对，他握紧成拳的手渐渐用力。

因为哮喘，他不能吸烟，可是宋然声这个时候特别想吸一支烟。

地面上有厚厚的积雪，不远处的马路上偶尔有行人路过，踩着积雪的声音簌簌地传来，风夹杂着寒意从车窗进来，宋然声觉得自己还不够清醒，关了空调，将车窗降到最低。

就这样在车里坐了一夜，等到天色有些蒙蒙亮，宋然声打开车门，从车上下来。甫一开门，细碎的雪花就飘落在他的眉上，又下雪了，宋然声伸出手去接落下的雪，落在手指上是微凉的。

他沿着路走，拐过一个弯就是她小区的门口，他甚至知道她住哪一栋，哪一层楼。宋然声从未想过有生之年，自己会为一个女人这般，可是连自己都不想承认那隐藏在内心深处的情愫。

张琳琳陪了乔笺几天就离开了，网上舆论没有那么严重了，每天都有新鲜事，网友开始关注其他事情。乔笺本想让警方介入调查，可是判定酒驾需要酒精检测，事情过了那么久，凭着一段模棱两可的监控视频是无法确认的。

宋立声的事情完美解决，可是乔笺完全沉寂下来，她被公众所厌弃、遗忘，被公司雪藏。

乔笺觉得时间多了许多，不用拍戏，不用跑通告，索性在家里练瑜伽，午后喝一杯红枣茶，捧着一本书一看就是一个下午，她甚至在考虑不当演员，自己还可以做什么。

其实她并不想当演员，当时也不过是一时意气，如果因为这次的事情不能再当演员，她想她会选择一份她喜欢的工作。

打断她沉思的，是张琳琳的电话，她的语气听上去像是压抑着某种怒气，又有些担心："乔笺，你有没有看电视，或者有没有上网？"

乔笺疑惑："怎么了？"

张琳琳有些欲言又止："宋立声公司换了代言人。"

乔笺打开电视，电视屏幕上刚好在播那支广告，乔笺这才知道代言人是最近风头正盛的女星杨莹，她代言的是他们公司新出的一支眼影，眼影配合着深邃诱惑的眼神，美得无法言喻。

无疑，换掉代言人是最好的选择，她酒驾的那件事情那么恶劣，正处于风口浪尖上，宋立声公司好不容易因为新产品发布会的直播而翻身，不能因为她而功亏一篑。

张琳琳气得直骂："这个宋立声，过河拆桥做得不错，明明知道你现在最需要的是曝光度，这样一换，这不就是默认了你酒驾了吗？"

乔笺挂了电话，给宋立声打电话，很快电话接通。

"对不起。"电话才接通，宋立声就向她道歉。

"为什么不和我说？"乔笺问他。

宋立声叹了一口气："我不知道如何和你说，这不是我一个人能决定的，是公司的董事开会商量的。"

乔笺深呼吸一口气，仰着头，努力忍下眼泪："你相信我酒驾吗？"

"不信。"宋立声说得笃定。

乔笺稍微好受一些："其实我是明白的，我理解你们，我现在确实不适合再担任代言人。"她虽这么说，只不过还是很失落，她要的其实并不是他公司的代言，其实她想要的是他的据理力争，就算是失败，她也觉得心满意足，也是她奢望了，她不是不明白他如何看重他的公司。

"乔笺，怎样才能帮你？以前我公司出现危机的时候，总是你在帮我。"宋立声说。

事实上，乔笺知道他其实是有心无力，是宋然声要封杀她。宋然声的起点太高，就算宋立声后来那么努力，只要宋然声刻意打压，对宋立声来说几乎是灭顶之灾，好在他能力够强，才一次又一次从宋然声挖的坑里爬出来。

能帮她的，其实只有宋然声。

电视上也没有再播她的电视剧，网上也没有她的半点消息，圈子里的人见风使舵惯了，乔笺突然觉得被这个世界完全抛弃了。

宋然声自然知道宋立声公司换代言人的消息，宋然声心里隐约浮上一些希望，或许宋立声这次举动会让她失望，她会改变主意。

可是，乔笺还是没有。

宋然声这才觉得这场战役，只是自己的一场独角戏，自己在这里运筹帷幄，想让乔笺认输，可是乔笺一开始就是弃权的，因为她知道她根本不会赢。

这个认知，让宋然声更加恼怒，他根本就不是想让她弃权，他是想让她认输，向他投诚。可是她是那么倔强，她越倔强，他越想让她低头。

乔笺又浑浑噩噩地过了一个星期，在一个晚上，宋然声突然又给她打来电话。

“乔小姐，你知道宋立声现在在忙什么吗？我想你肯定很感兴趣。”宋然声站在别墅的露台上，从山上望下去，山脚是尘世的浮华万千。

乔笺疑惑，他怎么会突然提起宋立声？还没有等乔笺发问，宋然声轻笑了一声，像是抓住了她最后的软肋，说：“宋立声要跟徐曼曼求婚，今晚。”

“胡说。”她下意识地反驳。

怎么可能这么快？对，胡说，宋然声在胡说，乔笺心想。

可是乔笺还是觉得他这句话，像是人在她耳边炸了一个响雷，炸得她耳鸣，又是那样疼，疼得她想蜷缩起来，疼得想蜷缩在床上，想睡一觉。或许睡一觉就好了，睡一觉起来发现这一切都是她的幻觉，根本没有听到这句话。

可是宋然声还是不肯放过她：“不信吗？那我就带你去，带你去看宋立声是如何向徐曼曼求婚的，眼见为实。”

即使看不到宋然声的脸，乔笺也知道此刻他脸上的笃定。乔笺的心开始一寸寸地绝望，事实上她知道宋然声不至于用这个来骗她，她更知道他是想看自己的笑话，正是因为越清楚，她才越痛苦。

这种绝望像是一个溺水的人看到一根浮木，可是她够不到，差一点就差那么一点，所有的挣扎都是徒劳，只能任水没过头顶。

乔笺就是这样的一个溺水之人。

“我来接你，乔笺。”说完，宋然声挂了电话。

乔笺慢慢放下手机，才发现自己脸上湿漉漉的，原来是她的眼泪。

没过多久，宋然声就开车过来了。乔笺透过玻璃望向窗外，终于下定决心，她想亲眼看见宋然声的求婚，其实有时候她是自己不肯放过自己。她化了一个淡妆，用粉底遮住了微红的眼眶。

乔笺上了宋然声的车后，两人都没有再说话，一路都保持着沉默。

地址是在宋立声公司所在写字楼的广场，虽然很冷，但是广场上还是有许多人。

停下车，宋然声坐在驾驶座上没有动，手指一下一下地敲着方向盘，乔笺也没有说话，只是看着前方的广场。没过一会儿，乔笺就看见了宋立声，他和徐曼曼相携走出，徐曼曼穿着藏青格子大衣，宋立声也是，他们穿的是情侣装。

徐曼曼的贝雷帽有些歪了，宋立声停下脚步，替她很小心地重新戴好。宋立声牵起徐曼曼的手，来到广场的中央。

宋立声突然扬起手做了一个手势，瞬时，有许多架无人机飞过来，灯光闪烁着，绚烂得像一颗颗星星，汇成了一条星河，缓缓流淌而来。等飞到他们上空，无人机变换了造型，变成了两颗心的模样，然后有箭头从中穿过。

周围的人朝他们聚拢围观，徐曼曼捂着嘴惊呼。这时有人给宋立声递了一捧红玫瑰，宋立声抱着玫瑰花一脸宠溺地望着徐曼曼，在众人的起哄声中，慢慢地单膝跪了下去。

围观的人拿出手机拍照，宋立声含笑望着她："曼曼，嫁给我吧。"

离得很近，乔笺可以清晰地看到徐曼曼脸上的表情，眉皱着，却是感动得快要哭了，她捂住嘴看着宋立声，然后点了点头，接过玫瑰花。

乔笺看到宋立声笑了，然后给徐曼曼戴上戒指，宋立声站起来，捧着徐曼曼的脸开始接吻。

## 【2】乔笺，我喜欢你

痛到极致是一种什么样的体验呢？原来痛到极致是麻木的，连痛都是感觉不到了，思想和知觉全部迟钝了。

宋然声向另外一个女人求婚了，他要完全属于另外一个女人了，乔笺看着他们心想。

等到他们两个人离开，周围的人散去，宋然声才开口说："乔笺，后悔吗？你为他付出这么多，可是他从头到尾都是在利用你，没有利用价值了就把你一脚踢开。"

是利用吗？其实说是利用还不如说是乔笺心甘情愿地付出，付出那么多，陪着他走了这么一段路从来是她自愿的。

"值得吗？他从来没有喜欢过你。"宋然声好似知道她所想，故意看她的笑话，"如果他真的有一点点把你当朋友，他就不会一而再再而三地叫你去酒局，这么多年他真的看不出你喜欢他吗？他就是利用你的喜欢为他牺牲。"

宋然声的话就像一把刀一样，一刀刀地凌迟着她。乔笺终于忍不住，捂着脸哭，她喜欢他这么多年，可是到头来都是自己一厢情愿，不是不难的，可是爱一个人如果能轻易地收放自如，那怎么会是爱呢？

"宋然声，你不会明白的，我爱他，爱一个人没有什么值不值得，所有的一切只不过是因为我愿意。他有喜欢的人，那我从此以后就远远地看着他。"

宋然声愣住，看了她好久，他才说了一声："执迷不悟。"

"再则，他没有你说得的那么不堪。"乔笺抬起头，擦了擦眼泪。

"呵。"宋然声冷笑，"乔笺，你还记得两年前的事情吗？或者说你还记得马毅吗？那晚在酒店。"

乔笺愣住，她记得马毅，这个人曾经投资过宋立声的公司，有一段时间还骚扰过她，印象最深的是，有一次她和宋立声去陪客户吃饭，那个人一直敬她酒，碍于他是投资人，她不好意思推拒。直到她喝了不少，宋立声实在看不下去，才来给她挡酒。马毅并不乐意，于是就放话要宋立声翻倍喝，宋立声喝了不少，他本来为了公司就熬得胃不好，这么喝下去怕是会出事。

于是，乔笺挡住宋立声，又硬着头皮上。她是提前吃过解酒药的，可是抵不住这一杯杯的白酒喝下去，她头开始发晕，开始反胃，为了避免失态，她一个人跑去了洗手间。

在洗手间吐得要死要活的，等全部吐完，她才昏昏沉沉地走了出去，才刚出来，那个马毅就上来搂她的腰。

她想推开他，可是她这点力气就像给他挠痒一样，他反而搂得她更紧。乔笺觉得恶心极了，可是任何挣扎都没有用，酒劲已经上来，她觉得周围的一切都是天旋地转的，这个马毅一边搂着她一边拖着她往电梯走。

乔笺现在还记得当时的恐惧，当时怕得汗毛竖立，大脑却迟钝得连呼救也不会了，甚至连眼睛都不怎么听使唤，想睁开都要费好大的力气。

等到电梯门快要关上的时候，有人按住了电梯门，是宋立声，因为她听到马毅喊："宋先生。"乔笺的心突然就安定下来了，那些恐惧也因为他的到来被驱散了，她竭力摆脱马毅的钳制，一个猛扑往宋立声的方向扑了过去。

他身上有淡淡的男士香水味，闻着令人安心。她的心彻底地放了下去，头痛得快要炸开了，又很困，她在他怀里半眯着眼睛。

后来的事情不太记得了，只记得模模糊糊的，是宋立声背着她，他背着她走，他的背很是宽阔，像是一个温暖的港湾，乔笺只觉得她像只船，她想如果可以在港湾停留一辈子就好了。

不知道为什么，她又觉得委屈极了，她觉得马毅是真的恶心，刚刚在饭桌上那样咄咄逼人，后来又这样侮辱她。乔笺抱紧他的肩，开始掉眼泪，把他肩膀那块的西装全部弄湿了，他稍稍停了一下脚步，又往前走。

等到了房间，他把她放下来。

第二天，乔笺在酒店的房间醒过来，洗漱完，她才打电话给宋立声，她约他一起去吃早餐。宋立声的眼睛有些红，像是一夜未睡，看到她来，又微微地错开了视线，看着别的地方，问道："乔笺，你还好吧？"

“还行，就是头还是有些痛。”乔笺朝他笑了笑。

刚说完，宋立声突然就一把抱住她：“乔笺，对不起。”

乔笺以为他是因为昨天的事情而愧疚，她回抱住他，拍了拍他的背：“没关系的，我没事。”

宋立声握紧的拳松开又握紧，他闭上眼睛，将头埋在她的脖颈：“对不起。”

“你怎么知道那天的事情？”乔笺疑惑，问着对面的宋然声。

“因为那晚，替你解围的那个人是我。”宋然声解释。

乔笺愣住，惊呼：“怎么可能是你？我第一次见你明明是在片场。”

“你那晚哭的时候，脸贴在了我的脸上，我一避开，你哭得就更凶了。”宋然声望着她，车里开了灯，鹅黄色的暖暖灯光下，他的眉眼之间竟然有几分温柔。乔笺完全傻眼，她从来没有想到过那天的人竟然是他。

“宋立声明明知道你走之后马毅就跟着走出来，为什么你那天出来这么久，他看都不过来看你一眼呢？你说他究竟是有意的还是无意呢？”宋然声一说完，乔笺脸色就开始变得煞白，联想到那天宋立声反常的愧意，一切都真相大白，她不想再听下去，推开了车门。

乔笺越走越快，最后跑了起来，宋然声的这个消息对她来说实在是太过震撼，如果真的像宋然声所说，宋立声真的是这样，那这么多年，他究竟把她当成了什么？她不敢去想。

没跑几步，乔笺就觉得有人跟了上来，乔笺正想回头，宋然声就扣住了她的手臂：“乔笺，你跑什么？”

乔笺努力地想挣脱他：“你放开我。”声音带着浓浓的哭腔。她这才发现，原来自己已经到了一个崩溃的边缘，先是宋立声向别的女人求婚，接着宋然声告诉她这件事……

忍不住，再也忍不住，再也不想有所顾忌，乔笺蹲下来，将脸埋在膝上哭了起来。

看到乔笺哭，宋然声眼里闪过些许的无措，他向来很讨厌女人哭，以前的女伴一旦在他面前哭哭啼啼，他都会直接走人，可是不知道为什么，看到她哭，他却没有觉得不耐烦。

他在她面前蹲了下来，从小到大，他都没有安慰过别人，他更不知道他刚刚说的话有多么残忍，他就这样静静地看着她。

过了好一会儿，宋然声觉得那些压抑的怒火隐隐往上涨，他忍不住问："宋立声对你而言就那么重要吗？他值得你这么伤心吗？"

乔笺这才抬起头来，用手擦掉脸上的眼泪，望着他："宋然声你真正喜欢过一个人吗？你知道爱一个人是什么感觉吗？"

她脸上的妆花了，眼影晕开了一些，有些狼狈，眼睛因为哭过有些红肿，她又喜欢咬着唇哭，她的口红被她咬掉了一些，说这句话的时候，乔笺的鼻音很重，又努力地压抑着那些难过，语气显得有些可怜。

宋然声放在身侧的手慢慢握紧成拳，那些被他否认、被他压抑的情愫此刻喷薄而出，什么是喜欢？他以前不知道，现在知道了。

因为母亲的缘故，他从来不想去喜欢一个人，当乔笺出现，他甚至不敢承认自己喜欢她，并且不愿承认让他动心的是她对另一个男人的执着，这让人无法启齿。怎么会有人可以这样去爱一个人，这样一而再再而三地付出？或许是傻，在这个年代怎么还会有像她这样傻的人？正是因为她的这份傻，令他想将这份感情据为己有。

所以，他以前找这样那样的方式希望她离开宋立声，原来都是借口。因为他看到她为另外的男人毫无条件地付出，他会忌妒，想阻止她的付出，弄了一系列的手段想让她离开宋立声，可是他看到她难过，原来他也会不快乐。

那些感情再也无法压抑了，那就放任吧，越压抑其实越汹涌得厉害，那就让它汹涌吧。

宋然声突然伸手拉过乔笺站起来，捧着她的脸，唇随即压了下去。原来吻一个人还能是这样的一种感觉，她的唇柔软得不可思议，气息是那么甜，就像是很小的时候吃过的草莓软糖。

乔笺则完全愣住，瞪大眼睛望着宋然声，大脑完全空白。

宋然声闭着眼睛，小心地碾磨，仔细地感觉她每一寸的柔软。过了好一会儿，乔笺才反应过来，她伸手去推他，可是手被他捉住，他将她更紧地压在怀里，论力气，她根本不是他的对手，她只能被迫地承受他所有的吻。

过了好久，宋然声才气喘吁吁地松开她。乔笺这个时候挣脱了他的禁锢，她实在又气又急，狠狠地推开了宋然声。宋然声一个不稳，被她推得险些摔倒在地上。

“宋然声，你这是做什么？”乔笺气急败坏地指着他质问。

宋然声站起来，神色认真：“你不是问我有没有真心喜欢过一个人吗？”他顿了顿，嘴角慢慢扬起，丝毫没有平时的那种玩世不恭，甚至连声音都是温柔的，“乔笺，我喜欢你。”

## 【3】拿着你的喜欢去喂狗

乔笺听到这话完全愣住，仿佛听到了一个难以置信的消息。过了好一会儿，乔笺才听到自己有些发抖的声音：“宋然声，你是疯了还是现在不清醒？”

乔笺的眼睛睁得大大的，像是一只突然奓毛的猫，眼睛因为哭过有些红，脸上的神情半是委屈半是震惊。宋然声第一次看到乔笺脸上有这样的表情，他以往看到过的乔笺，她脸上有过倔强，有过狡黠，有过隐忍，可是从来没有过这样的神情。

莫名地，宋然声觉得她这个表情很可爱。

俯下身去，宋然声再次双手握住她的肩，唇再次压上她的唇。这一次，宋然声更加细细品味她的味道，与她这样唇齿相依。他心底涌上从未有过的悸动，那些以往被他压抑在心底的对她的汹涌情感似乎要喷薄而出，他想抱紧她，想更进一步地将她占为己有。

事实上，他的确也是这样做了，他的双手摩挲着她的肩膀，然后往她的背后探过去。冬天的衣服有些厚，可是隔着厚厚的衣服，他也能描绘出她美好的蝴蝶骨，她有些瘦，他知道是艺人为了上镜，不得不控制饮食的缘故。

心中泛起密密的心疼，他双臂陡然收紧，将乔笺整个人都扣在怀里。

乔笺整个人都有些蒙，她被他一系列的动作弄得措手不及，等她反应过来，她已经被他扣在怀里了。乔笺想摆脱他的钳制，双手抵着他的胸膛，可是论力气，她怎么会是他的对手？

乔笺羞得满脸通红，双手紧握成拳，去捶他，可是他的一只手轻而易举地握住了她的双手，她想避开他的吻，可是他的另一只手托着她的后脑勺。

避无可避，乔笺在他怀里小声呜咽，这样的声音更加激发了宋然声的占有欲，他的双手捧着她的脸颊，吻落下来，如同狂风暴雨。

过了许久，宋然声才放开她，捧着她的脸气喘吁吁，额头轻轻抵着她的额头，他说："现在你觉得我是疯了还是不清醒？我曾经找了无数个借口，可是都无法说服我自己。不得不承认，我就是喜欢你。"

乔笺也是气喘吁吁的，不过主要是被宋然声气的。她瞪着宋然声，很后悔他强吻她的时候没有咬他一口，她忽然猛地一个大力推开宋然声，又飞快地扬起手狠狠地朝他的脸上打去。

"啪"的一声，在黑夜里显得尤为响亮。

莫名其妙被强吻两次，乔笺什么脾气都上来了，几乎是口不择言地对宋然声说："那可真是报应，谁稀罕你的喜欢！你喜欢我，我就必须接受吗？你的喜欢只配被我拿去喂狗！"乔笺狠狠地擦了擦嘴，眼神厌恶，"真恶心！"

宋然声的脸色变得十分难看，他出身优渥，从小到大都是被人捧着的，别人争相巴结、讨好他，他肯赏脸，别人就觉得是天大的恩赐。他要什么样的女人没有？不说数不清的名门千金对他频频示好，读书那会儿，学校的女同学就为他争风吃醋，甚至大打出手。

第一次喜欢一个人，第一次吻一个人，第一次告白，可是那个人给了他一巴掌，还说要将他的喜欢拿去喂狗。宋然声双手在身侧紧紧握成拳，唇也紧紧抿着。

“乔笺，别太过分。”他几乎是从牙缝里挤出这句话。

“不管你说的是真的还是假的，宋然声，我都不会喜欢你。”乔笺眼神坚决。

宋然声只觉得她这句话比那一巴掌更加狠，那一巴掌永远不及她这这句话来得致命。宋然声咬着牙说道：“好，乔笺，你好得很，我还不至于这么作践自己。”

乔笺深呼了一口气，将那些怒气压下：“宋先生，我希望以后可以不要再见到你。”说完，她就转过身，往路边走，恰好有一辆出租车经过，乔笺伸手拦住了出租车。

宋然声看见她上了出租车，也转身上了车，将车子开往与她相反的方向。才开了一会儿，他又紧急停车，他心中窝着一口气，觉得脸面无光，更觉得那个女人可恨，可是心里还是该死地担心她。

现在已经很晚了，他担心她坐的那辆车不安全，刚刚他只是扫视了一眼，就记住了那辆出租车的车牌号，最近的顺风车事件闹得沸沸扬扬的，要是她遇到那样的变态怎么办？

一想到这个，宋然声重重地捶了一下方向盘，猛地掉转车头，去追刚刚那辆出租车，他得看到她安全回家才放心。

上了车，乔笺将车窗降下来，冰冷的风吹在脸上，像是有针密密地扎在脸上，可是她正需要这样来保持清醒，吹了好一会儿的风，才将脸上的燥热褪去。

浑浑噩噩地回到公寓，乔笺来到书房，书房里有许多书，她很喜欢看书，书架上放了她收集的自己喜欢的书，还有宋立声喜欢的书。她当时以为宋立声总有一天会成为这里的男主人，所以她这套公寓很大一部分是按照他的喜好来装修的。

她走到书桌前坐下，开了台灯，拉开抽屉，里面有一个厚厚的相册。乔笺将相册取出来，翻开第一页，那是少年时期的宋立声，照片是她偷拍的，少年站在紫藤树下，神色忧郁。

乔笺的手指摩挲着照片上那人的脸颊，“啪嗒”一声，眼泪落在了照片上，她赶紧仰起头，不让眼泪掉下来。她又翻开第二页，还是年少时候的他，是他在教室里认真上课的样子，他在思考问题，眉头微微皱着。

这些照片都比较久远了，那时候的手机像素不是很高，有些模糊，越往相册后面翻，照片的像素越高，越来越清晰，他的眉眼也逐渐褪去了青涩，多了些坚毅。最后一张，是宋立声新品发布会上的照片。

这个人，是她爱了这么多年的宋立声，可是他现在要娶其他女人了，他不喜欢她，她甚至不敢去想他究竟是从什么时候开始算计她的。

他们曾经一起度过漫长的青涩时光，那个时候总是有人在他身后指指点点，而她是他在那里唯一的朋友。她还记得他父亲宋之闻接走他的场景，那是他母亲李希文生病故去后不久。

那天下了好大的雪，一辆黑色的保时捷接走了他，他父亲那边来接他回去认祖归宗。当时整个小区都沸腾了，居民们七嘴八舌地讨论着这件事。乔笺想跟他告别，可她被远远地隔离在人群之外。她看他上车、关门，神情没有一丝留恋。

雪开始下大，车子启动，慢慢地消失在远方。乔笺在雪地中站了许久，看着地面上的车辙渐渐被新雪覆没，她才吸着鼻子转身。再一次见面，是她努力考上他所在的大学，她故意没有跟他说，然后偷偷向学长打听宋立声所在的院系，在教学楼下等他下课。

那已经是秋季，可是还是有些热，细小的汗珠从乔笺的额头沁了出来，等到中午，才响起下课铃。等蜂拥的人群过去，宋立声才姗姗地走下楼梯。多年不见，乔笺还是一眼便认出了他，他变了许多。

宋立声正跟同行的人在交谈着什么，他穿着白衬衫，整个人显得自信笃定，气度不凡。

乔笺热烈地朝他挥手：“立声！”可是宋立声垂下了眼睛，一点也没有她想象中的惊喜。

“是我啊。”她走上前，“我是乔笺。”

他这才抬起头朝她笑，说：“好久不见。”一座无形的墙，横亘在两人中间，利落地将他们分割在两个世界。

乔笺这才知道宋立声并不是那么希望见到自己，他希望与过去分割得利落，将过去的经历忘得干净，可是她偏偏出现在他面前，提醒他不愿意回首的过去。所以是从那个时候开始，他们之间就有了隔阂的吗？就算后来她怎么努力，她都无法弥补那几年的空白了吗？

忍不住，终于忍不住，乔笺抱着相册哭，好像抱着相册就像抱着从年少时期就开始喜欢的那个人。哭到眼睛都干涩，呼吸都有些难受，心痛得快要窒息，乔笺才擦了擦眼泪起身。

他就要结婚了，不能让自己去想那些过往，她决定真正地忘记宋立声，她不要再去想任何事情，不去想他是否曾经对她动过心，也不去想在酒店那次他究竟是有意的还是无意的，更不再去想以后究竟该如何面对他。

算了吧，就这样吧，从此不再联系了吧，这样，她还可以拥有一丝美好的回忆，那个少年依旧是她心目中最好的模样。

哭了那么久，又在出租车上吹了那么久的冷风，乔笺觉得浑身的骨头都很酸疼，脑袋昏沉，躺在床上，迷迷糊糊的，良久，终于入睡。

宋然声远远地跟着那辆出租车，看到乔笺安全地从车上下来，他才松了一口气，他在小区楼下待了许久才驱车回去。

这个晚上，他也是辗转难眠，乔笺的那句话就像一根针，狠狠地刺入他的心尖。每当想起这句话，他就觉得那根针往心脏里深入了几分。想到当时乔笺激动的模样，他的眸色又暗了几分，那样美好的一张唇，说出的话却像刀子似的往人心窝里捅。

说起她的唇，宋然声觉得心底涌上几分燥热，唇上似乎还残留着她柔软的触感，像草莓那般甜美的气息似乎还在鼻尖萦绕。

宋然声手指抚上唇，发现自己的嘴角是上扬着的，心中的怒气陡然消散，他轻笑了一声。当时她的样子是真的有些狼狈，眼泪流了满脸，脸上的妆还花了，正是这样的一张脸，他却意乱情迷地吻了上去。

好像是自己太唐突了，吓到了她，宋然声心中浮现这样的一个认知，他抚额轻笑，觉得自己简直着了魔。

## 第五章
## 放弃所有

【1】我决定忘记你，放过我自己

乔笺第二天是被电话吵醒的，头痛欲裂，浑身无力，感觉整个世界都是天旋地转的，闭着眼费了好大的劲才将电话接通，声音也是沙哑的："喂？"乔笺听声音知道是宋立声，可是好像她听不懂他在讲什么，意识逐渐混沌，她渐渐睡了过去。

感觉有毛巾在擦自己的脸，动作很轻，带着些温柔，可是乔笺只觉得眼皮有千斤重，就是睁不开，身体也非常难受，她觉得有些热。

有一只手探上了她的额头，他的手有些凉，那只手在她的额头上停留了一会儿，又顺着眉毛往下停留在她的鬓角处，将她的发细心地别在耳后。这个人究竟是谁呢？谁会对她这样温柔？她努力睁开眼睛，光线一点点涌入眼睛，周围由模糊渐渐变得清晰。她正对上宋立声的眼睛，乔笺看见他眼里有某种情绪飞快地闪过。

宋立声若无其事地直起身，像是松了一口气："乔笺，你终于醒了。"

看见宋立声，乔笺又想到昨天晚上，眼睛一酸，又想落泪，她赶紧偏过头，这才发现右手上打着点滴，她打量着四周，发现这是在医院，疑惑道："我怎么了？"

"高热，给你打电话，电话接通了，却一点声音也没有，我有些担心，所以跑到你家去看了看，那个时候你已经晕过去了。医生给你量体温，三十九度八，要是再晚点发现，后果不堪设想。"宋立声似乎还是心有余悸。

她家门锁密码是告诉过他的，她曾经以为她所有的一切，将来都是要同他分享的，她那样放心他，什么都告诉他。

乔笺咬着唇，偏过头望着点滴瓶，强忍着眼泪。

宋立声察觉到她的反常，在病床旁边的椅子上坐了下来，试图安慰她："乔笺，对不起，我不知道酒驾那件事对你的影响那么严重，刚刚你的助理来过了，你的情况我大概知道了。我会替你找到那个代驾员，让他证明你的清白。"

其实宋立声不明白，这些都不是真正击垮她的东西，真正击垮她的是他。可为什么他这么一说，乔笺还是会想从他身上汲取一些温暖呢？

乔笺侧过身子，背对着他，将一半脸埋入枕头，眼泪滑过鼻梁没入枕头中。她努力克制自己的声调，让自己的声音听上去自然一些："没用的，我当时是随便找的代驾员，我自己都记不清是谁了。就算找到他，别人也是不会信的，他们只会以为是我找人来演戏，更何况我那时候的确喝醉了酒，澄不清的，一个醉酒的女人更会让他们想入非非。"眼泪越流越多，情绪似乎已经在崩溃的边缘，乔笺狠狠地咬住床单，缓了一口气又接着说，"没关系，我什么都不在乎了，不在乎他们怎么说，因为我已经决定要退出娱乐圈了。"

"为什么？"宋立声十分诧异。

"我本来就不喜欢这个圈子，光鲜亮丽的背后需要承受的东西太多了，我累了。"当初因为他的一句玩笑话误打误撞进入这个圈子，而现在她决定忘记他，她想将一切都与他分割得干干净净。

宋立声在她身后沉默，然后他轻轻地拍了拍她的背。他这样的一个动作，让乔笺全然崩溃。在那些青涩的时光里，她受了委屈难过的时候，她找到他，他就会给她一颗糖，再这样轻轻地拍她的背安慰她。

乔笺忍不住哭出声，为什么最后他们之间是这样的结局呢？他们是如何在时光里变了模样的？

“乔笺，累了就好好休息吧。”他的声音里有止不住的疼惜。听到他这样说，乔笺哭得更厉害了。很久都没有这样哭过了，好像眼泪可以带走心中的难过一样，哭到最后，她抓住被子小声地啜泣着。

是真的下定决心忘记他了，可是还是忍不住问他那个问题，她转过身来，望着他的眼睛，一字一顿地说：“宋立声，这个问题我只问一次，以后也绝不会再问，你一定要如实告诉我。”

只见她脸上满是泪痕，面露疲惫，可是眼睛里的神色十分坚定。宋立声有些疑惑地问：“什么问题？”

“你究竟知不知道我喜欢你？”这句话说到最后，乔笺的声音里俨然带了哭腔。

宋立声的神情有些不自然，眼神也开始闪躲，可是这样被乔笺看着，他躲无可躲，他不敢与乔笺对视。从她的眼睛里，他清楚地看见自己闪躲的神情，他垂下了眼睛。两个人就这样僵持着，像是在无声地拉锯，乔笺好像非要他亲自开口不可。过了一会儿，宋立声起身走到窗户那里，背对着乔笺，望着窗外。

天气不是很好，天空显得阴沉，整个世界显得灰蒙蒙的，远远望过去，可以看到有些角落还有尚未消融的积雪。他终于开口，声音略带一些沙哑：“我知道。”

听到这个答案，乔笺并不惊讶，因为其实她早就有了答案，只不过是自己不愿意去承认。一直以来，他都是知道她是喜欢他的，故意对她的一片热忱视而不见，小心地处理他与她的关系，又全盘接受她对他的好，她不言明，他更加愿意装聋作哑，以朋友的名义粉饰太平。

听到他如实相告，不知为何，乔笺心里反而有些释然，她说：“很累吧，随时害怕我捅破那层纸，所以就算有女朋友也不敢和我说，怕我做过激的事情。”

“对不起。”他终于转过身看着她。

乔笺心中其实还有一个问题，她想问他那天在酒店，她出了包厢就再也没有回去过，他有没有出来找过她，可是她突然觉得这个问题没有了意义。

如果他出来找过她，这能代表什么呢？只能证明他还是担心她的安危，是一个称职的朋友。可是如果他没有来找过她呢？就像宋然声所说，这个答案真令人难过。还是不要问了吧。

所以她如果继续纠结这个答案，只是她不愿意放过自己，让自己徒增伤心，本来已经很难过了，为何要让自己心碎呢？她决定放过自己。不管过去他是故意利用她的喜欢来达成自己的目的，还是别的，都不再计较了，毕竟都是她自己心甘情愿付出的。

真正爱过一个人，其实连恨都舍不得。

“立声，我知道你和徐曼曼要结婚了，祝福你。以后我也不会再联系你了，我决定忘记你。”乔笺对宋立声笑笑，边笑眼泪边顺着眼角滑落。

宋立声面有愧色，他走到乔笺面前，轻轻握住她的手，问：“我结婚和我们是朋友有什么冲突呢？乔笺，我们就不能是朋友吗？”那么多年的喜欢，乔笺怎么可能甘心最后只换得一个朋友的身份？就算她愿意，喜欢也是控制不住的，以朋友的名义待在他的身边，只不过是放任自己继续喜欢他。

喜欢一个人实在是太累了，愿为那个人赴汤蹈火，可是喜欢得不到回应，是一个人的烈火焚心，乔笺不想要了。

“我想，我只有真正离开你，才能让自己忘了你。我还做不到将爱收放自如，以朋友的身份再相处，这对我们都是一种伤害。”乔笺从他手中轻轻抽离出自己的手，“宋立声，如果你结婚，你的婚礼我是不会去的。提前祝福你吧，以后我们也不要再联系了。”乔笺的声音有些颤抖，竭力忍住自己的哭腔。

“非这样不可吗，乔笺？”宋立声也沙哑着声音，清秀的眉目里满是哀伤，“最后，连你都要离开我了吗？”

先是父亲的忽视，再是母亲的故去，他一直没有什么朋友，周围真心对他的人也少。现在，乔笺也要离开他了，宋立声是真的有几分难过。太过了解他，乔笺知道他是在挽回她，可是这世上哪有真正的两全其美？

“是你不喜欢我，如果你喜欢我，我会一辈子陪着你，你以后有徐曼曼，她会一直陪着你，人生总是有得有失的。”乔笺向来都是这么倔强，喜欢一个人时倔强，现在决定离开一个人更是倔强。

后来，他们都没有再说话，宋立声低头沉默，而乔笺侧过头望着窗外。

天色渐渐暗了下来，这座城市像是蒙上了一层灰。宋立声最后起身，他终于下定了决心，开口告别，声音有些低沉：“我尊重你的决定，那么乔笺，再见。”他轻轻地走了出去，带上了门。

等宋立声走了许久，乔笺终于忍不住哭出声，第一次喜欢的人，也是唯一喜欢的人，喜欢了那么久的人，她终于决定忘记他了。

爱一个人这样痛，决定忘记一个人原来更痛，痛得五脏俱焚，乔笺抓住自己的衣襟，最后哭得似乎要断了气。哭累了，她迷迷糊糊地睡了过去。

## 【2】树欲静而风不止

乔笺再一次醒来，已经是晚上，有些渴，正想起身喝水，却发现助理张琳琳在病床旁的椅子上睡着了。乔笺有些感动，不知道她现在带哪个艺人，她应该很忙，却还是守在了这里。张琳琳浅眠，乔笺弄出轻微的声响，她就醒了。

“乔笺。”张琳琳揉了揉眼睛，她眼皮下面的黑眼圈有些浓，脸有倦色。

乔笺拍了拍床：“上来睡吧。”

张琳琳实在是太困了，也没有拒绝，便爬上床来。床有些小，两个人睡有些挤。乔笺握住她的手，记起自己刚出道那一年，张琳琳也是新人，那一年有一部戏，是在江南的一个小镇取景，剧组的人多，而客栈少，咖位不大的演员也只能和别人挤一张床。那时候，她们两个就睡在同一张床上。

张琳琳回握住她的手，说："怎么生病了？宋立声给我打电话的时候，我吓了一大跳。当时我在剧组，公司要我带一个新人，我偷偷跑出来一会儿。宋立声还很奇怪，问我怎么没有带你了，我就跟他说了你的情况，后来我就回剧组了。你们之间究竟聊了什么？你眼睛都哭肿了。"

乔笺将头靠在张琳琳的肩膀上，淡然道："我亲眼看见宋立声向徐曼曼求婚了，我决定死心，我跟他说我们不要再联系了。"

张琳琳反而笑出声，说："恭喜你，终于不用在一棵树上吊死了。"乔笺也笑了，轻轻地捶了她一记。

乔笺叹了一口气，说："公司和我的合同到期了，闹了这么一出，公司肯定不会再签我。因宋然声，综艺、代言和电影肯定也不会再找我，我决定退出娱乐圈，做我喜欢做的事情去。"

张琳琳也是叹了一口气，说："想通了也好，为着这些光鲜亮丽，总是有人前赴后继，拥有娱乐圈的名利浮华都是要付出代价的。"这个圈子每天都会有许许多多的新人进来，每天都有许许多多的新鲜事，有的人被遗忘，有的人继续在名利场起伏。过不了多长时间，或许乔笺将会被人遗忘，以后再提起她，也只是江湖中的一个传说，所有的流言蜚语都会随时间淡去。

"等我好了之后，我就回家，到时候如果你想来我家玩，记得联系我。"乔笺说。

"好。"

这场病来得快，去得也快，不过两天，乔笺就好了，整个人感觉前所未有地轻松。她现在许多代言被撤，通告被砍，公司也不再给她任何资源，时间多出了一大把。而上一部民国电影还在紧张地剪辑之中，还得送审，离宣传期还有一段时间，也不知道那个时候赵导还会不会联系她，更不知道那个时候还会不会有人因为她而抵制赵导的新电影。

不过那都是以后的事情了，现在乔笺没有任何羁绊。她准备了一个大大的行李箱，仔细收拾东西，准备回家。

回家的那天天气很好，冬季里出现了久违的太阳。乔笺素着颜，戴着墨镜，整个人裹得严严实实的。飞机起飞的时候，乔笺通过舷窗望着这座城市，她来到这座城市已经七年了，当时来时满心欢喜，现在离去时却是身心疲惫、孑然一身。

控制住自己不去想宋立声，乔笺闭上眼睛，准备睡一觉，这样一觉起来就可以到家了，而这里所有的一切都会过去。

两个小时后，飞机落地。

乔笺一下飞机就在出口那里看到了父母，他们知道乔笺今天要回来，都特意请了假来接她。一看到乔笺，李意涵就红了眼睛，拉着乔笺的手："怎么这么瘦了？"说着，眼泪就掉了下来。

乔笺抱了抱她，将头埋在她肩上，朝她撒娇，仿佛自己还是那个小小少女："妈妈，那回家你多给我做点好吃的。"

不善言辞的乔博山接过乔笺的行李，拍了拍她的肩膀："乔乔，我们回家。"

乔笺点了点头。

一回家，李意涵就去厨房忙活，乔笺想帮忙，却被她赶了出来，她嚷嚷道："陪你爸爸，好好看电视，我这里不用你帮忙。"乔笺刚坐到沙发上，乔博山就端着一大盘水果要她吃，乔博山有些欲言又止地望着她。

乔笺知道他们都有些小心翼翼，其实她出事，他们比任何人都担心，肯定在网上看到了那些负面新闻，她甚至猜得出他们或许还跟许多骂她的人一一解释，说她不是这样的人。

"爸，你想问什么就问吧。"乔笺知道他们比她还要焦急，又不敢打电话给她，怕她更加心烦。

乔博山说得小心翼翼："乔乔，我和你妈妈都看了网上的新闻，我相信我们的女儿是绝对不会做那样的事情的。不管发生什么，爸妈都是永远相信你、支持你的。"

乔笺鼻子一酸，说："谢谢你，爸爸。"

这一顿饭吃得其乐融融，吃过饭，乔笺便带着爸妈去逛商场。一家三口，快快乐乐地出了门。已经是年末了，以前因为工作的原因，一到逢年过节，各大卫视都要搞各种活动，乔笺当时的行程被公司安排得满满的，现在好了，终于可以陪爸妈好好地过个年了。

乔笺给他们买了许多东西，吃的、穿的、用的，都给他们挑最好的，三个人提着大包小包回来。在小区等电梯的时候，遇上了住对面的邻居，也是乔博山他们好几十年的同事王阿姨。

一家三口本来还有说有笑的，王阿姨一进来，乔父乔母脸色都有些不好。本来他们两家关系不错，可是后来王阿姨老是喜欢攀比两家小孩，吹嘘自己的孩子如何优秀，好像各个方面都碾压了乔笺一样，李意涵就和她闹了不愉快。后来又因为工作上的一些琐事，两家的关系就冷淡了下去。

自从网上曝出乔笺那样的事情，王阿姨每次看到乔父乔母都会冷嘲热讽地说一些难听的话。此刻看到乔笺戴着口罩和帽子站在乔父乔母身后，王阿姨就阴阳怪气地开口："哟，这不是大明星吗？"见没人搭理，她又自顾自地说下去，"出事儿了就回家了啊，大明星酒驾呢，要是撞到人该怎么办？有没有道德？"

乔博山气得满脸通红，李意涵气不过，跟她理论道："我们家乔乔不是那种人。"

"新闻上面都有报道的，你当我们不上网啊？网上你们家的大明星可是被骂得惨得很！"王阿姨回呛。

李意涵气得不轻，还想说什么，乔笺不想把事情闹大，便一把拉住了她："妈，算了，随便她怎么说。"

"酒驾还有道理了？怎么，你还想不让我说？那你别让你女儿酒驾啊！"王阿姨嗓门有些大。

乔博山气得用手指着她，说："你别胡说八道！"

王阿姨拍开乔博山指着她的那根手指，声音尖细地说："怎么着，想打人？"

好不容易电梯终于停止，乔笺赶紧拉着父母从电梯里面出来。看着他们难看的神色，乔笺有些内疚，没有想到家人也要受她的连累。

王阿姨那个人嘴大，肯定添油加醋地跟别人说了什么，没过多久，小区里的人都知道乔笺回来了，每次他们看到乔笺的父母，总是在他们的背后指指点点，眼神异样。

乔笺只觉得内疚，没有想到父母一把年纪了还要因为她被别人这样指点。她以前实在是太红了，有些小粉丝慕名而来，想方设法地混进小区，甚至到她家门口堵她，乔笺觉得自己的生活严重受到了干扰，每天躲在房里，不敢出门。

父母也是忧心忡忡，怕他们上班之后，乔笺待在家里出什么问题，为了确定她的安全，李意涵甚至每隔半个小时都会给她发条消息。如果乔笺没有第一时间回复，李意涵便紧张得不得了。

这样子持续了一段时间，有天晚上，李意涵来敲她房间的门，说："乔乔，我和你爸爸商量了一下，你现在每天门都不出，每天就这么待在家里挺不好的，要不你去爷爷奶奶那里吧。那边在乡下，风景好，每天爬爬山对身体也好。等爸妈这边一放假，就过去陪你。我们今年就在乡下过年。"

爷爷奶奶在乡下，一直不肯来城里，说起来也好久没有见过他们了。乔笺知道父母是真的担心自己，担心外界的环境会影响她的心情。

乔笺答应了父母，买了许多东西，独自一个人开车去了那里。

爷爷奶奶见到她来，给她做了好多好吃的，感觉她还是小孩子一样，奶奶给她铺了一张床，垫上厚厚的棉絮。

房子建在半山，爷爷奶奶睡得很早，八点一过就睡觉了。乔笺也早早地上了床，关了灯，看不到一丝光亮，黑夜中沉淀着一种静谧，静静听似乎还可以听到山风吹过树梢，在这里有真正远离红尘的感觉。

乔笺登录微信，给张琳琳发微信，将最近的情况告诉她——

"我有些难过，那些谣言我不在乎，可是我父母在意，他们总是想保护我，甚至跟每一个认识我的人解释，说我不是这样的人。我在想我就这样置之不理，任凭谣言在网上发酵是不是有点自私。我这样不负责任，只会让爱我的人更加担心。"

她没有做错什么，可是她的家人因为她被人指点，而那个害她的人踩着她青云直上。

乔笺又给张琳琳发了一个地址，说："我爸妈为了保护我，让我来奶奶这边了。"

张琳琳应该还在忙，没有给乔笺回消息。乔笺很想登录社交平台看一下事情的最新动态，事实上自从那次经历网络暴力后，她就卸载了所有的应用，犹豫了很久，她还是没有勇气再次下载。

时间太早，乔笺睡不着，便睁着眼睛望着黑暗中的虚空，满腹心事。

同样满腹心事的还有宋然声，他靠坐在书房的躺椅上，伸手揉了揉眉。自从那次吻了乔笺被她打了一巴掌之后，他心里有气，忍了几天，没有去找她，今天终于决定面子里子都不要了，想去见一见她，结果却发现她已经离开了这座城市，电话也被她拉黑了。

宋然声觉得自己的心情很不爽，有多少女人上赶着要嫁给他，她为什么就为着一个宋立声这么不待见他？也不知道她现在怎么样了，网上都是一些关于她的乌烟瘴气的言论，因为他的缘故，她的公司甚至不敢替她公关，资源更是没有。哪有这么倔强的人，他明明都已经表白了心意，只要她对他稍稍低一下头，她想要什么都可以。

睡不着，干脆起床，宋然声的酒窖里藏着拿破仑窖藏的法国白兰地，他虽然因为哮喘很少喝酒，但是他喜欢收集美酒。

管家去酒窖的架子上将那瓶落满灰尘的白兰地拿过来，酒这种东西，时间越久越显得珍贵，酒瓶上的灰尘是珍贵时间的沉积。管家打开软塞，小心地给宋然声倒上一杯，这样小小的一杯，价格是五千英镑。

宋然声的手放在吧台上，手指在上面轻轻地敲。经过这段时间的接触，他大概知道了乔笺是怎样的性格，那个女人倔强，吃软不吃硬，所以他逼得越紧，她越讨厌他。

乔笺为什么会喜欢宋立声，或许跟宋立声一直处于弱势脱不了干系。所以，如果他想要追求乔笺，最好是改变策略，不要那么强势。

宋然声垂眸，示弱？好像他并不擅长，但是如果示弱的对象是她，那么他愿意试一试。

万千思绪，最终只化作一声叹息，宋然声知道自己一败涂地了。

## 【3】一个巴掌换一个吻值得

乔笺是被奶奶喊醒的，奶奶很早就起来了，给她做了她最喜欢的甜酒酿蛋。

乔笺洗漱完，同爷爷奶奶围着炉火坐下来，奶奶已经给她盛了满满的一碗，要她趁热吃。很久都没有吃过甜酒酿蛋了，她小时候最喜欢吃了，每天都要吃一大碗，后来做了艺人，被公司严格控制饮食，根本不允许吃高糖食物。

“乔乔，什么时候带个男朋友回来？年纪也不小了，该找个男朋友了。”奶奶边看着乔笺吃甜酒，边笑眯眯地问这个问题。

乔笺差点呛到，只好含糊地“嗯”了一声。

奶奶又笑眯眯地说：“我前段时间认识了刘阿婆，她的孙子不错呢，在市里当公务员，过几天他回老家，要不你们约个时间认识认识？”奶奶知道乔笺的职业是演员，具体做什么却不了解，但是不管是什么职业，老人都操心儿孙的终身大事。

乔笺是真的怕奶奶要她去相亲，于是决定撒一个小谎："奶奶，我有男朋友了。"

奶奶一喜："真的？"

"真的、真的，所以你不要操心我的终身大事了。他长得很高，也长得很帅，人还特别好。"乔笺一脸真诚地点头。

"那怎么没听你爸妈跟我说？他为什么不和你一起来看我？"听到乔笺这么说，奶奶又有些疑惑。

乔笺脑子转得很快，摸了摸鼻子，放下碗，整个人依偎在奶奶的肩上，委屈巴巴地说："奶奶，其实我和他吵架了，他惹我生气了。我现在一点也不想理他。"

奶奶一听着急得不得了："这怎么行呢？有问题要好好沟通，怎么能这么赌气？"

"好了，奶奶，我知道啦，我过两天就联系他，但是现在我要先把他晾在一边，让他反省反省。"乔笺靠着奶奶撒娇，奶奶身上的味道令人心安。奶奶笑着用手来摸乔笺的脸，她的手长满了老茧，有些粗糙，乔笺却觉得很有安全感。

吃完甜酒酿蛋，乔笺回房拿手机，刚开机就收到了张琳琳的微信——

"乔笺，我做了一件对不起你的事情！"后面跟着一大串叹号，又发了一串对不起的表情包。

乔笺给她回了个问号，张琳琳这样一句没头没尾的话简直莫名其妙，可是张琳琳一直没再回复信息。

下午的时候，奶奶要给乔笺熏腊肉。整块猪肉用细细的棕榈叶串起来，再将棕榈叶打结，挂在事先准备好的架子上，下面烧了一些木柴。乔笺陪着奶奶坐在外面厨房火灶旁边有一搭没一搭地聊着天。

过了一会儿，听见有人敲门，乔笺还以为是附近的邻居来串门，便跑过去开门，入目的是考究的黑色手工皮鞋，笔直的灰色西装裤垂至脚踝，上身是同色西装，里面配着白衬衫，西装外面套着蓝灰色格纹大衣。

“乔笺。”声音轻轻浅浅的，似风刮过乌桕树。

乔笺完全愣住，万万没有想到来人竟然是宋然声！看到宋然声，乔笺脸上的笑意完完全全地僵住了，脑海里不由自主地浮现的就是那个狼狈不堪的夜晚，他让她知道宋立声向别人求婚，以及他突然的告白和他霸道的吻。

她还记得那唇齿相依的感觉。

乔笺反应过来之后，下意识地去关门，可是宋然声反应更快，急急伸出一只手撑住门。乔笺为了不让他推开门，两只手抵住门，半边身子都靠在了门上，一副气急败坏的样子，脸上浮现出不正常的绯红。她透过那条窄窄的门缝看他，低吼道：“宋然声，你怎么会来这里？”

相对于乔笺的费劲，宋然声显得轻松极了，看着乔笺微红的脸颊，他心情莫名大好，像跟着她闹着玩儿似的，唇不自觉地勾起，他说：“我当然是来找你的，乔笺。”

乔笺瞪了他一眼。

两人正较着劲，奶奶这时从厨房走出来：“乔乔，是谁啊？”看到乔笺的动作，奶奶又通过缝隙看到外面似乎站着一个人，有些疑惑，“你怎么不让人进来？”

乔笺不知道如何跟奶奶解释，奶奶走过来，将门打开。

宋然声这个时候整个人站得笔直，脸上的神情也变得严肃，连下巴都绷得紧紧的，显得下颌线更是流畅，乔笺突然被他这个样子弄得有些发愣。

四目相对，奶奶有些疑惑地望着他：“你是？”

“奶奶您好。”宋然声朝乔笺的奶奶喊了一声，语气恭敬。

奶奶看了看门口的陌生男子，又回头看了看乔笺的神色，两厢打量，终于露出一个恍然大悟的神色，脸上露出喜不自胜的表情：“哎，乖孩子，乔乔，赶紧让人进来啊。”

“奶奶？”这下子轮到乔笺疑惑了。

“乔乔，怎么还和小时候一样任性呢？和男朋友闹脾气了，坐下来好好说嘛。”奶奶冲着她摇摇头，然后向宋然声走去，高兴地去拉宋然声，“来，快跟奶奶进屋吧。”

这误会可大了，事实证明真的不能撒谎，早上她就随便编了一个谎言，没有想到下午宋然声就来找她，还让奶奶误会。

“奶奶，他不……”乔笺正想解释，却被宋然声抢先。他说：“奶奶，是我的错，我不该惹乔乔生气的。”

乔笺第一次知道宋然声竟然这么会演戏，他话虽然这么说，但是微微低着头，眼神里竟然有些许的委屈，好像是乔笺在无理取闹，而他在无条件妥协一样。

“谁跟他……”乔笺话还没说完，奶奶就不赞同地看了乔笺一眼，把宋然声领进屋。

奶奶和宋然声走在前面，宋然声微微侧过头望着她，眼里都是笑意，乔笺觉得他这是在向她耀武扬威，几乎要被他气得吐血。

奶奶将宋然声领进客厅，又是好吃好喝地招待他，完全不给乔笺插嘴的机会。而宋然声在奶奶面前一改平常在别人面前公子哥的模样，变得谦逊有礼。乔笺赌气不去客厅，躲在外面搭的厨房里熏腊肉。

过了一会儿，奶奶来厨房找她：“乔乔，你怎么这么不懂事儿呢？然声都来找你了，你还有什么好生气的！奶奶看得出他是真的喜欢你，刚开始看见奶奶，他还有些紧张呢。奶奶虽然老了，但是看人是不会错的，这孩子不错。”

乔笺知道，要是这会儿跟奶奶说宋然声不是她男朋友，奶奶肯定是不会信的，所以她干脆放弃解释。乔笺看得出奶奶是真的很高兴，如果把真相说出来，奶奶反而会很失落吧。

所以，乔笺干脆懒得解释了，就当哄奶奶高兴吧。

“奶奶，我想和乔乔说几句话。”宋然声也出现在厨房门口。

“好呢好呢，你们聊。”奶奶笑着走了出去。

乔笺坐在小板凳上，看都不看宋然声一眼。她旁边有一张小板凳，宋然声走了过去，坐上了那张小板凳。两人并肩坐着，柴火偶尔响起噼啪声，空气里有着淡淡的烟火味，火光映在乔笺的脸上，明明灭灭。

半晌，宋然声终于开口：“你在家的样子，和在外面很不一样。在家里你没有任何伪装，像个任性又不谙世事的小姑娘。以前遇到的你，像是穿着盔甲的女战士，好像随时准备冲锋陷阵。”

乔笺愣住，没有想到宋然声看得这么透彻，以前刚进娱乐圈，她一个新人稍有不适就会万劫不复，所以每天都过得提心吊胆。后来为了宋立声的事业，为了他和不同的人周旋，所以必须穿着盔甲，戴着面具，随时准备为他冲锋陷阵。

可是在家里，她只要做回那个小姑娘就可以了。

“乔笺，看到你这个样子真好。”他的声音低沉，像是一个人喃喃自语。

乔笺有些不自在，不想和他说这个话题，问起了其他的：“宋先生，你是怎么知道我家地址的？”

“我问的张琳琳。”宋然声倒是坦诚。

乔笺恍然大悟，原来早上张琳琳发“对不起”是这个意思，这么说来，依张琳琳那个性格，肯定是对宋然声知无不言了。灶里的火要灭掉了，乔笺将柴火往里面推了推。因为心里呕着气，力气使得有些大，一不小心从里面飞出了一些小火星子，乔笺吓得整个人往后一仰，差点连人带凳摔到地上。

宋然声手掌撑住了她的腰：“小心点。”宋然声说话呼出的热气，尽数洒在她的耳畔。

这下，乔笺像只奓了毛的猫一样，“腾”地站起来：“宋先生，你身上的行头，加起来不下百万了吧，被火星子弄到就不好了。我不知道你究竟来找我有什么目的，我只希望你能离开。”

宋然声坐在板凳上望着她，厨房的光线并不好，有些昏暗，他的脸一半隐在阴影中，燃烧的火光映在他另一半侧脸上，火苗摇曳，他整个人显出一种禁欲的美感。

说实话，如果没有先遇到宋立声，或许乔笺会对宋然声心动。他的长相、家世和能力都无可挑剔，可是偏偏她遇到宋立声比他早十几年，他又和宋立声是这样的关系，她怎么可能会对宋然声动心？

更何况，前不久他们还是敌对状态，虽然乔笺已经决定忘记宋立声，可是这并不代表她就对宋立声没有感情了，所以如何动心？

宋然声喉结微动，看着她说："乔笺，你以为我想喜欢你吗？你以为我想承认对你的这段感情吗？你以为我不知道你并不想看到我吗？我越压抑这段感情，它就越汹涌，我能怎么办？我好不容易遇到这样的一个人，你叫我如何放弃？"宋然声苦笑了一声，继续说，"我对你着了魔，我甚至比我想的还要喜欢你。是什么时候对你动心的呢？或许在你还不认识我的时候，我已经动心了。"

乔笺咬了咬唇，没有想到宋然声会和她说这么一番话，不得不承认，他这样吐露心声，她还是有些动容的，可是她不能因为这个而心软。乔笺板起脸道："宋先生，你是记性不太好吗？我好像说过我再也不想看见你。还是说，我那一个巴掌打得不够重？"

话落，宋然声就转过视线，不看她，脸绷着，唇也抿着得紧紧的。乔笺知道他生气了。看到自己终于气到他了，她的心情愉悦起来。

宋然声一言不发地看着灶里烧着的柴火，过了许久，他才说了一句："乔笺你就那么不想看到我？那么想让我生气？"

乔笺正想说是，他突然抬起头望向她，脸上又有了玩世不恭的笑意。他说："乔笺，我偏不，一个巴掌换一个吻，值得。"

乔笺觉得他这句话里面有危险的含义，她下意识地拔腿就跑，可是宋然声的动作更快，他长腿一跨，长臂一捞，整个捞住她的腰。乔笺伸手推开，而宋然声的另一只手扣住了她的两只手，高高地举起扣在墙上。

他将她整个人都抵在墙壁上，两人胸膛抵着胸膛，鼻尖抵着鼻尖。

乔笺因为他这个动作，羞得满脸通红，甚至连大声说话都不敢，怕引奶奶过来。他的另一只手紧紧扣住她的腰，他的双腿挤在她的双腿之间，这样危险的姿势，她甚至连挣扎都不敢。

乔笺压低声音，警告道："宋然声你可不要乱来，这可是我家。"

宋然声此刻的声音十分喑哑："乔笺，总有一天，我会把你按在怀里亲个够。"说完，他的下巴抵在她的脖颈处，深深地呼吸她的气息。

"你浑蛋。"

# 第六章
## 步步为营

【1】我可能这一辈子都不会忘记宋立声

等宋然声放开乔笺时，乔笺的脸完全红透了，实在气不过，乔笺走的时候，一脚踩在宋然声的鞋上，用尽了全力。

宋然声疼得弯下了腰。

乔笺刚走出厨房，迎面就看到了奶奶，她用盘子盛着两碗甜酒酿蛋，亏得乔笺反应快，不然整个人都撞上奶奶了。

“乔乔，干什么这么急急躁躁的？”奶奶小心地护着两碗甜酒酿蛋，又细细地打量乔笺，“哟，脸怎么这么红呢？”奶奶笑得眉不见眼，“和好了吧？”

“不是，奶奶……”乔笺大窘。

“奶奶。”宋然声走了出来，这人刚刚做了那样的事情，现在装得比谁都正经，一副道貌岸然的样子。乔笺朝他翻了一个白眼，宋然声看到她这个样子反而笑了。

奶奶将两人的小互动看在眼里，以为他们是在打情骂俏："我在楼上做了甜酒酿蛋，想着然声没有吃过我做的甜酒酿蛋，乔乔最喜欢吃的，甜酒是家里酿的，然声你快尝尝。"

真气人，刚刚宋然声这样欺负她，现在奶奶还对他这么好，乔笺觉得自己幼稚极了，但是还是忍不住那样做，她就是想做点什么。

她拿起一个勺子，端起其中的一只碗，将另外一只碗里面的鸡蛋全部挑出来，挑到自己的碗里，然后大口大口地舀着吃，似乎要将心中的羞愤一起吞下去。

"这孩子。"奶奶无奈地望着乔笺摇头，将那只碗递给宋然声，"上面还有呢，乔乔有时候喜欢闹小孩子脾气。"

宋然声朝奶奶道了谢，接过她手中的碗："奶奶，让她多吃点，她太瘦了。"突然想到那天手掌下的蝴蝶骨，他嘴角含着笑，眼神宠溺，话语里透着几分关切。乔笺又白了宋然声一眼，她觉得自己所有的不待见都好似一拳打在棉花上一样。

乔笺回了房，给张琳琳打电话，电话刚接通，张琳琳就不打自招，把出卖她的事和盘托出。这个张琳琳果真不仅告诉了宋然声关于乔笺决定忘记宋立声的事情，还事无巨细地跟他说了她家里的情况。张琳琳在那边使劲地道歉："对不起啊，乔笺，宋少突然来找我，我有点怕，一怕我就关不住自己的这张嘴。"

"你又不是不知道我因为宋立声跟他不对盘，你干吗给他我家的地址啊？"乔笺抚额。

张琳琳说话吞吞吐吐的："其实我这样做是有私心的，乔笺，我最近听到一些事情，关于宋少的。"她的语气也变得严肃，"乔笺，我觉得圈子里关于宋少喜欢你的传言并不是空穴来风。"

乔笺当然知道不是空穴来风，正主已经采取手段了。

而张琳琳还在好心帮她分析："你还记得赵导那部电影吗？那部电影赵导钦点你做女主，而女二是宋少捧的于云清。可是我后来才听圈子里的人说，原来宋少是那部电影最大的投资商。你想想，如果宋少真的想捧于云清，完全可以让你给于云清作配，捧红她，而那个时候你经常帮着宋立声跟他作对，他这样都没有将你的女主撤下来。并且，你没有发现于云清的眉眼有几分和你相似吗？”

自从乔笺被全网黑之后，于云清买通稿把自己炒了起来，搞笑的是，她的通稿还喜欢拉上乔笺，说她美艳更甚乔笺，放出一些与乔笺有几分相似的对比图。观众虽然现在不待见乔笺，但对乔笺的美貌是服气的，于云清凭着这几分相似，还拉到了几个不错的资源。

“他现在又主动来问你的下落，他是真的喜欢你。我觉得宋少不错，你只要同意和他在一起，你所有的困境都会迎刃而解。宋少条件这么好，你为什么不试着喜欢他？”张琳琳是真的出于好心，想借此撮合他们，可是乔笺不需要这样的好心。

在她这里，宋然声注定是铩羽而归了。

从房间出去，远远地看见爷爷奶奶坐在宋然声的身侧，都伸长脖子望着他手中的手机，他竟然在教爷爷奶奶用微信。

“这个是音视频通话，按下这个等对方接听，就可以看到他在做什么……”宋然声说得很详细，甚至还亲自演示。

“真的哎，老头子，看到你了。”奶奶惊呼。

说来惭愧，乔笺都没有想到过这一层，想来能够这样耐心细致地对待老年人的人不会是坏人。宋然声，其实还不错，乔笺生出这样的一个认知。

说起来，其实他是受害者，他从小因为李希文而失去了母亲，而以前乔笺对他的看法实在有失偏颇。

爷爷奶奶研究微信去了，客厅里只剩下他们。

宋然声是打车上的山，连行李都没有带，天色渐渐黑了下去，他竟然还没有要走的意思。

“宋先生，你还不回酒店？”乔笺试着问宋然声。

“我今晚住这里，明天早上司机来接我，早上的飞机，年末了许多事情要忙，以后我会陪你常来的。”宋然声似笑非笑地看着她。

谁要他陪啊！刚刚生出的一点好感消散得无影无踪，乔笺想着法赶他走，可是他偏偏能哄得奶奶笑得合不拢嘴，让她想赶都没有办法。

奶奶因为宋然声来，准备好好地做一桌特色菜给他尝尝。乔笺是南方人，非常嗜辣，而宋然声从小在北方长大，自然吃不了辣的。奶奶在咨询乔笺关于宋然声的口味时，乔笺却说无辣不欢。

果然，当宋然声吃了一口青椒炒肉时，乔笺看到宋然声的眉毛稍稍挑了一下，奶奶还一个劲儿地给宋然声夹菜，乔笺在心里憋着笑。

宋然声微微抬了抬眼皮看着她，她的眼睛亮晶晶的，眼里有止不住的幸灾乐祸。宋然声不禁有些失笑，他还是第一次看见她这样孩子气的表情，不用想，这顿饭肯定是乔笺故意交代过的。

他是真的不能吃辣，口味很清淡，奶奶做的菜虽然很香，可是对于他来说实在是太辣了，这种辣好像是火在口腔里面烧，贴着皮肉的每一寸跳跃。

“然声，多吃点啊！奶奶特意给你做的呢。”乔笺声音甜美，脸上满是笑意。

宋然声反而笑了：“好。”

宋然声的肤色有些白，一吃辣，他额上就有细细的汗沁出，双颊都有些淡淡的红晕，更衬得肤如冠玉，而他的唇有些薄，本来唇色有些淡，这么一吃辣，唇色变得绯红，就像涂了一种独特的口红。

乔笺视线落到了他的唇上，不知道想到了什么又匆匆移开。

桌上有一个小碟子，盛着的是一块块腐乳，也是奶奶亲手做的，上面裹满了姜丝和辣椒酱，那是乔笺的最爱。

乔笺夹了一块到碗里，尝了一口，是真的辣，因为要腌制，怕豆腐在腌制的过程中腐烂，所以才裹了许多香辛料，经过那么长时间的腌制，都入味了。

乔笺辣得都直吐舌头，粉红的小舌头一伸一伸的，像只小狗，奶奶连忙给她递过来一杯水，她仰头喝了一大口水，眼泪都要辣出来了。

放下杯子，这才发现宋然声在看她，他眼里有浅浅的笑意。乔笺不怀好意地说："然声，你是不是也想尝一尝啊？"也不等宋然声回答，她径直就夹了一块腐乳要他吃，"喏。"

宋然声看了她一眼，而乔笺挑了挑眉，眼里有隐隐的挑衅，两人就这样视线相接，宋然声半晌都没有动作，乔笺以为他肯定不会来接招。这时，宋然声动了动身子，他坐到乔笺的对面，身子稍微前倾了一些，头一低，就着她的筷子，张嘴接住了那块腐乳，将那块腐乳全部含入嘴中。

那是她的筷子，乔笺眼神微动，又匆匆收回了手。

"哎呀，不要吃那么多，很辣的，快吐出来。"奶奶看到宋然声吃了整整一大块，急急开口，又给宋然声倒来了水，而宋然声只是朝奶奶摆了摆手，细细地咀嚼口中的腐乳咀嚼。

乔笺自然知道有多辣，没有想到他竟然吃得这样面不改色，甚至好像是甘之如饴。过了一会儿，乔笺看到他的喉结动了一下，应该是咽了下去。

他自然不会像乔笺一样没有形象地吐着舌头，他只是喝了一杯水，甚至还朝乔笺勾了勾唇，薄唇的绯色更甚，眼里隐约有被辣出的眼泪。

乔笺使劲憋住笑，他眼泪都要出来了，可是他还是在那里装作若无其事。她埋头吃饭，过了一会儿才惊觉这筷子是宋然声含过的。她抬头朝他望去，果然，他脸上的笑意更浓了。

吃过饭，乔笺将宋然声喊出来散步，说是饭后消食。

晚上的山里有些安静，路上铺有青石板，皮鞋踩在上面，有"笃笃"的声音，难得有月亮，冬天的月亮要更冷清一些，不像夏夜月色如水般温柔。

并肩走在青石板上，两人好久都没有说话，还是乔笺先开的口："宋然声，你究竟想怎样呢？"

宋然声停了下来，乔笺也站定，他说：“乔笺，我喜欢你。”

乔笺握紧手指：“你第一次说的时候其实我并不相信，现在我相信了，可是宋然声，我是不会喜欢你的。”

月色还不错，借着月光，乔笺可以清楚地看到他的眉眼，其实他的眉眼同宋立声长得很像，都像他们的父亲，双眼皮的褶皱很深，眼睛极黑。宋立声的眼睛像是清澈的河，垂着眼睛显得有些无辜，而宋然声的眼睛像是夜色下的海，他眼睛也比较长，看人的时候无端显得有些风流。

“我喜欢宋立声那么多年，现在决定忘记他，可是我不知道我能够过多久才能忘记他，或许几年，或许一辈子，只是我不想再跟他再扯上任何干系了。”乔笺叹了一口气。

宋然声望着她：“所以，宁愿就这样退出娱乐圈？乔笺，你这样太懦弱了。以后如果你真的要离开娱乐圈，我希望是在你功成身退的时候，而不是现在声名狼藉的时候。发生那件事我也要负很大一部分责任，我会给你一个交代，我会把一切都解决好，你只需要回来就可以了。”

如果以前不是因为宋立声而跟他对立，听到这番话，她一定会对他动心的，不是不感动，可惜有些东西已经先入为主了。

宋然声的视线太过灼人，乔笺装作若无其事地别开目光：“宋然声，你这是何必呢？”

“乔笺，我现在其实心里很嫉妒，但是我相信你今后的人生都是属于我的，往后余生，几十年的光阴，我都会陪着你，不会再有宋立声。这段时间，我先允许你逃避我。”

【2】她不能让喜欢她的人失望

自宋然声走后，他就再也没有联系过乔笺。

今年过年是在乡下过的，乔博山夫妇从城里赶过来，这个年过得平淡而温馨。

正月里，乔笺跟着父母去相熟的亲戚家串了几趟门后就准备回公司，她已经想清楚了，宋然声说得对，她不能就这样就退出娱乐圈，这样太懦弱了。在一些人眼里，她的退出就是默认，而这个酒驾的污点将会伴随她一生，更重要的是她不想让父母因为她而担心难过。

现在她仍然处于风口浪尖上，不过没关系，乔笺有勇气面临这些，什么大风大浪她都可以熬过去。

初三的时候，张琳琳给她打电话，语气十分兴奋："乔笺，快登微博看一看！"

乔笺直接问她是什么事情，可是张琳琳就是不说，乔笺这才重新下载了微博。说实话，她仍然对上次的网络暴力心有余悸，做了好大的心理建设，才登录了自己的账号。

甫一登上账号，消息提示音不停地响起来，未读的私信有 99+，评论数也是 99+，乔笺也不去看这些，直接切换到自己的微博首页。

置顶的热门微博赫然是她转发的一条官宣的微博。乔笺简直觉得不可思议，她的微博账号公司派了人在打理，转发的这条微博只是配上了几个表情，没有文字，下面的评论已经是好几十万了。在这个节骨眼上，安导竟然钦点她做他新电影的女主角！

安导是谁？他可是华人电影第一人，多次获得奥斯卡奖，更是奥斯卡终身成就奖的得主，被誉为华人之光，可是安导现在竟然亲自发微博，钦点前不久前因为酒驾而身败名裂的乔笺作为他新电影的女主。

要知道，前几任安导的女主角都得过奥斯卡最佳女主角奖，安导又自有一套选角标准，他从来不看演员的流量和当红程度，选出的都是好莱坞的演技实力派。

圈子里的前辈挤破头都没有得到安导的青睐，可是他现在竟然直接钦点了乔笺作为女主角，甚至他都没有见过乔笺。

乔笺忍不住点开评论，果然，评论区的言论一片哗然，热评第一的那位网友直接质疑："安导这些年都在国外，是不是不知道这位女演员品行恶劣？"

“大写的服气，我想知道乔笺身后的大佬究竟是谁。”

“酒驾一生黑。”

……

往下面翻，乔笺这才看到几条中立的评论——

“我相信安导的人品和眼光，娱乐圈水太深，我暂时保留对乔笺的看法。”

“吃瓜，说不定还会有反转。”

……

评论里面自然有说话特别难听的，乔笺看到有那么几个人一直在维护她，乔笺选了其中叫“是乔笺的暖宝宝”的网友，点进了微博首页。

这个网友的微博置顶也是关于她的，很长的一段文字——

“我喜欢乔笺，从第一部戏开始。雪地里的那部戏，我反复地观看，她真的很美。当然，刚开始她的演技并不是那样完美，可是后来的戏，她的演技一部比一部好。她真的很努力，我们都是有目共睹的。我最喜欢她的那部《迷路》，而我也从女主角身上学到了很多东西。我相信我的爱豆不会是这样的人，我会一直支持她……”

乔笺再点进去几个网友的微博首页，发现她的这些小粉丝都纷纷为她加油打气。

有一位小粉丝转发安导的微博，这样配文：“乔笺姐姐，永远相信你，等你回来，比心！”

乔笺终于眼睛一酸，掉下眼泪来。

虽然有许多粉丝脱粉甚至转黑，但是还是有粉丝在支持着她呀，或许在她被全网黑最灰暗的那段日子里，他们在跟那些恶言伤人的人据理力争，或许私信了她，给她鼓励，为她加油，只不过那段时间私信她的人太多了，她才没有看到。

乔笺只觉得心口暖暖的，不管怎样还是有许多人喜欢她支持她的，她又不禁有些内疚，她竟然因为自己的感情问题一蹶不振，甚至想退圈，让那么多真心喜欢她的人担心。

公司的官方微博也转发了安导的微博，看来宋然声的“封杀令”已经解除了。

乔笺用纸巾擦了擦脸，平复了一下心情，给张琳琳打电话：“为什么是我？安导没有理由选我做女主角。”

“具体我也不清楚，但是这件事肯定跟宋少脱不了干系。”张琳琳只觉得宋然声神通广大，竟然可以在这么短的时间内在安导没有见过乔笺的情况下，让安导本人发博，“经纪人会趁着这个热度给你安排很多通告，等到时机成熟再利用舆论契机，将你酒驾的事情解释清楚，用那波热度再给你炒出一个新的热度。乔笺，这样一来，以后你在圈子里的地位几乎无人可以撼动了。”

已经错过最佳的澄清时间了，从酒驾事件到现在已经过了两个月，当时的热度那样高，公司又没有帮她公关，她酒驾可谓“证据确凿”，几乎所有人都认定了这个事情，更何况完整的视频还没有拿到手。如果现在澄清，估计质疑的声音更多，所以不如等一等，利用舆论发酵，借着安导的新电影获得路人好感，当她的热度再次达到一个顶点，然后借此机会澄清。这样远远比现在澄清的效果要好得多，不得不承认他们的手段确实很高。

只是，乔笺没有打算领宋然声的情，其实她或多或少已经猜到是他。

回到公司，经纪人对她的态度接近谄媚，知道她喜欢张琳琳，立马把张琳琳调回了她身边，还准备再另外安排两个助理给乔笺，却被乔笺拒绝了。

经纪人就把最近的通告一一念给她听，其中分量最重的是某个卫视的综艺节目。这个节目做了二十多年却一直是同时段最火的节目，请的嘉宾要么是大红大紫的，要么是相当有话题度的。

“你猜这个节目还请了谁？”经纪人特意卖了个关子。

乔笺看着他，依照那个节目善于制作噱头的特点，乔笺不难猜出，要么是最近跟她有绯闻的男性艺人，要么是跟她有过节的女星，这样才有话题度，这段时间乔笺并没有和谁有什么绯闻，那么就只有……

“他们还请了于云清？”乔笺有些惊讶地问道。

经纪人高深莫测地点头：“到时候，倒要看看究竟是谁碾压谁。”他早就对于云清买的那些通稿不爽了，于云清确实有几分像乔笺，但是真的论美貌，是她绝对比不上乔笺的。娱乐圈本来就是美人辈出的地方，而乔笺是美人中的美人，也不知道于云清有多大的脸敢买这样的通稿。

节目录制就在三天后，乔笺挑了一套黑色抹胸纱制长裙，戴着由知名珠宝设计师夏汐舟设计的红宝石耳钉，黑直长发散在身后。她本来皮肤就很白，这样一打扮更是衬得皮肤白得恍若新雪，莹白透亮。她嘴唇涂上了丝绒口红，是妖娆的复古红色，上唇微扬，极其魅惑人心，可是偏偏一身黑裙，显得整个人气质清冷。

在后台的时候，乔笺遇到了于云清，她现在应该过得不错，手上的资源好得不得了，好几个国际一线品牌的代言，手上的戏也不错。

于云清一进来，整个房间都安静了下来，大家都知道于云清发的那条微博直接将乔笺推上风口浪尖，这次是乔笺酒驾事件后第一次参加活动，可谓仇人见面分外眼红，大家虽然装作目不斜视的样子，但耳朵都竖得尖尖的。

于云清虽然长得跟乔笺有几分相似，但是走的路线完全不同。乔笺是高冷美艳路线，而她走的是清纯迷糊的校花人设，所以她今天穿得非常青春俏丽。如果单看于云清，会觉得她确实很美，但是在气场全开的乔笺面前，于云清是真的不够看。

乔笺坐在椅子上玩手机，余光都没有给于云清，而于云清的脸色有些不太好，女人最介意被别人艳压，尤其是女明星。

于云清走到乔笺面前，脸上带着甜甜的笑，朝她伸出手，说：“乔笺姐，好久不见。”

乔笺这才抬起头望了她一眼，不得不承认娱乐圈确实是个大染缸，几个月前跟于云清拍戏的时候，她还不知天高地厚，朝导演发火。那个时候于云清还是比较天真的，而现在，明明那样讨厌她，却可以与她这样虚与委蛇。

要是以前，乔笺肯定会应付她一番，在娱乐圈摸爬滚打多年，还有应付宋立声客户的经历，有些本领乔笺其实早就练得炉火纯青，可是现在乔笺一点也不想再戴上面具了。

她累了。

乔笺根本就没有与她握手的意图，于云清脸上的笑慢慢地敛了下去，维持那个伸手的动作僵在那里，眼睛慢慢地垂了下去，显得十分委屈。

节目组的工作人员提示录制倒计时，录制的时间比较长，乔笺起身绕过于云清去往洗手间。从隔间出来，发现于云清站在洗手台那里，眼神愤懑，与刚刚的甜美可人判若两人。

乔笺走到洗手台洗手，一边洗手一边望着镜中的自己。于云清转过身来，恶狠狠地盯着镜中的乔笺，说："如果不是你，然声身边的那个人一定是我。我以前一直没有弄清楚为什么然声突然要和我分手，后来我终于想明白，其实从你们第一次见面起，你就在故意勾引然声。"

那时宋然声第一次来探于云清的班，她走到后院长廊的时候，看见他们两个站在长廊的两侧，乔笺看到他的那一刻露出被惊羡到的眼神，而宋然声不知道为什么望着乔笺突然就笑了。

于云清有些心慌，她喊了一声"然声"，然后风一般经过乔笺，跑过去扑进宋然声的怀里。后来，她从休息室出来，发现他们两个又站在廊角说些什么，乔笺的脸色十分不好看，然后转身往片场走，而宋然声竟然看着她的背影有些失神。

"你让我出了那么大的一个丑，当知道宋然声因为你跟我分手的时候，剧组里所有人都来欺负我，后来我还挨了别人一巴掌。我恨死你了，我是一定不会让你好过的。"后来为了在圈子里不受欺负，她费了好大的心思才找到现在的男朋友，但论长相气度，这个人根本就没法跟宋然声相比，她也不喜欢他。

乔笺这才抬头看着镜子里她那张因为怨恨而有些狠毒的脸，眼神冷漠。她说："宋然声跟你分手确实跟我一点关系都没有。"她顿了一下，接着说，"可是你害我身败名裂的账，我是非得跟你算一算的，我的父母还有许多关心我的人，因为你的行径受到了很大的伤害。"

"乔笺，就算你现在身后有宋然声，我是也不怕的。我的男朋友在圈子里也是有分量的，跟我算账，你也不看看你现在的风评，你还以为你真的可以利用这些机会洗白？乔笺，我是不会让你如愿的。"于云清冷笑，"而我，你就等着看着我一步步走上这浮华的最顶端。"

乔笺挑了挑眉，回道："我等着那一天，因为只有飞得越高才会摔得更惨，你最好飞高点，这样才有意思，不是吗？"乔笺红唇一扬，优雅地侧过身擦着她走了出去。

节目录制完已经是深夜。

正是初春时分，最是春寒料峭的时候，外面淅淅沥沥地下着雨，路面积起了浅浅的水，借着一点灯光，跟镜子似的倒映着这个深夜的城市，雨点落下，镜面一点点破碎开来。

风夹裹着雨直往人脸上吹，南方的冷是切开肌肤一点点深入骨髓的。乔笺拢了拢衣服，一只手抓住衣领，一只手挽着张琳琳。张琳琳像个小火炉似的，一点也不怕冷，乔笺就不行，天气一冷，她的手脚都是冰凉的，尤其是脚，感觉每个脚趾都踩在冰上。

张琳琳撑着伞，带着乔笺往停车的地方走。司机家里临时出了事，乔笺让他先回去了，车子留在电视台的停车场，停得有些远，隔着好长的一段路。

走到一半，一道雪白的光柱照了过来，光柱下的每颗雨滴都看得分明，细细的，跟针似的，那辆车缓缓地往乔笺开了过来，等靠近了乔笺就停了下来。

是一辆黑色的商务车，乔笺正疑惑，车窗就降了下来，是一张陌生的脸，乔笺并不认识。司机看着年岁并不太大，他朝乔笺点头致意：“乔小姐，请上车，宋先生在车上。”

是宋然声。

这时后面开过来一辆车，也缓缓地停了下来，是于云清的车。乔笺知道于云清一定在车上看着他们，乔笺对司机点了点头，嘱咐张琳琳开车注意安全，就拉开了后面的车门，上了车。

车里没开灯，宋然声坐在黑暗中，隐约可以看清他的轮廓，乔笺在他的身侧坐了下来。

宋然声也注意到了那辆车，睨着眼睛微微扫了一眼：“那辆车上是记者吗？他想偷拍你？”

听到他这么说，想到于云清为他因爱生恨，乔笺不知为何促狭心顿起，说：“不是，是于云清。”

一瞬间，宋然声的表情有些不自然，但是很快，他脸上又恢复了先前若无其事的样子。他轻咳了一声，说：“那都是过去的事情了，你也知道有时候一些场合，需要偕同女伴出席。”

“逢场作戏？”乔笺偏过头透过车窗往外望去，那辆车依旧停在那里，没有开的意思，“可是宋少向来出手阔绰，难免落花有意，流水无情，想必像于云清这类舍不得放下宋少的人还大有人在。”

宋然声转过头望向她，他眼角的笑意一点一点渲染开，长长的眼睛微微眯了一下，说：“所以你是故意的，故意气于云清，当着她的面上我的车。”否则，乔笺绝不会二话不说就上车。那么，是否可以解读为她对他开始有了一点点在意？

“不是，我刚好有事找你。”乔笺这才觉得气氛有些暧昧了，她不应该开那个玩笑，太容易让人误会了。她不动声色地将身子往后微微侧了侧，与他拉开了一些距离。

宋然声因为她这样的一个小动作，刚刚的好心情荡然无存，身子往椅背上一靠，眉微微拧起，问：“什么事？”

“我想见安导一面。”乔笺单刀直入。

“你这么肯定让安导钦点你做女主角的人是我？”

“除了你，不会有别人。”在乔笺认识的人之中，宋然声的背景最大，再则，其他人没有理由要帮她，最重要的是宋然声曾经向乔笺提过安导，她自然就记住了。

这句话明显取悦了宋然声，他的手指在膝盖上有一搭没一搭地敲着，说：“说起来，安叔叔马上要回国了，他每年这个时候都会回来，我和他约个时间，让你们见上一面。他的新电影不久后要开拍了，恰好你们可以先互相了解了解。”

听这语气，不难推测出他们的关系非同一般。

很快到了乔笺公寓所在的小区，宋然声这才说出他此行的目的：“我是来给你那天在酒店的完整视频的。”于云清身后的那位跟酒店打了招呼，乔笺跑过去要，酒店那方自然不会给，更何况于云清为了保险起见，已经让酒店删掉了那天的监控视频。

只不过，于云清不会想到她拿着视频找技术人员剪辑的时候，技术人员保留了一份，宋然声通过一些途径，这才拿到完整的监控视频。

这么晚了等在电视台外面就为了给她那天的视频，乔笺只觉得不可思议，轻声说：“你可以发我邮箱，或者在线发我微信都可以啊。”

宋然声看着她，似笑非笑，几乎有些咬牙切齿：“那是因为你不通过我的好友申请！”

她怎么把这一茬忘了？宋然声在奶奶家的时候，教会了爷爷奶奶用微信，他们三个都互相加了好友，那天晚上，宋然声也给乔笺发了好友申请，但是乔笺冷艳高贵地拒绝了。

“其实你可以发给我经纪人。”乔笺突然有些想笑。

宋然声用一副“你想得美”的表情看着她。司机在前面充当背景板，好像对一切都充耳不闻，但是他偶尔瞥向后视镜的眼神出卖了他。乔笺不想和宋然声再扯下去，不情不愿地掏出手机，说：“你微信号是多少？

我加一下你。”

宋然声高贵冷艳地报出自己的号码，接到好友申请也不直接通过，而是把手机递给她。乔笺看着他，有些不解其意。宋然声挑了挑眉：“当时你拒绝了我，现在你要我通过好友申请，我就要给你通过吗？”那他的面子往哪里搁？

乔笺算是明白了，宋然声其实就是一个傲娇鬼，她懒得跟他计较，从他手中接过手机，点下同意的选项。无意返回微信界面，发现他的置顶聊天是“外公”，她把手机还给他。

“那我回去了。”

乔笺把手放在车把手上，正准备下车，宋然声又开口说：“把这个视频交给你们公司，我相信他们的公关能力，他们一定会借着这个视频以最好的方式还你清白的。但是如果你不满意他们的做法，你可以随时来找我。乔笺，我希望以后你都用不上那些盔甲，冲锋陷阵的事情让男人来做就好了，你只要站在我身后。”

乔笺望向宋然声，语气淡然却不失坚定地说：“不，我从来不会站在其他人的身后，也不习惯依赖别人，我自己可以处理好这些事情。”乔笺顿了一下，说，“不过这次还是谢谢你帮我找到了这个视频。”

打开车门下车，外面的雨已经停了，地面湿漉漉的，都说一场春雨一场暖，看来气温要开始升上去了，只是现在还是很冷。乔笺将手插进衣服的口袋里，没走几步，包里的手机就开始振动，是宋然声。

他还没有走，车子停在那里。乔笺按下接听键，远远地，乔笺看到他将车窗降了下来，他的声音听上去好似有些愉悦：“我骗你的。”

“什么？”乔笺有些不解。

“我刚刚说我只是来给你视频那句话是骗你的，我只不过是想以这个借口光明正大地来看你。”其实隔这么远有些看不清脸，但是乔笺知道宋然声一定是注视着她的，或许他的嘴角还有些许的笑意。

两人隔着远远的距离望着，乔笺心底突然涌上心酸，爱一个人的眼神是骗不了人、作不了假的，她从他的眼神里看出了他对自己的喜欢。乔笺由宋然声想到了她自己，那个人明明知道她喜欢他，他却选择忽视，而她明明看出宋然声对自己的喜欢，她却选择逃避。

她不想让宋然声变成第二个自己，她心底忽然又涌上害怕，越接触他，她怕心底一直坚守的东西会慢慢动摇，她怕自己被感动，所以她不能让他这样下去了。乔笺挂断了电话，慢慢垂下了头，转身走了回去。

【3】彻底惹怒宋然声

这个节目没过多久就会播出，果不其然，预告一出就上了热搜榜，还是连着好几条，毕竟这是乔笺在风波之后参加的第一次活动，而这个活动又是和曝光了乔笺酒驾石锤的于云清一起上的。

网上又是吵翻了天，纷纷在底下质疑为什么一个有酒驾污点的艺人，在这么短的时间内可以重新出现在公众的视野。有个网友甚至又把前一段时间乔笺代言的护肤品导致消费者烂脸的事情拿出来说，以此来说明乔笺的人品。

这个网友倒是提醒了大家，有些网友也看不下去了，纷纷回复那个网友："人家公司都开了新闻发布会，那个消费者是来骗钱的好吗？警方都介入了，无脑黑也不是这样的。"

网友这样一回复，反倒把这条评论顶上了热评第一，而风向也开始慢慢转变，护肤品事件爆出来以后，乔笺也是被许多的网友谩骂，但是事件澄清后，那些谩骂乔笺的网友倒是没有向乔笺道过歉。更何况宋立声公司的那个品牌，自那个事件后反而成了行业黑马，销售和口碑都不错。

或许这一次的酒驾事件也另有隐情，毕竟那个视频也是有头无尾的。事情过去那么久，网友们也不像刚开始那会儿那样愤怒了，纷纷表示愿意静观其变。

于云清看到网上的风向不对，气得牙痒痒，其实许多是她买的水军，本来想再踩乔笺一脚，可是风向竟然没控制好，往乔笺那边偏了。于云清的经纪人来安慰她："过一段时间，我们再买一个热搜，将那张照片无意爆到网上去，过一段时间我们再去控评。"

接到宋然声电话的时候，正是节目预告出来的第二天，安导已经回国，宋然声跟安导约了时间，他准备带上乔笺和安导见上一面。

乔笺欣然应允。宋然声约乔笺在一家私人会所见面。

地点有些偏，差不多是郊外了，环境倒是好，依山傍水的。乔笺是听过这个会所的，里面的会员审核制度非常严格，光会员费就要几十万，并且不是有钱就可以申请的，还要在圈子里有头有脸才可以。

到达会所，乔笺报上宋然声的名字后，有专人带着乔笺去宋然声包下的那一层。会所里面的景色非常好，临江而建，电梯门是玻璃的，从里面向外面望去，可以看到宽阔的江面。

走廊上铺满了厚厚的地毯，踩在上面绵绵软软的，一点声音都没有。走廊的墙上挂了几幅油画，乔笺特意看了其中的一幅，是女画家欧姬芙的作品，是真品。

真是奢侈，将这样昂贵的画作挂在走廊。

宋然声已经在包厢内，他对面坐着的正是声名赫赫的安礼安大导演。安导已经年逾不惑，眼角生了皱纹，头发也白了许多，他似乎要比同龄人更显苍老一些，但是眉目之间依旧能够窥见他当年的俊美，他看上去十分和蔼可亲。

乔笺自然是见过他照片的，安导一直是她喜欢且崇拜的导演，而此刻安导就坐在她的面前，乔笺有些激动，没有想到有生之年可以跟自己的偶像靠得那么近。

宋然声起身，把乔笺引荐给安导："安叔叔，这就是我向你说的乔笺。"又压低声音跟她咬着耳朵，"安叔叔是我母亲的故交。"安导含笑看着宋然声的小动作。

注意到安导的目光，乔笺有些不好意思，安导笑着向乔笺伸出手，问候道："乔小姐，你好。"

乔笺几乎是受宠若惊地握上去，有些语无伦次地说：“安导，没有想到有生之年我可以见到您。”

“以后见面机会会更多，再过几个月新电影就要开拍了，那时候我们会天天见面的，以后，你也可以同然声一起来看我。”安导意有所指。

宋然声转过头来望着她，眉目温柔，安导看到这一幕，会心地一笑。安导看宋然声时眼神是十分慈爱的，可又好像蒙着一层雾，好像是通过他来缅怀自己的某个故人，所以有一种奇异的眷恋。

乔笺深吸了一口气，放在膝盖上面的手握紧成拳，鼓足了勇气才开口说：“安导，能够演您的电影，我感到十分荣幸，可是抱歉，我并不愿意。”话一出口，安导有些愣住，还从来没有人不愿意拍他的电影，那么她拒绝的原因，自然与坐在她身侧的宋然声有关。安导转过头望向宋然声。

宋然声的脸色十分难看，他本来就有些白，被她这句话气得不轻，脸色越发地白，还隐隐透着青，太阳穴一跳一跳的。他真的是咬牙切齿地说出这句话：“乔笺，你别胡说八道。”

乔笺看向安导，十分冷静地说：“安导，我一直想当面跟您说这个事情，我不能演您的电影。”

“乔笺，别太过分。”宋然声隐约知道她要做什么，脸色越发差，“你要知道，这样的机会是多少人求都求不来的。”

她知道这样的机会求之不得，可惜偏偏给她这个机会的人是宋然声，她不能要，她不想让自己变成第二个宋立声。

乔笺低着头不再说话，宋然声的脸色则十分不好。

“为什么？”打破僵局的还是安导，他亲自给乔笺泡了一杯茶，安导应该是个中好手，一套动作下来行云流水，茶叶在杯中沉沉浮浮，最终沉淀在杯底，每一片茶叶都舒展开来，似柔嫩的小手，叶片碧绿，还透着亮。

有茶香撞入鼻腔，浅浅淡淡，如春天的和风细雨。

安导放下陶制的小壶，这才开口："看得出然声很喜欢你，这是然声第一次要我帮他的忙。"

乔笺反问："安导，我能问您一个问题吗？"安导点头，示意她说，乔笺毫不避讳地表达自己的想法，"其实这部电影，您先前是选定了女主角的吧。"

那肯定是自然的，这部电影筹备了许久，女主角也早就定下来了，是一位好莱坞的新星，合同也早就签好了的，只不过他向来低调，一直没有公布。宋然声的一通电话，就让安导第一次和别人毁约，为了补偿，他承诺了让那位女演员演他下一部电影的女主角。

安导倒是毫不避讳地点头。

"看得出来，您很在意宋然声。"乔笺实话实说。

"那是自然，我和他母亲是故交，我一直把他当作自己的儿子。"说起故人，安导的眼里有温柔的神色，似乎只要一提起她，便是万般柔情涌上心头，可是这柔情的背后是无尽的寂寞。乔笺看得分明，原来他喜欢她——宋然声的妈妈。

"所以要不是宋然声，我根本就没有资格来演您的戏。"乔笺深吸了一口气，"可是安导，我有喜欢的人了，所以我不能接受宋然声的好意。"

"乔笺！"宋然声的脸色完全沉了下去，语气里隐隐有警告的意味。她竟然为了拒绝他的好意，愿意舍弃到手的大好前程，宋然声只觉得她蠢，他又没有强迫她做什么，也没有这个打算。

安导则十分诧异："然声，我想跟乔小姐单独谈一谈。"

宋然声虽然不愿意，但是他是极其尊重这个长辈的，他终是点了点头，走之前只冷淡地看了乔笺一眼，似乎刚刚那个气急败坏的人不是他一样。

"然声那个孩子，是我从小看着长大的，然声这个人对待其他人很冷漠，防备心很重，可是对自己人会倾其所有地对他好。或许他脾气是差了那么一点，但家世、长相和人品都很好，乔小姐为什么要拒绝他拒绝得这么果断？"

乔笺知道，安导其实还是想说服她，毕竟他那样看重宋然声。她回答道："我喜欢的那个人，我已经喜欢他十多年了，虽然现在他已经有了喜欢的人。"

安导更加疑惑："那为什么不试着去接受然声？"

乔笺决定赌一把，赌安导对故人的感情："因为我喜欢的那个人叫宋立声，是宋然声同父异母的弟弟。"乔笺一字一顿地说出那句话。果不其然，安导脸色大变，像是被什么刺痛，如果不是因为李希文，宋然声的妈妈也不会自杀。

"我曾经还帮着宋立声跟宋然声不对付，甚至，我现在都没有真正地忘记宋立声。"

安导的脸色更加难看，神情比刚刚见到她时要冷漠了许多，说："乔小姐，谢谢你的坦诚，我答应你的要求，我会劝然声放手。"

打开门，宋然声就等在门外，她的视线就毫无防备地撞入了他的眼里，他的眼睛很好看，是双眼皮，眼皮的褶皱很深，眼睛有些长，很是清峻。他脸上没有什么表情，可是乔笺看出来他在生气，很生气。

"安导答应了。"乔笺向他宣告结果。

宋然声没有什么反应，乔笺正想从他身边走过去，他却扣住了她的手腕，又顺势一拉，乔笺整个人都往前倾，他又脚步极快，大步大步地往前走，乔笺整个人都跟在他身后小跑。

"宋然声，你做什么……"

"闭嘴！"

乔笺被他拉得七拐八弯，终于到了会所的一个房间。他按下指纹，门"嘀"的一声打开，他将她扯了进去，反手就把门摔上，他将她整个人都抵在门板上，握着她的一只手，高高举起压在门板上。

"乔笺，你是故意的。"

隔得太近，她能感受到他呼出气体的温度，他的目光很是咄咄逼人，可是乔笺毫不躲避："我就是故意的，故意让你死心。"故意跟宋然声说她想见安导一面，让他误以为她是想接这个戏，等真正见到安导，乔笺才说出真正的意图。

因为她知道，她跟宋然声说出她真实的想法，宋然声肯定是不会同意的，甚至还会向她公司施压，到时候合同一签，她不想演也只能演，所以她只能亲自跟安导谈。

“你知不知道，只要接了这个电影，你就完全可以打开海外市场，问鼎奥斯卡也是有可能的？有安导为你铺路，前途不可限量，我又没要你做什么，也不会要挟你做什么，为什么要拒绝？”他的手掌慢慢地收紧，他恨不得掐死她，他那样为她好，为她考虑，她却骗他，让他误以为她是真的想接这个戏。

“因为我爱宋立声！”乔笺看着他的眼睛，眼里隐隐有泪，“我那么爱他，怎么忍心让他处于那么尴尬的境地？就算我决定忘记他，我也不会与他为敌。”

宋然声几乎气笑了，他怒不可遏地说：“答应接安导的戏，和我不再敌对就是与宋立声为敌？乔笺，你未免也太高看你自己了。”

他的眼神可怕极了，乔笺侧过脸不看他，坦然地说：“我就是爱他！我不知道你因为什么而喜欢我，可是我连朋友都不想和你做，我不想和你有任何关系。”

宋然声气得眼睛都有些发红，他伸手掐住她的脸，五指陷入她的脸颊，让她看着他，威胁道：“乔笺，你就不怕我再一次封杀你吗？”

“你尽管来，反正我也不怕了，你不是做过一次了吗？”乔笺毫无畏惧地盯着宋然声。

宋然声只觉得有一根针在他心口密密地扎，她就这么喜欢宋立声，就算她知道他一直在利用她，就算上次护肤品事件后他毫无情面地换掉代言人，就算他的心在其他女人身上，她还是喜欢他。

宋然声的眼里满是厉色，那张令人惊羡的脸此刻微微的扭曲，怒气攻心之下，他说：“你就不怕我变本加厉地对付宋立声？”

乔笺脸色一僵，过了好一会儿才缓过来，几乎口不择言地说："你从来就没有打算放过他！如果你哪天对他做得过分了，或许我会为了立声，委曲求全地跟你在一起。那样也可以，身体是你的，心却是宋立声的，如果这就是你想要的，你现在就可以要了我。"

宋然声松开了她的手，右手紧紧握成拳，"咚"的一声闷响，他握紧的拳头打在了她身后的门板上，狠狠地盯着她，胸膛剧烈地起伏。

这个女人有的是本事将他气疯，好，好得很，宋然声怒极反笑道："这么喜欢宋立声，真是令人感动，可是宋立声呢，他跟别人求了婚。宋立声带你去各种场合应酬不同的男人，你呢，你得到了什么？"

宋然声终于生出了一种凌虐的快感，他凑近她的耳朵低喃，那样亲密的姿势，说的却是最最恶毒的话："你竟然那么爱他，你什么牺牲都可以替他做。其实当时我就不该从马毅手上带你走，反正你为他牺牲是心甘情愿的。哦，我差点忘记了，后来你为了宋立声谈了那么多个客户，其实什么牺牲都做过了吧。"

乔笺的眼里已经蓄满了眼泪，可她还是那样看着他，强忍着泪意道："对，为了宋立声，我什么都愿意。"

心口像是破开了一个洞，有冷风在心口呼啸，明明知道她说的是气话，可是宋然声理智全无，他突然冷笑了一声，说："抱歉，我嫌脏。"

宋然声站直身子，从西装的口袋里掏出手帕，将掐过她脸的手指一根一根地擦干净，仿佛她是令他不堪忍受的秽物，擦过之后，那块手帕被他随意丢弃在地上，他拧开门走了出去。

乔笺死死地咬着嘴唇，喉头涩得发紧，隐隐有血腥味，眼睛酸涩。通过大开的门，她看到他大步走在长廊上。今天的阳光很好，长廊的窗子在暗红织金地毯上投下一个个光影，而宋然声一个个光影踩过去，很快转过廊角，再也看不到他的背影。

她突然就哭出声来，她死死地攥紧自己的衣领，大口大口地吸气，仿佛是一尾鱼失去了水，就要窒息而亡。好一会儿她才平复下来，其实她不接受宋然声的好，更多的原因是她不想宋然声变成第二个自己，她不想享受着他的好，却给不了他回应。而那些好，只会成为她的负担。

宋然声缠她缠得紧，把一切都给她考虑好了，只是她这个人总喜欢将事情划分得清清楚楚，不要就是不要。这次这样让他脸面无光，话都说到这个地步上，骄傲如宋然声，果然是被她激怒了，他应该从此不会再来找她了。

这应该是一件好事才对，可是为什么现在她那么难过呢？难过得好像有人在用力地攥紧她的心脏一样。

# 第七章
## 往后余生

【1】曾经宋然声最隐秘的心事

这几天，乔笺一直在等安导宣布她不再担任女主的消息，可是安导一直没有动静，这样也好，非常时期如果再爆出这种消息实在是对她不利。

宋然声好像从她的生命中消失了一样，再也没有了他的消息。

经纪人通知她去试妆，最近经纪人给她接了一部大女主的戏。

已经是四月了，外面的樱花都开了。江城种樱花树的历史悠久，乔笺公司在江边，可以全方位地欣赏江景，远远地望过去，层层叠叠的樱花像是飘浮的淡淡浅浅的云雾。

春天的阳光实在太好，张琳琳怕乔笺晒黑，找了一把很大的黑色遮阳伞，乔笺只觉得夸张，她根本不用走几步路，在室外晒了不到几分钟的太阳。

张琳琳收拾好东西，乔笺就准备和她一起搭乘电梯下去，走到大厅的时候，看见公司新人杨梦远的经纪人和一个年轻人在争执什么，杨梦远在旁边皱着眉看。

那个年轻人手里拿着一沓资料往经纪人手里塞，经纪人不接，推搡间，那沓资料被打落，轻薄的纸片似雪花一样飘散开，有一张在空中翻卷了几圈，轻飘飘地落在了乔笺的面前，乔笺无意识地往下一瞥，就被白纸上的黑字所吸引。

上面赫然印的是“校园霸凌”，还附有几张图片，其中一张图片上的女孩几乎衣不蔽体，女孩其他五官都被打了马赛克，只余下一双漆黑的眼睛，清晰地望着这个世界，眼里都是恐惧、绝望。

乔笺只觉得那双眼睛能够望入人的心里去，她弯下腰捡起那张纸。

“你们为什么突然反悔呢？”那个年轻人几乎有些气急败坏。

乔笺走了过去，问那个经纪人：“怎么回事儿？”

杨梦远见到乔笺过去，恭敬地喊了声师姐。

杨梦远的经纪人过来跟乔笺说了一下情况。原来这个年轻人叫作肖阳，是一家杂志社的记者，前一段时间他们杂志想要杨梦远拍一个关于抵制校园霸凌的公益片，本来杨梦远是答应了的，也是想借此机会增加一下曝光率，博得公众的好感，可是最近她因为参加一个综艺节目而突然小火了一把。今时不同往日，所以她拒绝出演这个公益片，因为这个公益片里有大尺度镜头，要是这家报社是国内闻名的还好，只可惜是个小报社，估计拍出来影响力也不大，更何况她现在走清纯路线，所以她就临时变卦了。

肖阳急到不行，眼睛都有些红，他激动地说：“你们知道现在有多少孩子在遭受校园霸凌，又有多少孩子因此有很大的心理问题甚至自杀的？我们只是希望能够呼吁公众关注这些……”

而杨梦远的意思是坚决不肯拍摄，就算是用替身也不肯，要公司想办法看名下有哪个女艺人愿意帮忙。

乔笺心下触动，出声说：“或许我可以帮忙。”

话一出口，周围的人都愣住了，在他们眼里，这种活动实在是吃力不讨好，肖阳却惊喜地望着她：“真的吗？”

乔笺点点头：“我现在要去试妆，你留个号码给我，我有空再打电话给你，我们细聊。”

肖阳几乎是颤抖着声音报出自己的号码，乔笺记下便去试妆了。

这个大女主的戏是一部年代戏，她的妆画得极其寡淡，梳着那个时候的刘海，眉毛细细的，眼睛没有上妆，可灵气似乎要从眼珠子里溢出来，又试了几套衣服，摄影师拍了许多照片。

等全部忙完，已经差不多是黄昏。有些累，乔笺上了车就靠着椅背缓了一口气。她没有忘记和肖阳的约定，她刚准备打电话，张琳琳就开口了：“乔笺，你真的同意拍那个公益片啊，我看了大概内容，需要把背部露出来。”

乔笺点了点头，肖阳说公益片时间不长，顶多三天就可以拍完，时间也不冲突，而她看过了肖阳给她的资料，更加坚定了这个想法，她是真的想抚慰那些受伤的心灵。

乔笺以为肖阳这个时候已经下班了，没有想到肖阳却还在报社，甚至他们整个报社的人都没有下班，就为了等她的这通电话，乔笺让司机直接开往报社。

果真是整个报社的人都在等她，报社是真的不大，一个格子间挨着一个格子间，显得有些挤，桌面上乱七八糟的，堆了许多书。见乔笺进去，所有人都站了起来，神色都有些兴奋。

主编招呼乔笺等人坐下，肖阳手忙脚乱地给他们倒水。

乔笺看得出他们都十分重视这次的公益片，主编为了让乔笺更加了解情况，拿出一沓厚厚的资料递给她，说：“其实我们从去年就开始报道校园霸凌了。”

乔笺翻开资料，上面记载了许多案例，每一起都让人恨得牙痒痒。

把资料翻完后，她眼睛通红，喉咙就像梗着一根刺，这些遭遇校园霸凌的人年纪都不大，正是最美好的年纪，却遭受了这个世界最大的恶意，而那些施暴者却因为年龄小，一次一次获得宽容，一次又一次作恶。

乔笺哽着声音："后来，这些孩子都怎么样了？"

"退学，有的患上了抑郁症，最严重的是永远离开了这个人间。"说到这个，主编突然激动起来，"凭什么？凭什么那些孩子要遭受这些，那些施暴者却还好好的？甚至很多人都只认为是小孩子之间的小打小闹，根本就不拿这些当事儿看。

"为了这个公益片，我们报社求了很多人，拉了许多的赞助，一个人的力量有限，可是我们可以借助公众人物的力量，影响更多的人，呼吁更多的人去救救那些孩子。"说到最后，主编的眼里隐隐有泪。

乔笺站起来，郑重地朝他伸出手，这样的人值得尊敬。或许这个世界还有许多不完美的地方，但是有这样的人在努力，他们努力将世界变得更加美好一些。

离新戏开拍只有一个星期的时间，还有几个通告，乔笺硬是挤出时间配合杂志社的团队将那个公益片拍完了。

那个杂志社的效率也快，没过多久，那个公益片就出现在了网上，一时间登上热搜榜，而乔笺此时已经在另外一个省的影视基地拍戏了。

同一时间，宋然声正在赵欢家里喝酒。他有哮喘，家庭医生嘱咐他少喝，但是今天晚上，他一点也不想遵医嘱。

其实他很后悔，后悔上一次那样口不择言。宋然声已经有一段时间没有见过乔笺了，他想见她，可是乔笺是一点台阶也不会给他的，更确切地说，其实他害怕见到她，现在回想起那些话来，实在是太过混账了。

"先前我还奇怪，不知道你为什么要捧于云清拍我的戏，以前也没这毛病，你对女人向来大方，但是你从不捧人，原来你是醉翁之意不在酒，因为乔笺在我组里。"赵欢喝了一口酒，摇了摇头。

宋然声不知道要怎么和她相识比较好，纵然他很久之前就认识了她，默默关注了她那么多年，她也耳闻过他，但是事实上，他们两个一直没有正面交集过。

那天的天气很好，天空瓦蓝，有鸽子在空中盘旋，最后落在屋脊上的琉璃瓦上，他寻了一个最蹩脚的借口去接近她，明面上说是探于云清的班，其实真正为了什么，只有他自己知道，甚至那个时候他连自己都不承认自己心底隐秘的感情。

多可笑，他宋然声竟然喜欢上了爱慕宋立声的女人，而他又是那样厌恶宋立声。

可是那天，乔笺是真的很美，旗袍完美地契合了她的身形，柳腰款摆，摇曳生姿，高跟鞋踩在地上，发出轻微的声响，就像是踩在他的心上似的，否则余光里看到她缓缓走来，他的心跳怎么会有些失衡？

他忽然对自己生了气，想将心中异样的感情压下去，所以他第一次正式见她说的那些话，就让她颜面尽失，现在想来真是愚蠢至极。

“蠢。”赵欢的嘴中吐出这样一个字，“喜欢那就直接上，车子房子票子，实在不行就给她砸戏，一部不行就两部，她是圈子里的人，我就不信她不动心。他强任他强，清风拂过山岗。”

宋然声轻笑了一声，说：“你不了解她，她甚至拒绝了安叔叔的戏。”

赵欢耸了耸肩膀，只觉得宋然声是着了魔。赵欢拿起吧台上的手机看了一眼，发现刚好网上有乔笺的消息，就抬头看着宋然声，说：“乔笺拍了个公益片。”

公益片的开头是乔笺穿着校服背着书包在校园的香樟路上走着。阳光，青草，以及被风吹得忽扬忽落的裙摆，少女明媚地笑着，眼神清澈。画面一转，是学校外面的小巷子，行人在小巷里穿梭着。

一只手出现在画面里，揪住了少女的头发，天旋地转间，头顶碧绿的梧桐枝叶离她远去，而她如一片叶子般坠地，撞倒了路边的摊子。五彩玻璃珠在路面弹跳，裁剪着太阳的光影，剔透纯净。纯白风车掉到地上，停止转动，像是被折断翅膀的鸟。

少女被包围，如同身边插满栅栏，有人在扇她的耳光，头发被抓得散落，几缕青丝从耳畔飘落，最后那些人来扯她的衣服，一件又一件。

周围的成年人装作没有看见，穿着校服的学生们表情冷漠，一个个就像戴着面具，他们脸上没有怜悯。

少女洁白的背暴露在空气中，她弓着身子护着自己，微微颤抖，像是一尾跳到岸上的鱼，被人剖膛破肚。画面变成了灰白色，少女发丝凌乱地遮住脸，只余一双眼睛，漆黑的眼睛望着这个世界，那双眼里是无法直视的绝望。

宋然声看完，喉头微哽，他动了动喉结，好半晌才说出一句话："我错了。"

赵欢莫名其妙地看着他："什么？"

"其实她演的是她自己。"宋然声一直以为上次的网络暴力对乔笺影响不大，乔笺一直没有表现出什么异常，其实并不是，怎么可能不在意？她只不过压在心里。网络暴力跟校园欺凌的本质差不了多少，她其实也是在借这个片子来表达自己，他从她的眼里看到了情绪。

他错得实在是太离谱了，让她遭受网络暴力的起因偏偏是他，那段时间让她寸步难行的也是他，而他只是可耻地想让她低头。他与旁边那些冷漠的围观者有什么区别？

乔笺向来独立，做事情也很是老练，可是归根结底她也是个女人，她再怎么坚强也是个女人，她怎么可能不在意那些流言蜚语，怎么可能不在意那天他说的那些话？宋然声突然捂住脸，说到底，他并不完全了解她。

【2】再遇

张琳琳拿着手机去找乔笺，说："乔笺，那个公益片火了。"张琳琳眼睛红肿，好像哭过。乔笺就着她的手机看那条公益片，发现视频转发量已经破亿。

评论温暖人心，唤起了许多人的正义感，而看这个公益片的不乏许多家长，他们纷纷表示一定会注意孩子在学校的情况，避免这样的悲剧再发生。

“希望能够让社会各界人士注意到这一现象，真正帮助正在遭受校园暴力的孩子们。”乔笺看着那些评论温暖地笑了，第一次在这个行业中得到了一种满足感，突然觉得其实在圈子里也是一种不错的选择，她可以利用自己的知名度去做很多有意义的事情，而不只是单纯地为了宋立声。

而乔笺本人再一次上了热搜榜，这一次网友们的言论不再那么激烈了，虽然还是有不少网友质疑她用公益片洗白，但是有的网友的言论已经慢慢偏向她了，一切都在慢慢地变好。

张琳琳看着那些评论，说：“乔笺，我们趁这个热度把那个视频放出来吧，你不要再受委屈了。”

乔笺摇了摇头，还不是最好的时候，她也不想利用这个公益片的热度，因为她不想因为自己而分去大家对校园霸凌的注意。

可是有人偏偏不如乔笺的意，于云清看到那个公益片后气得发狂，她一点都不想乔笺利用这个公益片洗白，她打电话给经纪人，吩咐他买热搜。

第二天，当乔笺看到自己又上了热搜榜时颇为无语，这条热搜是关于她耍大牌的。录制节目那天，于云清走过来跟乔笺握手，但是乔笺看都没有看她一眼。照片是从于云清后侧方拍的，看不到于云清的脸，只能看到她伸出手，还有乔笺冷漠的脸。

这张照片是那个节目组的工作人员“无意”泄露出来的。据说他在群里跟人聊八卦就聊到了乔笺，然后说乔笺这个人很喜欢耍大牌，脾气也很差，群里偏偏有乔笺的粉丝，粉丝不信，于是这个工作人员就把图片爆了出来，没有想到群里的人会把聊天记录发到网上。

乔笺是真的生气了，她自然知道这是谁做的，评论里有许多买的水军和营销号在那里带节奏，有些网友认出了于云清的背影，纷纷表示心疼于云清。

她让张琳琳打电话给经纪人，让经纪人联合策划团队好好送一份大礼给于云清。之后网络上有什么血雨腥风，乔笺也不管了。

之后，乔笺待在剧组认真看剧本和拍戏，所以她并不知道宋然声买下了几个一线城市最繁华地段的广场屏幕，将她拍的公益片放在黄金时段播出。人来人往的繁华广场上，衣着鲜亮的人们驻足望着广场上的屏幕沉思。

很多反对校园霸凌的组织和协会成立了起来，还有一些看过那个公益片的优秀的心理医生，自愿为那些遭受校园霸凌后的孩子进行心理康复治疗。这些已是后话，暂且不表。

宋然声决定去一趟乔笺的奶奶家。

虽然路途有些远，宋然声还是决定亲自开车去，走的高速公路，有好几百公里。高速公路就像是长长的带子，在山上盘旋着，两边的景色很是单调，从白天到黑夜，宋然声一路向南。

奶奶见到宋然声过来，很是惊喜，她很喜欢宋然声，还经常和宋然声发微信。

奶奶还以为乔笺是和他一起来的，可是发现并没有，才疑惑地问他："乔乔呢？怎么没有跟你一起来？"

"她在拍戏，抽不出空来。"宋然声回答奶奶。

奶奶有些担心，小心翼翼地问："不会是乔乔又和你吵架了吧？"

宋然声不想让奶奶担心，笑着说："没有的事，我就是想你们了，想来看看你们，春节太忙了，都没有过来。"

说起春节，宋然声不禁笑了笑，奶奶将乔笺有男朋友的消息告诉了乔博山夫妇，乔博山夫妇知道这个消息也很是高兴，一定要跟宋然声视频。所以春节的时候，宋然声打电话给奶奶拜年，奶奶就说要和他视频。

这个春节，他相当于是将乔笺的家长都见了一个遍，乔博山夫妇对他很是满意，几乎是笑得合不拢嘴，而乔笺则是尴尬得满脸通红。

已经过了午饭时间了，奶奶怕饿着宋然声，赶紧去厨房给他做饭，做了一大堆好吃的，然后坐在他身边看着他吃。

宋然声吃着饭，随口说起了乔笺："奶奶，您跟我说一说乔笺小时候的事情吧。"他想多了解一下她，真正地去懂得她。

奶奶笑着去找了乔笺小时候的相册，一张张地翻给他看。虽然时间太过久远，有的照片褪了色，但是依然可以看得出乔笺从小就非常漂亮。一张张都是乔笺成长的痕迹，宋然声忍不住用手去摩挲，像是要穿过那些他未曾涉足的岁月。

"乔乔后天就要过生日了，她好久都没有在家过过生日了，她小时候最喜欢过生日，最注重生日的仪式感，一定要吃寿面，最在意谁是第一个跟她说生日快乐的人。"奶奶说。

原来她的生日是后天。

乔笺没有想到宋然声还会来找她。他很是低调地来到了剧组，天气渐渐暖和起来，他穿着薄薄的白衬衫。黄昏里，枯寂的阳光一点一点地从他的眉角染过，他站在一棵桃树下远远地望着她。桃花谢掉了，枝叶下缀满了一颗颗毛茸茸的小青果，他的头发似乎擦着那些枝叶。

乔笺装作没看见，坐在椅子上继续看剧本，周围有许多演员。宋然声的集团涉及许多行业，旗下有一个市场份额占有率极高的电影院线，圈子里的人都听过宋少的名号，但是见过他的人着实不多。

旁边的两个女演员开始议论宋然声，其中一个说："那个人是谁啊？长得挺好看的，是新来的演员吗？"

穿白色戏服的女演员推了她一把，说："你也不看看他身上穿着什么，今年最新款高定，这一套衣服比我们两个的片酬加起来还要多得多。"

穿白色戏服的那个女演员又问乔笺："乔笺姐，你认识他吗？我感觉他一直朝你看。"

乔笺冷漠地摇了摇头，回答说："不认识。"

等拍完戏，乔笺上车准备回酒店的时候，导演给乔笺打了电话，说：

“乔笺，我们剧组明天集体休假一天，你明天不用过来了。”

乔笺第一反应是觉得导演的脑袋进水了，且不说这几十万一天的场地费，组里各类工作人员的开支，剧组本来就是在赶进度，突然弄这么一出简直让人觉得莫名其妙。

可是一细想，就很容易猜出是谁做的，除了宋然声，还会是谁？果然，乔笺四处张望，就看到了宋然声的车，就停在她车的斜对面。

隔着挡风玻璃，两个人对望着，停车场的灯光昏暗，却更映得他的轮廓深邃，或许是灯光的原因，他的神色有几分落寞。张琳琳顺着乔笺的目光望过去，就看到不远处驾驶座上的宋然声。

张琳琳知道乔笺拒绝了宋然声，偷偷地望了乔笺一眼，她脸上没有什么表情。张琳琳刚准备叫司机开车，宋然声这个时候突然下车了，径直朝这边走了过来，张琳琳突然噤了声。

宋然声敲了敲乔笺的车窗，乔笺其实心情很复杂，明明那天两个人都说了那样的话，他又何必再来找她呢？乔笺不下车，宋然声就这样站在外面。

这个停车场是影视基地的，停的车都是圈子里的人的，圈子那样小，总有人会认得他，要是有人拍了照，怕又是不得清净。乔笺还是降下车窗来，仰头望他，语气客气而疏离地问：“宋先生找我是有什么事吗？”

宋然声眼里的光稍稍暗淡了下去，说：“奶奶要我带了东西给你。”

奶奶？乔笺简直觉得不可思议，他什么时候又去了奶奶家？

“东西有点多，放在我这边的房子里。”宋然声接着说。

乔笺狐疑地看了他一眼，然后打了奶奶的电话，现在时间不算晚，奶奶应该还没睡，果然，很快电话就被接通，奶奶在电话那头说：“乔乔，然声带过来的东西你都收到了吧？”

乔笺含糊其辞地应着。

宋然声竟然真的去看望了爷爷奶奶，乔笺的心情更是复杂，挂了电话，犹豫地看了宋然声一眼，又转过头对张琳琳说：“你打车回酒店，司机送我跟宋先生走一趟。”她总不能辜负奶奶的一番心意。

她不愿意上他的车，得知这样一个认知，宋然声更是觉得内心酸涩。

张琳琳点了点头便下了车。

这座影视基地位置是真的很偏，司机开了一个多小时才进入市区，而乔笺实在是太累了，她靠坐在后座上睡着了。等司机喊她，乔笺才迷迷糊糊地睁开眼睛，宋然声已经在车外等她了。

乔笺下了车，夜色很好，花圃里的三角梅开得正好，红色的花萼像是一匹绸缎，温柔地划开这夜色。天气已经暖和了起来，正是春风沉醉的时候，风温柔地吹起乔笺雪纺裙子的裙摆。

隔得近了，乔笺才看清楚宋然声的眼睛下面有淡淡的黑眼圈，眼眶也熬得有些红，脸上有些许疲态。此刻，他正目光灼灼地盯着她，乔笺头一偏就避开了他的视线。

他今天开的车是一辆黑色越野，乔笺注意到车身上面布满了尘土，下面还沾了些许泥，这辆车看上去脏兮兮的，一点也不与宋然声的身份相符。

宋然声该不会是自己开车去的奶奶家吧，江城离老家有好几百公里的路，而老家到这座影视基地又是几百公里，他是疯了吗？

乔笺的心突然就酸涩了一下，那种酸酸胀胀的感觉就像是小时候在外面受了委屈，想要扑进妈妈的怀里寻求安慰一样。乔笺压低声音说：“走吧。”

## 【3】我愿意为你放弃恨

这是一个高档小区，每一户都有私人电梯来保护户主的隐私。中年男管家站在电梯那里，朝宋然声恭敬地鞠了一个躬，非常绅士地请他们上电梯。乔笺一点也不奇怪宋然声在这里还有产业，在电梯中，乔笺一直低着头，没有去看宋然声。

他的这套公寓共有三层，室内还有专用电梯，装修得很简单，可谓低调奢华。乔笺跟在宋然声身后，忍不住问他：“奶奶究竟要你带了什么给我？”

宋然声微微侧过头，说：“跟我来。”

乔笺跟着他去了厨房，看到厨房那堆东西，瞬间有些哭笑不得，一只只坛子装的是甜酒，还有其他她爱吃的。其实那天乔笺走的时候，奶奶就让她带一些，当时她说飞机上不能带就没有要，奶奶当时还挺失望的。

“奶奶给我发微信，她一直念叨着你最喜欢的东西都没有带点过来。”所以，他就自己开车去了那里，又开车来剧组找她。

市场经济这么发达，外面要什么买不到？可宋然声竟然亲自开车去老家取奶奶亲手做的甜酒。有时候食物并不仅仅代表一种食材，也代表着一种思念，一种牵挂。好像许久以前，乔笺还跟宋立声在一起的时候，有一次跟他说过，她十分想念奶奶做的甜酒酿蛋，当时宋立声只是笑了笑，说：“那还不容易，去下面早餐店买一份就是了。”

其实她只是想吃奶奶亲手做的，宋立声不懂，懂的人却是宋然声。

乔笺面上依旧没有什么表露：“我叫司机上来搬下去。”

正准备打电话给司机，宋然声却轻声地喊住了她，他说：“乔笺，你可不可以给我做一碗甜酒酿蛋？”

宋然声竟然用那样的语气祈求她，仿佛是一个吃坏牙的小孩子，被大人禁止吃糖，可是那个小孩子用那样可怜巴巴的眼神祈求着大人，好似只要有一颗糖，他这辈子就会开心了。

乔笺这一刻，竟然没有办法拒绝他。

用勺子舀了好几勺甜酒，放在已经煮沸了的水中，白色的雾气袅袅上升，仿佛是暮色中的炊烟，最后被油烟机抽离。乳白色的液体上下翻滚，诱人的香气四散袭开。她将一只鸡蛋敲碎，将蛋液打入锅中，蛋液迅速地凝结成美丽的颜色，蛋清纯白，蛋黄金黄，就像一朵雏菊，乔笺用银制雕花的筷子在锅中翻搅。

宋然声站在她身后，静默地看着她，厨房的灯是淡淡的暖黄色，此时此刻，宋然声觉得这座房子第一次能被称之为家。

袖子被她高高地挽了起来，露出细白的手腕，头发被低低地束在脑后，她的脖子很纤细，弧度美得不可思议，有时候发丝掠过颈后那块细腻的皮肤，他就觉得喉头发痒。她的动作不是很熟练，应该是很少下厨的缘故，可是在他的眼里是那样赏心悦目。

已经好了，乔笺偏过头问："糖放在哪里？"

其实他也不知道，这里他很少来，更何况他几乎不进厨房。宋然声走了过去，一个橱柜一个橱柜地打开，终于在一个橱柜中找到了糖，递给了她。

一只白色的罐子，乔笺拧开，用小巧的长勺子伸进去，问他："你是喜欢甜一些的，还是喜欢淡一些的？"

宋然声并没有回答这个问题，他只是轻声地说："对不起。"他应该是第一次跟人道歉，很简单的三个字，组合起来说出口却是那样艰难。

乔笺的动作顿住。

他说这一声对不起，是因为在她经历网络暴力的日子里，他为一己之私而没有早点帮她的忙。

乔笺没有抬头，可是宋然声又说了一句："对不起。"他那天不应该一时失控说出那样伤人的话，明明他心里不是那样想的，可是他被她气到了，口不择言地说出那样恶毒的话。

乔笺这才抬起头来，两个人的距离极近，她忽然生出一种委屈的情绪，一丝丝地萦绕在心间，她的眼睛有些发酸发胀，泪水渐渐涌上来，眼前的事物被它们割裂成了晶莹的碎片。

宋然声微微弯下腰，伸手擦去她脸上的眼泪。隔得太近，乔笺可以清楚地看见他眼里的温柔，如同夜色下的海面上温柔的灯塔。乔笺愣住，一时间忘记推开他，男人的手不比女人，她能感觉到他拇指的细细纹路。

宋然声笑了，突然柔声地说："生日快乐啊，乔笺，今年我是第一个对你说生日快乐的人。"

原来已经过了十二点，这个人真是傻，前前后后开了千把公里的车，去了乔笺家里，又开车来到影视基地，其实就是为了跟她说一声生日快乐。

乔笺的眼泪突然又落了下来，原来被一个人全心全意地爱着是这样的感觉，那个人会小心翼翼地讨好她，会给她所有他认为最好的东西，甚至愿意委曲求全，所有关于她的节日，他都会记得。被一个人爱着原来是这样的啊。

“宋然声，我能接现在这部电影其实也是因为你吧。”否则，这样的一部大制作，怎么敢用她这样有“污点”的演员呢？而安导也没有公布她不再担任他新电影女主角的消息，想来是宋然声打过招呼的。

宋然声点了点头：“乔笺，别再说那样的话了，也别再逼我走了，你不能因为你喜欢宋立声而拒绝我，如果我和他不是这样的关系，你还会拒绝我吗？你不能这么残忍。”

其实有时候喜欢一个人，不见得是那个人有多好，而是他出现的时间比别人早那么一点，他们一同走过那些青涩的岁月，以至于那些岁月成为生命中的月光，后来一直为此耿耿于怀。

乔笺嘴唇翕动，想说什么又很犹豫，终于，过了好一会儿才说：“宋然声，我没有办法。”

如果他是别人，他为她做了那么多，或许她会感动，时间长了，或许愿意试着接受他这段感情，可是偏偏他是宋立声的大哥，是恨不得将宋立声踩在脚底的大哥。

“我不能阻止你对付宋立声，如果你伤害了他，我一定会恨你的，我怕到时候是我们两个人都痛苦。我做不到在这么短的时间内忘记他，即使他真的做过那些，毕竟曾经他是真正对我好过的。”所以她怯弱得甚至连面对都不想去面对。

那还是小时候的事情了，爸妈那个时候对她很严，她数学偏偏不是很好，总是不能及格，那一次考得是真的差，乔笺现在还记得那个令人羞耻的分数。

明明已经很努力了，努力将休息时间一点点挤出，可是她考的分数还是倒数第一，甚至连上课经常不怎么听讲的同桌都没有考过。

卷子需要家长签字，但是乔笺根本就不敢回家，放学后坐在座位上埋着头修正那些错题，可是还是不会，最后只好捧着卷子在那里默默地哭，又气又恼。

“怎么了？”宋立声突然从门外进来，夹带着寒风，他一直在等乔笺回家，可是一直没有等到，便来找她。他从窗外就看到乔笺在哭，那个时候宋立声正是长身体的时候，个子蹿得老高，身上却没有长多少肉，单薄得可怜。

乔笺条件反射地用手去捂住那个卷子上令人羞耻的数字，可是来不及了，他看到了。

宋立声也没有说什么，只是在她旁边的座位上坐了下来。他伸手去抽乔笺手中的试卷，乔笺不肯放手，他再抽，乔笺终于慢慢地放手。

宋立声皱着眉看着那个数字，将试卷前后查看了一番，终于来安慰她说：“其实你很多东西都知道，只是还不会运用，慢慢来就好了，我可以给你补数学。”

乔笺只是静默地掉着眼泪，宋立声没有办法，开始柔声地哄她，那天他说过的话乔笺已经忘记了，可是他眼里的温柔乔笺一直记得。

宋立声哄了她好一会儿，乔笺才支支吾吾地说：“可是试卷要家长签字。”

宋立声脸上终于有了浅浅的笑意，他拿出中性笔，一笔一画地写上了乔笺爸爸的名字，他的字很好看，很好看的楷书，清秀而隽永，一点也不像男孩子的字，不过字如其人，他这个人也是这样温柔又美好。

回去的路上很冷，下过雪，正是融雪的时候，月亮在头顶冰冷冷地挂着，照得路面上的积雪莹莹地反着银光。天色已晚，偏偏这光又映得这个世界稍稍明亮了起来。他们回家要经过一条长长的小巷，路面上的积雪都被扫到两侧了。

有一个阿姨踩着三轮车过来，车上面烧着炉火，她是出来卖烤玉米的。宋然声叫住了那个阿姨，然后买了一个玉米递给乔笺。

她一直记得那根烤玉米的香气，玉米粒颗颗饱满，有的颗粒被烤裂开了，咬一口满口香糯。

宋立声望着她笑，他让她走在他身后，因为冬天的风很冷，吹得人发凉，他穿着蓝白的校服走在前面，风将他的校服吹得微微鼓起。

乔笺捧着那根玉米，整个人从心底开始暖和，小巷子的中央有一棵很高大的树，乔笺总是分不清法国梧桐和它的区别，明明长得很像，树上面的叶子全部是橙黄色的，落了许多，但是没有落完，上面还蜷缩着许多叶子。

通过枝叶横斜的间隙，乔笺抬头望天，天空干净得没有一丝云，只有融融的月色，空气里有巷子后的人家传来的饭菜香，隐约可以听到《新闻联播》那熟悉的音乐前奏，楼房里的灯光高高地照起，映得那条巷子温馨而冗长。

很久以后，乔笺才知道，那买烤玉米的钱是他仅剩的钱。他家里全靠李希文一个人谋生，还有一个多病的外婆，他们家拮据得要命，李希文给他的钱少得可怜，他正是长身体的年龄，最是受不得饿的时候，可是他舍得将身上仅有的一点钱，拿来哄她开心。

宋然声安静地听乔笺说完，那双沉静如寒星的眼望着她，他说："乔笺，如果我说我不再跟宋立声过不去，你可以试着接受我吗？"

乔笺怔住，其实以他的立场和角度，他是有理由继续憎恨宋立声的，他对付宋立声也是合情合理的，可是他现在竟然对她说这样的话。

宋然声又继续说："乔笺，一生那么长，你只是爱错了人，我曾经缺席了你的过去，可是以后还有那么长的岁月，我会陪着你慢慢走下去。他曾经给予你的感动无法取代，可你不能停留在过去，也不能因此拒绝接受其他人，因为我会给你整个以后。"

“为什么？”

“因为我不想跟安叔叔一样后悔终生，我好不容易才遇到你。”那么，放弃恨也没关系。

# 第八章
## 试着接受

【1】宋然声，我们试一试吧

乔笺疑惑地望着宋然声，可是宋然声转移了话题："乔笺，已经很晚了，今晚留下来吧，明天我带你去一个地方，我将我妈妈的故事告诉你。"或许是因为宋然声的眼里浮现出的若有似无的悲伤，或许是因为他所做的一切终是令人有些动容，乔笺答应了。

管家给乔笺安排的客房，前一段时间宋然声就嘱咐过管家会有女客过来，所以管家安排人采购了女性用品，拖鞋、睡衣都是按照乔笺的尺码来的。

被子很舒服，被面是真丝的，上面绣了大朵大朵的玫瑰，应该是蜀绣。乔笺躺在床上，思绪万千。她侧着身体，像个婴儿一样蜷缩起来，只觉得好像所有的一切都乱了，甚至自己都有些摸不透自己的想法。

乔笺第二天很早就醒了，屋子里很黑，乔笺按下按钮，墨绿色的窗帘一点点地被打开，明亮的光才一点点地透进来。

时间还很早，乔笺也想多休息一会儿，可是她闭上眼睛，思绪又开始纷杂，于是干脆从床上起来。丝制的睡袍垂落到脚踝，床前铺就的地毯绵软细腻，她没有穿鞋，踩着黑色的木质地板，一步步地走到飘窗前，飘窗上也铺了毯子，上面还放了好几个抱枕。

乔笺坐了上去，窗子很大，几乎占了一面墙大小。她轻轻地推开一扇窗户，清晨的薄雾就飘散进来，带着些凉气，并不冷，空气清新，混杂了青草和不知名花儿的味道。是春天啊，深红浅绿，那样美好，乔笺的心情突然因为窗外的景色而好了起来。

她在飘窗上坐了一会儿，准备下楼去。她住的这间虽说是客房，但是房子是真的大，还配了一个衣帽间，昨天管家说衣帽间准备了她的衣服。乔笺打开衣帽间的时候，还是有些愣住，因为衣帽间一排排地挂着女人的衣服，外套、裙子等都被分门别类地挂好了，女性最贴身的衣服也被整理在一个柜子里。

全部是她的尺码，乔笺认出这些衣服都是国外一线大牌的最新款，而这些都是宋然声为她准备的。不得不说，宋然声的眼光是真的好，每一件的剪裁都好看到不行。

乔笺挑了一件胭脂色真丝印花连衣裙，衣帽间有一面大大的落地镜，乔笺望着镜中的人发愣。衣服是真的很美，衬得她皮肤似牛乳，还呈现出一种淡淡的粉，栗色的波浪卷发披散在身后，整个人显得妩媚至极。

衣帽间整整一面墙的架子上，摆满了各式各样的高跟鞋，不是Jimmy choo就是Manolo blahnik。这是她最喜欢的两个牌子，每次走红毯她都只穿这两家的，没有想到宋然声连这个都注意到了。

其中有一双，黑色的绒面上镶嵌了细碎的钻石，在灯光下，就像黑丝绒天幕中的一颗颗繁星，熠熠生辉。这双鞋是国外一位著名王妃的同款，全球限量发售，她非常喜欢，只可惜没有买到。当时她还在网上感慨来着，没有想到它们静静地被人安置在了这里。

她随意地从架子上挑了一双鞋穿上了，走出衣帽间。这间客房里连梳妆台都准备好了，上面摆满了各类牌子的护肤品和化妆品。乔笺坐到梳妆凳上，将梳妆台的柜子打开，发现柜子里还放了各类珠宝首饰，乔笺的心情更是复杂。

她沿着木质旋转扶手下楼去，楼梯上铺了地毯，踩在上面绵软无声，时间还很早，不知道宋然声有没有醒来，她准备去客厅等他。

路过厨房的时候，乔笺听到了宋然声的声音。

“是不是这样？”宋然声用了很不确定的语气。乔笺止住了脚步，转了个身，往厨房走去。

宋然声上身穿着一件白衬衫，袖子被高高地挽至手肘，腰上系了一条围裙，他手里抓着一包面，将面条拿出来，正准备放进去，厨师穿着工作服站在他的不远处，好像是在指导他。

很香，汤汁里应该是加了鲍鱼，很浓郁的香味，或许是用小火炖了一个晚上，这样的高汤用来下面最好不过了。

“可以捞出锅了吗？”宋然声侧着头问厨师，得到厨师的首肯，他才关了火，将面条小心地夹到碗里，最后淋上奶白的汤汁，在上面撒上一些嫩绿细碎的葱花。

他忽然就皱了眉，仿佛是在自言自语：“也不知道她喜不喜欢。”

厨师看到了乔笺，然后朝宋然声说了一句什么，宋然声这才转过头来。

看到乔笺站在门口，宋然声好像有些不好意思，又有些许的懊恼。他解了围裙，从厨房里走了出来，这才注意到她身上穿的裙子，眼睛一亮，嘴角一点点地弯起，眼角眉梢里都沾上了笑意。他赞美道：“很漂亮。”

乔笺轻声地说了一声“谢谢”。

宋然声的眼神直勾勾地盯着她，眼里那样炽热的爱，乔笺看得分明，他的目光太过灼热，以至于乔笺都不敢和他对视，她偏过头去。

望着她的姣好侧脸，宋然声很想伸手抚摸她的鬓角，但是宋然声生生忍住了，他的心在发痒，喉咙也是，他的喉头不自觉地上下滚动。

“生日快乐。”他说，又好似不好意思地轻咳一声，“我刚刚煮了长寿面。”说完又有些恼，他本来是想多练习几遍，将味道做好才端给乔笺的，可是没有想到乔笺起得这么早，这是他人生中第一次下厨，也不知道味道怎么样。

厨师将面端上了桌，他们两个在餐桌前坐下，面的卖相很好看，象牙白的筷子搁在筷枕上。乔笺拿起筷子夹了一点面条，微微晾了一会儿才送入口中，入口浓郁的香气，做面的高汤是用秘法熬制出来的，又有一个五星级酒店的大厨在旁边指导，怎么可能不好吃？

“怎么样？”宋然声问她，明明是这样的一件小事，可是宋然声莫名地期待她的回答，心里又有些忐忑。想他宋然声在生意场上做的是几亿的生意，操纵着整个集团的未来，商海风云诡谲，他向来自信笃定，可是偏偏这样的一件小事，竟能勾起他这样起伏的心绪。

乔笺朝他点了点头，宋然声这才完全将心放了下去。

厨师又端上鱼子酱和干面包片，放在宋然声的面前。鱼子酱用一个小罐子装着，宋然声将盖子打开，里面是颗颗饱满的黑色鱼子。他拿出一个小勺，挖了一勺鱼子酱放在手背上，这是最正宗的鱼子酱的吃法，鱼子酱这种食物很是娇嫩，一不注意就可能会破坏它的口感。

“昨天刚从俄罗斯空运过来的，春季才可以吃到最优质的鱼子酱，你尝一尝，看喜不喜欢。”宋然声将手伸了过来。

乔笺这才明白什么是真正的贵族底蕴，宋然声做这一套动作简直是赏心悦目，就着他的手，乔笺去吃他手背上的鱼子酱。

她小心地用唇去含那些鱼子酱，可是她再怎么小心，她的唇还是不可避免地碰到了他的手背。殷红的唇轻落在他的手背上，像是亲吻，宋然声无法避免地想到了那个晚上，那个失控的晚上，他现在都记得她唇的味道，回味至今。

吃过早餐，宋然声开车带乔笺去了一个地方，是老城区，有些破旧，楼房低矮，街道巷口有些窄。宋然声在一条窄巷中停了下来，这样的豪车开进这样的地方显得十分突兀，周围的人纷纷侧目。

“跟我来。”宋然声说。

宋然声好像对这个地方很熟悉，带着乔笺左拐右弯，终于来到一栋老旧的筒子楼前。已经没有多少人住在这里了，实在是太旧了，楼梯高而窄，上面满是灰尘，甚至可以踩出脚印。乔笺更是疑惑，宋然声出身这样显赫，怎么会来这种地方？

他将她带到三楼最右边的房子那里，阳台的围栏上放着一个白色瓷花盆，不知道当年种的什么花，反正现在已经枯萎了，枝叶全部黑黝黝的，好像风一吹就能掉下来。宋然声搬开那个花盆，花盆底下竟然压了一把钥匙，锈迹斑斑的，他捡起钥匙去开门，费了好大的劲才把门打开。

乔笺这才得以窥见里面的全貌，应该是十几年前的摆设了，客厅摆着红漆木桌，周围有几把配套的木椅，通通都褪了色，只留下时光的斑驳。

“这是？”乔笺忍不住问宋然声。

“跟我进来吧。”宋然声走了进去。这房子很久都没有人来住过了，地面、家具上应该都铺满了一层灰才对，可是这房子很干净，应该是有人定期来打扫。

乔笺跟在他身后，往房间的深处走去，是一个卧室，里面摆着一张小小的床，窗前是红木制成的书桌。宋然声走过去，手指轻轻地拂过桌面，神色温柔，而后他拉开了右手边的抽屉。

是一本厚厚的相册，乔笺站在他的身边，见他小心地翻开，好像怕损坏了一样。时间已经久远了，黑白照片有些模糊了，可是依然能够窥出照片中的少女眉眼美得惊人。

宋然声翻了许多页，都是那个少女，有笑着的，有难过的，有近距离的，有的甚至只是一个远远的模糊不清的背影。宋然声的神色越发温柔：“乔笺，这是我的妈妈。”

乔笺诧异，这是宋然声第一次对她说起他的妈妈叶琬，更奇怪的是，她的照片为什么会放在这样破旧的屋子里，就算是二十年前，按道理，叶琬也绝不可能在这样的屋子里生活。

“你猜这个屋子是谁的。”宋然声偏过头来看着她。乔笺从未见过这样子的宋然声，他眼里的难过满得快要溢出来，这个人平时好像刀枪不入一样，可是这个时候，他偏偏把他的软肋全部给你捧出来。

乔笺心里隐约有了答案：“是安导的吗？”

宋然声点了点头：“其实你上次就应该看出来了吧，安叔叔喜欢了我妈妈一辈子，至今未娶，甚至他这辈子都没再喜欢过别人。”叶琬知道宋之闻是骗子之后，情绪失控，离家出走，在这里住过一段时间。那段时间她情绪很不稳定，是安礼一直在照顾她。

那是一段悲伤的爱情故事。

安礼曾经做过叶琬的家庭教师，那个时候，叶琬才十六岁，而安礼不过是一名十九岁的大二学生。少女时期的叶琬天真美好，安礼对她暗生情愫，可是他也只敢任由这些情愫在心底如苔藓般蔓延，不敢摆到明面上来。

叶琬有那样显赫的家世，可是安礼呢？他只不过是一名普通得再不能普通的大学生，他的父母也只不过是普通的工人时期，而叶家早在民国时期就已经是社会名流了。这样的差距让少年时期的安礼只能将这份喜欢卑微地放在心上。

其实叶琬也喜欢过安礼，她曾经很多次暗示过他，可是安礼从来没有回应过她的喜欢，所以叶琬一直以为是自己一厢情愿，以至于她后来慢慢地放下了安礼。

后来宋之闻出现了，他的追求像火，让叶琬无法招架，他的爱让叶琬愿意变成一只赴汤蹈火的飞蛾，嫁给他为他生儿育女，最后叶琬却发现所有的一切都是假的。正是这个时候，安导才开始声名鹊起，等他可以配得上叶琬的时候，一切都晚了。

“宋之闻从来没有喜欢过我妈妈，他爱的是宋立声的妈妈李希文，他们很久之前就相爱了，宋之闻是为了我妈妈的家世才追求她的。那时的宋家遭遇了一些事情，不得不要外力的帮助，所以宋之闻就设计了我妈妈。”

那个时候的宋之闻一面同叶琬结婚，一面同李希文藕断丝连，甚至最后有了只比他小半岁的宋立声，宋然声说的时候，眉头是皱起的。

“我妈妈太爱宋之闻了，在知道真相后，她自杀了。”宋然声慢慢地合上相册，像是要合上那些过往，“有时候我会想，如果安叔叔当年勇敢一点，或许他们就可以在一起了，而我妈妈就不会走到那一步，安叔叔或许也不会那样孤独终老。”

叶琬是吃的安眠药，当时宋然声不过八岁。那天，叶琬一直没有起床，保姆们都以为她只是因为跟宋之闻吵架吵累了。叶琬知道了李希文的存在之后，他们总是吵得很凶，而那次吵得最凶，吵到了凌晨。最终，宋之闻气得摔门而去，而叶琬就一直躲在房间里哭，一抽一抽地，像是被别人丢弃的猫。

宋然声爬上叶琬的床，小小的身子蜷缩在叶琬的怀中：“妈妈，我们不要爸爸了好不好？我会照顾妈妈的，我已经是男子汉了。”

当时叶琬什么都没有说，只是抱着他一直哭，好像要把眼泪都哭干了，哭尽了才好。哭到最后，叶琬搂着小小的宋然声，沙哑着声音说：“然声，你以后要好好照顾自己，知不知道？”宋然声在她的怀中乖巧地点了点头，叶琬又接着说，“妈妈实在是没有办法了，妈妈爱你，对不起。”说完，叶琬在他的额头上轻轻地吻了一记，又哄他回去睡觉。

“妈妈，你真的不难过了吗？”临走的时候，宋然声问她。

叶琬望着他笑，眼神很是奇怪，像是要永远将他望进心里。

“不难过了，然声，你回去吧。”这是叶琬跟他说的最后一句话。

到了第二天下午，叶琬还是没有任何动静，宋然声实在忍不住，推开了叶琬的房间。

那个时候他年纪小，而叶琬又真的是像睡着了一样，他就一直守在她的身旁，守了一会儿，他终究是察觉到了不对劲，用手去触碰她的脸，已经是冰凉一片了。

后来的记忆一片混乱，保姆们惊慌失措的呼声，救护车的声音，嘈杂的脚步声……最后，宋然声站在医院外面，望着医护人员将叶琬推进太平间。

他不是宋之闻最疼爱的孩子，他只不过是宋之闻为了巩固联姻而来到世间的一个小东西。但叶琬竟然为了报复宋之闻采取了那样决绝的方式，甚至连宋然声也不要了。

宋然声只觉得恨，他恨宋之闻，也恨叶琬。他不明白为什么叶琬要为了一段感情而放弃他，也不明白宋之闻为什么可以为了利益而放弃感情，装出深情款款的样子来欺骗叶琬的感情。

后来，宋然声对待感情一直很冷淡，身边一直没有女人，甚至圈子里有了一些谣言，说他的性取向有问题，连外公都刻意来问他的话。他不厌其烦，让助理给他挑选女伴。这么多年，女伴就像是应季的衣服一样换了一批又一批，可是宋然声从来没有记住过她们的脸。

直到他遇上了乔笺，她怎么会有如此执着的感情，执着到令他想占为己有。他想要她的这份感情，开始他压抑自己，后来他让自己的感情放任自流。

“我不想成为像安叔叔那样的人，我不要留下一辈子的遗憾，我也不会是宋之闻。如果我喜欢一个人，那必定会一生一世只对她好。”宋然声目光灼灼地望着她。

“如果你是因为宋立声的关系而逃避我，那我可以承诺从此我不再对付宋立声，我愿意放弃我所有的怨恨，换一个我和你的机会。乔笺，我这样做，你是否可以试着接受我？”他的神情如此郑重，郑重到乔笺开始心悸。他竟然愿意为了她放弃恨宋立声，这样的承诺实在是太过沉重。

其实已经开始心动了不是吗？曾经她以为她这辈子都只会爱宋立声一个人，可是宋立声不爱她，甚至最后利用了她，那为什么不去试着接受一个爱她的人呢？为什么不自私一点，让自己被爱得多一点呢？不是已经决定要忘记宋立声了吗？那接受宋然声又有什么关系呢？

试试吧，乔笺，试一试吧，她内心不断地说服自己。

“宋然声。”乔笺喊他。

“嗯。”

“我们试一试吧。”

他眼底有炽热的火焰，乔笺看出了他对自己的喜欢，而岁月漫漫，总会有个人来真心爱她的。

宋然声的嘴角无声地弯起，筒子楼的采光并不好，明明是中午，可是室内昏暗得给人是黄昏的错觉，没有开灯，他自这暗色中望着她，眼里的柔情显得分明。他喉结动了动，问：“那我可以亲你吗？”甫一说完，也不等她回答，他的唇就压了下去，在她的唇上碾磨，她的气息清新，这种味道让他沉溺。

乔笺下意识地用手去推他，想要拒绝，可是他动作太快，又太过霸道，让乔笺没有拒绝的余地。乔笺在他的索取下，渐渐有些承受不住，双手向后撑着红木书桌。宋然声察觉到了她的无力感，将她整个人抱起来放在红木书桌上，他一只手托着她的腰，一只手扶着她的头，继续着先前的动作。

最后，两人都是气喘吁吁的，宋然声只觉得热，可是就算如此，他依旧不肯放开她，他依然抱着她，额头抵着她的额头。

乔笺忍不住伸手摸了摸他的脸，是滚烫的。

## 【2】男朋友的权利

是宋然声送乔笺回的剧组，还没有到影视基地那边的酒店，乔笺就让宋然声放她下来，宋然声不肯，硬是把她送到了酒店楼下，还想把乔笺送回房间。

乔笺是真的急了，说：“很多狗仔都在蹲我的料，娱乐圈第一狗仔知道吧？据说这段时间他就一直在蹲我，我现在不想上热搜啊。”她甚至连标题都想到了，“爆料！乔笺深夜被一名男士送回酒店！”这条消息炸出，怕又是一场血雨腥风。

看她急成这样，宋然声倒是笑了笑，手指在方向盘上轻轻地敲，慢吞吞地说："他不敢的，他们知道有些人是不能招惹的。"

那倒也是，做娱记这一行讲究的是胆大心细，什么事情该爆料，什么事情不可以爆料，他们拿捏得清清楚楚，不然早就在圈子里混不下去了。可乔笺还是忍不住问："要是他偏偏有这个胆子，将这件事曝光了呢？"

"我会给他奖金，谢谢他帮了我这样的一个忙。"宋然声并不介意他们之间的关系被曝光，反而他很乐意看到这样的一个结果，这是一种对主权的宣示。

乔笺最终还是一个人回的酒店，因为乔笺坚决不同意宋然声送她。分别时，宋然声好整以暇地望着她，然后用手指点了点自己的脸，宋然声竟然有这么无赖的一面，乔笺飞快地在他脸上亲了一下，他这才放她走。

一回到房间，她整个人就躺在了床上，不明白为什么现在变成了这样的一个局面，明明是想远离宋然声，不与宋立声扯上任何关系的，可是现在她完完全全地把自己给搭了进去。

左手小指上有一枚戒指，是宋然声送给她的生日礼物，他说，下一次生日，他希望他能给她的无名指戴上戒指。乔笺举起手来端详，不知为何心又酸涩了起来。

曾经她以为，为她戴上这枚戒指的一定是宋立声，没有想到世事变迁，物是人非，第一个给她戴上戒指的人竟然是宋然声。而宋立声喜欢上了别人，他已经向徐曼曼求婚了，他给别人戴上了戒指，也将携手别人度过一生。那她呢？和她度过一生的人真的将会是他宋然声吗？

第二天，张琳琳来敲乔笺房间的门，来提醒乔笺该起来化妆了，她手上还提着一个礼盒："乔笺，这是补给你的生日礼物。"

张琳琳的眼里有止不住的八卦意味，眼睛乱瞄。乔笺实在忍不住了："你想问什么就直接问吧。"

张琳琳嘿嘿一笑："前天晚上，你怎么让司机一个人回来了啊？昨天你也没有回来，你和宋少……”她只用很暧昧的眼神望着她。

乔笺也不瞒她，说：“我答应和宋然声试一试，或许我真的应该开始一段新的感情了。”

张琳琳听到这个消息，高兴得不得了：“其实看得出宋少是真心喜欢你的，我也希望你能够选择宋少，宋少条件多好。恭喜你终于想开了，没有错过这个钻石王老五。”

这部电影快拍完的时候，经纪人的电话打了过来，告诉了乔笺一个非常好的消息，她去年拍的另一部电影入围了国外的电影节，反响很好，已经获得了最佳外语片的提名。乔笺作为女主角，很有可能获得影后，而且这个电影节奖项的含金量非常高。

果然，没过多久，国外那边邀请她出席电影节的颁奖典礼，她获得了最佳女主角的提名，有资格与其他国家和地区的演员竞争影后。消息一出，热搜就炸了，等到乔笺真正拿到了那个奖项，各种社交平台上都在刷这部电影和乔笺获得影后的消息。

而这时，乔笺的公司放出了针对当时造谣乔笺酒驾的那个营销号和于云清的起诉书，并将那天完整的视频放在了网上。平台直接瘫痪，舆论哗然，而于云清靠踩乔笺爬得有多高，这次就摔得有多惨。

借着这波热度，彻彻底底地澄清了乔笺酒驾的事情，还了乔笺一个清白，而于云清先是诬陷乔笺酒驾，后来又买通营销号发那些通稿，都是证据确凿的，她所在的公司刚开始还给她公关，但可惜证据确凿，后来只能完全放弃洗白了。

乔笺这时还在国外，她录了一个视频，视频里的背景应该是在酒店，她没有化妆，头发低低地束在脑后，她对着镜头浅浅地笑着说：“谢谢一直以来相信和支持我的朋友，在我最艰难的时候依旧没有放弃我，也感谢我的父母，在我最艰难的时候，小心翼翼地保护着我。我想告诉爱我的每一个人，我没有酒驾，也没有胁迫新人做什么，清者自清。所以我想通过法律的手段来证明我自己的清白，让每一个爱我的人不再因为这子虚乌有的事件受委屈。”

乔笺将这个视频发布在了网上，很快转发量就过百万了。

官司开打后，法院的判决书很快就下来了，于云清和营销号因诽谤他人，都处以一定金额的罚款，并且要求公开向乔笺道歉。乔笺刚走出法院，于云清就从后面追了上来。

她的眼睛有些红肿，这些天她的日子肯定是不太好过的，刚接到法院的传票的时候，于云清曾经联系过乔笺，她低声下气地求乔笺撤诉，放自己一马，但是她的这个请求被乔笺毫不留情地拒绝了。

于云清很是愤懑地看着她，整张脸都是扭曲的：“乔笺，我恨你，如果当初不是你抢走了宋然声，我不至于沦落到今天这个地步。”经过这么一出，她的男朋友已经和她分手了，公司要和她解约，代言也被撤了，手上接的那几部剧，导演都是直接换了人，甚至有一部她都已经进了组。她现在可以说什么都没有了。

乔笺并不同情她，因为这一切都是她自作自受：“你当初踩着我爬那么高，可是我凭什么要被你诬陷，成为你的垫脚石？我说过的，你会为自己的行为付出代价的。”

宋然声给她打电话，他开车来接她了，才挂完电话，她就看到了宋然声的车，乔笺头也不回地上了车。而于云清看着他们，眼神渐渐变得癫狂，乔笺害得她一无所有，那么她也不会让她好过，要下地狱，那就一起下地狱吧，她怕什么，反正自已经沦落到了这个地步。

这是宋然声和乔笺真正意义上的第一次约会，自从确定关系之后，乔笺先是忙着在剧组拍戏，后来又去了国外参加电影节，行程安排得满满的，回国还有那么多的通告，两人见面的时间少得可怜。

宋然声的心情不错，端详了乔笺好半晌才说：“瘦了。”

自然是瘦了，毕竟那段时间为了电影节，为了有更好的红毯效果，她拼命减肥，加上不是很习惯国外的饮食，每天几乎没有吃什么。回国后她又跑各种通告，赵欢的电影也快要上映了，还得忙着给他跑宣传。

说到这个，乔笺就笑了起来，说："赵导肯定恨死你了，开始是女主角出了问题，被全网黑，差点被封杀，好不容易我终于翻身了，可是于云清又闹了这么一出。"

宋然声也笑了，说："我和赵欢关系不错，赵欢现在指不定在心里怎么乐呢，连宣传费都省了，每天上热搜，再说观众又不会因为一个女二而弃剧。"

临近中午，乔笺是真的饿了，让宋然声带她去吃饭。宋然声挑了一家湘菜馆，他知道她喜欢吃辣。为了拍戏，乔笺平时很少吃辣，怕长痘，但是一说到吃辣，她就两眼放光。

乔笺点了几个名菜，很快，服务员就上菜了，是真的辣，辣得乔笺面上满是细汗，眼睛里都有了泪花，但是她吃得酣畅淋漓。

宋然声怕她辣得胃疼，就给她倒了一杯水。乔笺冲他摆了摆手，说："我好久都没有吃得这么开心了，我最喜欢的是川菜和湘菜，都是口味比较重的菜系，张琳琳怕我长痘，总是不准我吃。"

乔笺看到宋然声没怎么动筷子，知道他不能吃辣，又想到那天他在她家连眼泪都要辣出来了，又坏心眼地给他夹了一大块剁椒鱼头。那个是真的辣，是鲜红的朝天椒和青椒切碎了一起做的，口味不错，但是入口辛辣，对吃不了辣的人来说简直是折磨，宋然声颇为无奈地看着她。乔笺不知怎的，话脱口而出："宋然声，你连辣都吃不了，怎么做我们家的女婿？我们家都特别喜欢吃辣。"

说完，乔笺又有些后悔，搞得好像自己非要嫁给宋然声一样，而宋然声的眉眼一点一点地生动起来，那样生动的笑意，乔笺第一次从宋然声的脸上看到。他拿起筷子，去吃那鱼肉，是真的辣，比上一次在乔笺家里的更甚。他吃完那块鱼肉赶紧倒了一杯水灌了下去，整个口腔被辣到麻木，他又连喝了好几杯水。

乔笺给他点了几个清淡一点的小菜，可是宋然声竟然还是去夹那盘超辣的鱼头。乔笺连忙阻止他，说："不能吃辣就算了。"

宋然声则一本正经地看着她，反问道："我连辣都吃不了，怎么做你们家的女婿？"

这人，竟然拿她的话来噎她，乔笺被他这一本正经的语气说得竟然有些脸热，只好转移话题："其实我本来是想将酒驾的事情解释清楚之后就宣布完全退圈，然后去做我真正喜欢做的事情的，可是自从上次拍完那个公益片之后，我觉得我可以不用完全退圈的，可以利用公众人物的身份好好地去影响其他人。"

"你不准备拍戏了？"宋然声问她。

乔笺点了点头，说："其实我不是很喜欢娱乐圈，在娱乐圈实在是太累了，有时候赶戏一个通宵一个通宵地连轴转。虽然不打算退圈了，但是近期我也不想接戏了，合约到期了，我不会再续约了。以后就偶尔上上综艺节目，接几个公益片吧。"

"那正好，你拍起戏来，我见你一面都不方便。"如果乔笺决定继续待在娱乐圈，那么宋然声肯定会将最好的资源给她，但是私心里他还是更偏向于她能离开娱乐圈的，也算是遂了他的心愿，宋然声又问，"那你想做的事情是什么？"

其实乔笺最大的梦想是开一家书店，这是她从小的梦想，书店里要收集她最喜欢的各个国家的作者的书籍。她会每天一点点地拂去书籍上落的尘埃，黄昏的时候，看着阳光透过玻璃，一点点地照到顾客身上。

说起这个，乔笺眼里有着希冀的光，说到高兴的地方还会比画给他看。

这栋百货大厦十六层是女装区，乔笺吃得太撑，准备去逛一逛消消食，而宋然声则跟在她的身后。宋然声的衣服都是管家按照他的品位，直接拿他的尺码去英国定制的，或者是买某几个他常穿牌子的成衣，他陪女性逛街还是头一次。

乔笺怕被人认出来，戴着厚厚的口罩，脸上的墨镜遮住了大半张脸，头上还戴了一顶鸭舌帽，帽子压得低低的，即使这样也没有妨碍她逛街的兴致。

一家女装店一家女装店地逛，也不试，喜欢哪一件，就让服务员把乔笺穿的尺码都装起来，宋然声很自然地将卡递给服务员，乔笺也不跟他客气。

逛了一会儿，宋然声接了一个电话，应该是比较重要的一个电话，他对乔笺说："你先逛，我待会再来找你。"

乔笺点了点头，继续兴致勃勃地逛女装。乔笺逛了好一会儿，都不见宋然声回来，她腿有些酸，准备在沙发上坐着等他回来。

但是乔笺没有想到在这里会遇到宋立声和徐曼曼，他们也在逛商场，在不远处的店里，徐曼曼挽着宋立声的手臂，两个人紧紧地依偎在一起。

有多久没有见到过宋立声了？他果然很守信，自从那天答应她的要求过后，就再也没有联系过她，就好像他从此从她的世界消失了一样。

此时此刻，那些被她压抑的思念汹涌而来，乔笺眼睛开始酸涩，视线变得模糊，连胸口都变得钝痛，他肯定过得很好，因为他眼里的笑意好像满得快要溢出来了。他们并没有看到乔笺，他们走过了拐角，搭乘扶梯准备去楼上，楼上好像有婚纱店。

乔笺还是没有忍住，她也跟着去了楼上。原来他们是真的来看婚纱的，是要结婚了吧，也不知道婚期定在哪一天，就如宋立声所言，他将会拥有一个自己的家，或许不久之后，他们会生一个小孩，宋立声肯定会给那个小孩他所有的宠爱吧，他曾经和她说过，他会把曾经他缺失的东西全部弥补给自己的孩子。

远远地，乔笺看见徐曼曼挑了一件婚纱，然后去了试衣间，宋立声背对着她，乔笺看不到他的表情，但是他眼里肯定是有温柔的神色，反正他将所有的柔情都给了徐曼曼，乔笺没敢再看下去。

宋然声打完电话联系乔笺的时候，乔笺已经到了一楼，在香奈儿的香水专柜那里等着宋然声，她看上去有些疲惫了。

"回去吧。"宋然声说。

乔笺点了点头，其实刚刚她偷偷地哭了一阵，现在心情稍微平复了一些。

上了车，乔笺才从一个包装袋中掏出一个盒子递给宋然声：“不知道你喜不喜欢这个牌子。”

宋然声看到这个礼盒，神色都柔和了起来，语气惊讶：“是送给我的？”他接过礼盒，打开一看，是百达翡丽的腕表，深蓝色的表盘，金色的时间刻度，很简洁大方的一个款式。

其实他手腕上戴了一款江诗丹顿的表，他将表带解开，几百万的手表随意地搁在车的中控台上。宋然声小心地拿出乔笺送的表戴到手腕上，他朝乔笺道了一声谢：“我很喜欢。”

他是真的很喜欢，乔笺看得分明，其实她只是送了这个牌子的一款中等价位的表，跟他先前戴着的腕表比有些不够看的，可是她从他的眼里看出了真正的欢喜，她知道因为这是她送给他的。

“宋然声，你究竟是从什么时候开始对我动心的？”乔笺忍不住问道。

宋然声这才抬起头看她，说：“不记得了，或许是第一次看见你的时候，或许是那天在酒店，明明可以不管你，明明你是和我为敌的，可是我忍不住回去将你带走。等我察觉到自己的异常，那个时候我已经是不可自拔了。”

乔笺看着他笑了，第一次向宋然声吐露心声：“宋然声，虽然我现在还没有那么喜欢你，可是我会努力爱上你的。可能我的速度有些慢，但是我相信会有一天，我会追上你的脚步的。”

乔笺这样做出承诺的后果是，宋然声要求乔笺搬过去和他同住，宋然声给出的理由是：“你既然都打算爱上我，那就应该从多了解开始，最好的方式当然是跟我同住，这样才能方便你了解我。不然，我等太久了，不方便行使我男朋友的权利，对我实在不公平。”

乔笺不知道他哪里来的脸皮，用一本正经的语气说着这样不正经的话，这也让她重新认识了宋然声。自然，乔笺肯定没有同意。宋然声脸色不好看，语气十分不好，嘴角抿着，说：“那么，我搬过去和你同住也是可以的。”

若是不仔细看，还以为宋然声在生气，可是他眼里的笑意出卖了他，一点点笑意像是眼睛里装满了整个宇宙的星光，乔笺忍不住笑出声：“你想得美。”

那些因为宋立声而起的失落，因着宋然声冲淡了不少，乔笺突然伸手握住了宋然声的手，他的手掌很大，手指很长，而掌心的纹路很深。

宋然声其实一开始就看出了乔笺在强颜欢笑，他回握住乔笺的手，轻声询问：“怎么突然就难过了？”

原来他早就看出自己的不开心，所以故意逗自己笑，乔笺眼睛一酸，可是她并不想在宋然声面前为另一个男人落泪。乔笺忽然抱住宋然声：“可不可以让我抱一会儿？”

宋然声环住她的腰，轻拍她的背：“你想抱多久都可以。”

“谢谢你，宋然声。”

# 第九章
## 突如其来的求婚

【1】于云清的报复

乔笺抽了一天时间去公司谈合同到期的事情。

公司高层想要留住乔笺，他以为她是要签其他公司，于是开出更高的价格想要签下她，可惜乔笺去意已决。乔笺跟他说："我想休息了，这段时间都不会接戏了。"高层这才恍然大悟，说："乔笺，如果以后结婚了记得邀请我们。"

圈子里以前就传过宋然声喜欢乔笺的消息，以前他还半信半疑，后来宋然声因为乔笺还亲自联系过公司的总裁，他才恍然大悟，现在看来，他们是八九不离十了。也是，嫁给了宋少还拍什么戏啊。

乔笺也没有再解释，只是笑笑。

张琳琳看乔笺这次真的要走了，也跟着辞了职。乔笺问张琳琳以后有什么打算，她嘿嘿一笑，说："我准备去做八卦博主，混了这么久的圈子，不管是小鲜肉的绯闻还是女团内幕，我都掌握了不少。而且我这么熟知娱乐圈的运行方式，我相信自己肯定会成为当红博主的。”

乔笺觉得后背一凉，只斜着眼睛望着张琳琳，然后伸出手作势要去掐她，说：“你要是敢爆我的八卦，你就死定了。”

张琳琳怕痒，一边跑一边躲，笑着说：“我肯定要爆你的八卦啊，你现在多红啊！我当博主第一个就爆你的料，知名影后乔笺为何要在最红的时候选择隐退，是为情所困，还是另有隐情？如果我爆这个，想想就能一炮而红。”

乔笺作势要去打她，两人笑闹成一团。

两人合作了那么久，现在要分开了，这么多年的感情，乔笺其实心中很是舍不得，她请张琳琳去吃饭。

乔笺这次自己开车，车子停在公司楼下，她刚开车离开，另一辆车子也缓缓启动了引擎跟了上去，但是乔笺没有注意到。

她们去的是一家泰国餐厅，张琳琳喜欢吃泰国菜。这么多年，她们的关系一直不错，乔笺性格好，而张琳琳能力也强，总是把事情做到最好，说是助理，其实早就是很好的朋友了。

张琳琳在乔笺面前也不拐弯抹角，直接对她说：“如果以后，你又想拍戏了，记得还来找我，到时候我们可以自己成立一个工作室，我来当你经纪人。”

“好啊，不过我打算近期都不再接戏了。我想好好休息一阵，如果哪一天我又回圈子里拍戏，那我就来找你，不过不知道你那会儿会不会成为当红博主，会不帮我了。”乔笺也笑。

两人又聊了一会儿以前的事情，都是感慨万分。乔笺掏出手机和张琳琳拍了一张合照，帮张琳琳稍微修了一下，然后登录微博账号发文：“这一路走来，谢谢大家的喜欢与陪伴。入行五年，一直忙于拍戏，没有真正地好好休息过，所以，我现在想给自己放几天假，去做一些我曾经想做却没有做过的事情。希望再次见面，我们都会变得更好。”

乔笺刚发出，张琳琳就转发：“我们都会越来越好的。”

很快就收到了许多评论——

“乔笺姐姐，等你回来营业。”

“记得更博，我们会想你的。”

“虽然很舍不得，但是你休息够了就回来啊！”

……

乔笺给粉丝回复了几条，这个时候，宋然声来了电话，乔笺按下接听键，说：“在跟琳琳一起吃饭呢，公司的事情我已经解决好了。”乔笺看了张琳琳一眼，张琳琳一边吃菜，一边一脸暧昧地望着她，乔笺又接着说，“已经吃完了，我们准备去看电影，你说等看完电影，你来接我？好。”

等她挂完电话，张琳琳眼里满是揶揄，又吃了一口菜，说：“你跟宋少怎么样了啊？”

乔笺低头，摩挲着水杯，说：“前几天，我遇见宋立声了，他们在挑婚纱。其实，再一次遇见他，我还是会难过。”

张琳琳的动作一顿，慢慢地说：“乔笺，我知道你们很多年的感情，也不是我对他有偏见，我总觉得他在利用你。”张琳琳毕竟是跟在乔笺身边这么些年了，旁观者清，确实说得不错。

“我知道，我也不是拖泥带水的人，只不过忘记一个人不是说忘记就马上能忘记的。我可以控制自己不去见他，可是我控制不住自己会难过。”心事微微有些苦涩了，乔笺舀了一勺糖准备平衡一下味蕾。

“宋少应该对你很好吧？”张琳琳试着问。否则乔笺回家那段时间，他那天也不会那样着急地给她打电话，要她告诉他乔笺的去向，语气里满是担忧，张琳琳听得分明，这才告诉他。

乔笺点了点头，笑道：“我以前很是纠结，因为他毕竟是宋立声的哥哥，所以我不想和他扯上关系。可是后来他做了那么多的事情，我其实不是不感动的，我想既然我真的打算忘记宋立声，那么我接受宋然声又有什么关系呢？”

乔笺和张琳琳看的是下午场电影，宋然声来的时候已经是日暮时分，阳光如金粉似的落在他的肩头、眉上，映得他更是朗眉星目。他的个子很高，站在那里就像一棵高大温暖的乔木，他逆着人潮站立那里。

宋然声本来就卓尔不凡，这样站在那里更是显得耀眼。很多年轻的女孩偷偷地看他，还有几个女孩站在宋然声不远处，她们手中握着手机，似乎想要他的联系方式。

乔笺一眼就看见了他，和煦的风将他的衣摆吹起，他的发也稍稍吹乱了一些，他的目光越过重重人群望向她。乔笺依旧包裹得很严实，用帽子、口罩、墨镜，严严实实地将自己的脸遮了起来。即使这样，宋然声还是一眼就认出她来，他朝她走过去。

天气已经热了起来，女孩们的裙摆像是一朵朵缤纷的云，空气里有了初夏的味道，宋然声走到她面前站住。广场上有人在吹泡泡，一簇簇泡泡高高地飘起，像是被鱼忽然吐出来。

乔笺仰头去望天空中的泡泡，而宋然声望着她，好像周围嘈杂的人声就此静默了下来。

张琳琳生出了这样的一种认知，虽然周围有那么多人，但是她觉得自己还是特别多余。因为宋然声眼里的感情那样浓，似乎都快要溢出来了，这个认知让她觉得自己这个灯泡的瓦数特别大，她想偷偷地溜走。

可还没有走几步，乔笺就喊住了她："琳琳，你去哪里？"

张琳琳这才不情不愿地转过身来，干巴巴地笑了一声，指着远处的奶茶店，说："我想喝奶茶，我去买奶茶。"又对乔笺身侧的宋然声打招呼，"宋少，你好。"

宋然声对她点了点头，他突然伸手去触摸乔笺的鬓角，指尖有浅浅的湿意，这么热的天，她包得那样严实，不出汗才怪。

乔笺突然说："宋然声，你猜我听到了什么？"

宋然声不解："什么？"

乔笺抬了抬下巴，戏谑道："我听到了心碎的声音。"宋然声微微侧过头，只见不远处有几个女孩，脸上满是沮丧，正是一开始就一直站在不远处打量宋然声的那几个女孩。虽然隔着墨镜看不到她的眼睛，宋然声却知道她在笑，他也笑，风从他们之间穿过的时候似乎都是温柔的。

"我也想喝，我想要一杯烤奶，加椰果和布丁。"乔笺对他说。

宋然声点了点头，又问张琳琳："张小姐想要什么？"

张琳琳简直觉得受宠若惊，说："宋少叫我的名字就好了，我和乔笺要一样的。"

宋然声点了点头，然后往奶茶店走过去。

他这一走，张琳琳马上拉了拉乔笺的手，拍了拍胸膛，仿佛受了惊："乔笺，宋少这个样子吓到我了，不过确实可以看出他很在意你。好了，我就不做电灯泡了，其实我挺怕宋少的，我还是先回去了，我们以后再聚。"

说完，张琳琳就溜了，像一尾鱼一样，顺着人群滑走了，乔笺怎么拉都拉不住。乔笺无奈，只有站在原地等着宋然声回来。那边队伍有些长，她等得无聊，就拿出手机，开始追最近一期的她喜欢的动漫。

乔笺太过入神，完全不知道后面有一双一直注视着她的眼睛。

于云清就站在她身后的不远处，其实她很早就跟着乔笺了，自乔笺从公司出来就开始跟，乔笺一直和张琳琳说说笑笑，没有注意到她。这一次她真的被乔笺害惨了，身败名裂不说，还需要赔公司一大笔违约金。她恨死乔笺了，没有戏让她接，她拿什么去还这笔钱？

她只觉得心中有一把火，只想将乔笺毁灭，明明她已经赢了的，上一次乔笺被她弄得身败名裂，可是都那样了，乔笺还可以卷土重来，而她则完完全全地被乔笺毁了。

凭什么？凭什么乔笺的运气就可以那么好？凭什么乔笺可以拥有她梦寐以求的一切？这不公平，实在太不公平了！如果不是乔笺，宋然声还会是她的，那样宋然声会给她想要的一切，所有的名利都应该是她的。

可是现在，她什么都没有了，既然乔笺不让她好过，那么她也不要让乔笺好过。

于云清从包包里掏出了一个一次性注射器，拔掉注射器的盖子，针尖微微泛着冷光，只要将这个注射器的针头扎进乔笺的皮肤里，乔笺这一生就完了。反正已经到了这个地步，那么她死也要找一个垫背的，她就见不得乔笺好。

于云清朝乔笺走了过去。

察觉到身后有人走过来，乔笺以为是宋然声，正准备抬头，有人猛地拉住她的手腕。下一秒，她只觉得手臂一疼，是一个注射器，针头的半截已经扎进她的皮肉里。于云清的那只手还握在针筒上，她得意地笑着，带着报复的快意，眼里的怨毒就像是沼泽里的黑泥。

很疼，可是电光石火之间，乔笺想到了一些可怕的事，她整个人都开始战栗，恐惧从脚底沿着脊椎上升到头顶，她脸上起了细细的鸡皮疙瘩。

为什么于云清会拿这样的针头来扎她？这个针头上究竟有什么？

看到乔笺眼里的恐惧，于云清兴奋极了，先是用嘴型无声地说了几个字，然后兴奋地说："乔笺，你这辈子都完蛋了！"于云清的笑声配上那张扭曲的脸，显得恐怖极了。

于云清的手还扣着乔笺的手腕，乔笺只觉得于云清的手冰冰凉凉的，就像是一条毒蛇贴着她一样。乔笺想甩开于云清，可是于云清死死地扣住她，她只觉得于云清肯定是疯了。

周围的一些人看出了异样，目光都朝这边聚拢，乔笺本能地喊了一声："松手！"

有人试图上来劝开她们，可是于云清将乔笺手臂上的注射器拔了下来，用带了血的针头对准他们："谁敢过来？"

围观的群众不敢上前，带血的针头比管制刀具还要可怕。她另一只手还在紧紧地扣住乔笺，或许是因为她已经达到一种癫狂的状态，乔笺完全没有办法挣脱，两个人就这样僵持在那里。

宋然声就是在这个时候回来的，他皱着眉，挤过人群往前，可是接下来的那一幕，几乎是让他目眦尽裂。他看到乔笺的手臂流了血，而于云清扣住她，手上拿着一个带血的注射器。

于云清对乔笺做了什么？宋然声从来没有这样情绪失控过，只觉得浑身都开始发冷，乔笺微微发抖的身体快要逼疯他了，他咬紧牙关，强迫自己冷静下来。

宋然声穿过人群快步地走上前，想冲上前来。乔笺眼尖，一眼就看到了他，朝他急急地喊："宋然声，别过来！"乔笺实在太过担心，声音都破了。于云清在她耳边说了针头上病毒的名字，是令人闻之色变的那种病毒，现在于云清已经完全失去理智，她害怕于云清也会对宋然声不利。

于云清也看到了他。宋然声这个样子简直是可怕，脸部线条绷得紧紧的，没有任何表情，可是眼神凶狠，好像他恨不得撕碎了她。于云清拿着注射器的手开始发抖："别……别过来。"

宋然声又将目光转向乔笺，乔笺又急急地说："宋然声，你别过来！"

可宋然声哪里会听，他还是一步步地朝乔笺走过去。于云清的手越发抖得厉害，可是她还是把针头对准了他。

乔笺的心跳得厉害，要是于云清突然发疯，宋然声能够避开的可能性究竟有多大？宋然声走得越近，于云清抖得就越厉害，乔笺的心几乎快要提到嗓子眼。

宋然声根本不在乎那针头上到底有什么，在看到乔笺被这样对待时，他只觉得心如刀割。

于云清竟然胆敢这样伤害她！

宋然声的气势太过骇人，于云清浑身抖得不像样。她这才开始后悔，乔笺是他喜欢的人，她对乔笺做了这样的事情，他怎么会放过自己？宋然声的手段她也不是没有听说过，他有的是办法让她生不如死。这样想着，于云清抖得竟然连注射器都握不住了，"吧嗒"一声，注射器掉到了地上。

同时，宋然声出手又快又狠，他是学过泰拳的，他扣住了于云清的手腕，一个反折迫使于云清松手，肘部一个用力砸在她的肋骨上，于云清一下子就被摔出去好远，跌倒在地，半晌都发不出声音。

“宋……”乔笺还没有说完，宋然声就猛地将她抱在怀里，他这样用力，似乎是想要将她整个人都烙在骨血里。他抱住她，好像在抱住一个失而复得的珍宝。

警车的鸣笛声传来，围观的群众自发地给警察让路。警察带走了于云清，又用镊子捡起了地上的注射器，放在自封袋里面封好。同行的警察询问了宋然声和乔笺的情况，之后派了另外一辆警车将他们送去医院。

上车后，宋然声也没有放开乔笺，他将乔笺搂在怀里，将她的口罩、墨镜和帽子都摘了下来。乔笺出了好大的一身汗，宋然声将她披散的头发别到耳后，她鬓角有汗，宋然声小心地用拇指一点点地抹去。上车后，宋然声的脸上一直没有什么表情，只是他看她的眼神就像看一件易碎的瓷器一样。

随行过来的有一个女医生，看到乔笺的脸后愣了一下，女医生认出了乔笺，她没有想到她会遇到一个大红的明星。

医生把乔笺的袖子剪开，露出里面的伤口。伤口并不是很深，只是被针头划过长长的一道，看上去有些吓人。女医生戴了手套，小心地给乔笺擦去血迹，说：“我们会让医院马上检查那个针头，待会儿到了医院，会对乔小姐采血化验。乔小姐，你身上还有没有别的地方受伤？”

乔笺摇了摇头。

宋然声看到她的伤口后一直垂着头，嘴角抿着。乔笺伸手覆上他的手，宋然声这才抬起头望着她。他突然笑了笑，五指张开，与她十指相扣，他的另一只手搂过她的肩膀，将她整个人都搂在怀里，下巴抵在她的发上。

两个人一路都没有再说话，只是静静地相拥着。乔笺其实一直很忐忑，如果那个针头上真的有那种病毒，那么她这一生还有多少年的时光？她能陪伴宋然声的时间又有多久呢？

如果是这样，那该有多遗憾！她才在他这里体会到被爱着的感觉，宋然声是那样爱她，他们才在一起没有多久，所有的一切都将成为泡影。太残忍了，对宋然声和她都太残忍了。

到了医院，那个女医生带乔笺去抽血，宋然声借故离开了一会儿。等乔笺抽完血出来，宋然声还是没有回来，医院外的长廊上有座椅，乔笺在椅子上坐了下来。

又等了一会儿，他还是没有回来，乔笺开始不安，所有的故作镇定终于在此刻完全坍塌，其实她是真的怕，怕得不得了。毕竟她这样年轻，她还不想这么早死。之前，宋然声在她旁边，她还可以故作镇定，可是现在他不见了。

乔笺开始胡思乱想，他会不会是怕她已经染上那种病毒？他害怕了，所以一言不发地走了？刚刚在车上他一直没有说话，是因为他已经做好了这样的打算，所以现在才会无声无息地离开？

乔笺埋着头，将额头抵在膝盖上，双手抱住双腿，恐惧在心底蔓延，眼泪无声无息地流了下来。又等了一会儿，宋然声还是没有回来，乔笺只觉得自己的情绪已经全然崩溃，眼泪流得更加厉害，她死死地咬住唇，不让自己发出任何声音。

她觉得好像被全世界的人都抛弃了，她哭得昏天暗地，根本就没有听到走廊上传来的急促的脚步声，直到头顶响起宋然声关切的声音："怎么了？"

乔笺这才抬起头，已经是晚上了，化验部这边晚上根本就没有病人了，整个长廊就只有他们两个人，走廊里的灯光十分明亮，她可以清晰地看出宋然声眼底的担心。

再也忍不住，乔笺猛地扑进他的怀里，手臂环住他的腰，紧紧地抱住他，她终于哭出声，声音哽咽："宋然声，其实我好害怕，害怕你走了。"

宋然声眼里的担心满得快要溢了出来，他向她承诺说："乔笺，我在这里，我会一直在你身边。"

【2】宋然声的求婚

宋然声刚刚只是去打了个电话，他认识研究这种病毒的权威专家，接通电话后，宋然声将乔笺的情况告诉了他。

那边沉默了一会儿，才告诉他："宋先生，恕我直言，这种病毒的感染率极高，您的这位女朋友感染的概率很大。"

宋然声只觉得全身都在发冷，问："概率有多大？"

"八九成。"专家在那边回答，"宋先生担心的话，可以联系警方将针头送到我这里，我加急做试验，今天晚上就可以出结果。"

八九成的概率，连这样权威的专家都如此认为，完全是尘埃落定，所以加急做试验出结果的意义也并不大，宋然声又问他："那治愈的机会有多大？"

"没有治愈的机会，国内外目前都没有感染者能治愈。"医生只是在陈诉事实，可是宋然声觉得他像是拿着一把刀，在自己的心上一刀又一刀地割，感染的概率有八九成，能治愈的概率却为零。

挂了电话，宋然声又打电话给助理，从私人账户上拨了一大半的款给他，让他去资助国内外研究这个病毒的几个研究所。他只能把希望寄托在科研工作者身上，希望他们早点找出应对的方法。

宋然声处理好之后，去抽血室找乔笺，可是因为他情绪比较激动，他的哮喘犯了，所以这才耽搁了一会儿。

宋然声只简单地对乔笺解释说是公司的事情，绝口不提那个专家说的话，在她面前小心而压抑，怕她看出异样。这样的消息，她晚知道一秒至少还可以多抱有一秒的希望。

经过这样一折腾，乔笺是又累又饿。乔笺和宋然声十指相扣地从医院走出，灯光昏黄，将他们的影子拉得很长。

有些晚了，许多店已经关门，好不容易才在医院不远处的街道找到一家云吞店。乔笺只戴了墨镜，这个时候店里也没有多少人，都在埋着头吃东西，没有人注意他们。

店铺有些小，有些热，墙面上安了风扇，宋然声拉了下风扇的绳子，风扇就摇头晃脑地呼呼地吹了起来。宋然声要了两碗云吞，很快，老板就手脚麻利地端了上来。老板看到乔笺愣了一下，笑着对宋然声说：“你女朋友真漂亮，戴着墨镜有点像明星，像谁来着？”老板猛地一拍脑袋，“对，特别像那个乔笺。”

听到老板这么一说，店里的几个食客纷纷转过头来。乔笺并不想让人认出来，毕竟她现在还是心绪不宁，下午发生了那样大的一件事情，她只觉得自己疲惫得连话都不想说。

宋然声从筷筒里面抽出了一双一次性筷子，小心地将筷子上的毛刺剔去，又用茶水洗了洗才递给乔笺。等做完这些，他才淡淡地说：“我女朋友可比乔笺漂亮多了。”说完，还对乔笺眨了眨眼睛，他是在故意逗她开心。乔笺想对他笑一笑，可是连勉强挤出笑容都很为难。

老板一下子笑出声，周围的食客也笑。老板连忙说：“对，情人眼里出西施。”宋然声这样一说，大家不再关注他们。

云吞的味道很好，但分量不是很多，乔笺也是真的饿了，很快就将云吞吃完了。等走出云吞店，宋然声的车就停在了外面，他早就吩咐司机将车开了过来。

“跟我回我那里好不好？”宋然声问她，化验的结果要明天才会出来，这一晚对她来说实在太过难熬，今晚他必须跟她在一起。

乔笺心里也怕，可是又怕万一是真的，这种病毒的感染率那么高，她怕宋然声也会感染上，所以自从出事以来，乔笺都有意识地让自己那只受伤的手远离他。见乔笺没有说话，宋然声又说：“要不然我跟你走。无论如何，今晚我们必须要在一起。”

他们两个人站在云吞店的台阶上，偶尔一辆车开过，车灯亮起，映得宋然声眉目分明，乔笺忍不住伸出手顺着他的眉毛摩挲。她自然知道他在担忧什么，发生了那么大的事情，其实他和她都一样害怕，他害怕是因为她，即使他掩饰得很好。

乔笺可以看出他眼底的不安，到现在她才明白眼前的这个男人有多么爱她。

“我回家拿几件衣服就去你那里。”乔笺的手沿着他的眉骨往下，这是她第一次对他妥协。

宋然声握住她的手，说：“不用了，我那里准备了你的衣帽间。”自从他确定了自己的心，他就在他每一个住处都准备了乔笺的衣帽间，让专人在衣帽间挂上应季的衣服。

宋然声这次带她去的是江边的一栋别墅，也是平时他去得最多的一个住处。这一片别墅区拥有着这一片最好的江景，而宋然声的别墅又是地理位置最好的，客厅有整面弧形落地玻璃，可以尽情地观赏江景。

乔笺站在长长的露台上，望着江景。对岸灯火璀璨，江面倒映着灯光，有游轮在江面上航行，江中心黑黑沉沉，偶尔船只的灯光将江心映亮。

时间已经很晚了，乔笺却是一点睡意也无，受伤的手臂上包裹了一层厚厚的保鲜膜，刚刚她要洗澡，宋然声怕她沾到水，所以小心地替她裹上的。

乔笺还是忍不住拿出手机，上网查感染那种病毒的症状，很快，搜索的结果出来了，现在还没有任何药物可以治疗这种病毒，它的潜伏期几天到几年不等。而感染之后，死亡率是百分之百，还会有各种并发症。网页上有感染那种病毒的晚期病人的图片，很可怕，有的人身上甚至没有一寸完好的皮肤。

说不怕自然是假的，每个人的生命只有一次，怎么可能不怕，尤其还是以这样不美好的方式死去。乔笺又是恐惧又是迷茫，最后只望着江面发呆。她想事情太过入神，以至于没有听到宋然生的脚步声。

宋然声刚洗完澡，身上穿着宽大的黑色睡袍，脖子上搭着一条毛巾。他的头发很湿，他边擦头发边朝她走过来。见她握着手机的手放在栏杆上，手机没有锁屏，屏幕亮着光，上面是一些感染者的图片，宋然声的手一顿。

“乔笺。”他轻轻地喊了她一声，随即自她身后拥住她。

他刚洗完澡，身上有沐浴露的香味，与乔笺身上的香味是一样的，都是迷迭香的味道。他的手环住她的腰，隔着薄薄的睡裙，他身上的温度传递到她的背上。

“乔笺，”他又喊了一声，抱得更紧，唇几乎要贴上她的耳朵，声音温柔得不像话，“嫁给我，好不好？”

他呼出的温热的气体洒在她的脖颈处，有些痒，乔笺听到他的这句话只觉得震惊，他竟然在这种时候向她求婚！不知道为何，她的眼睛开始发酸，好像有什么东西要从心底呼之欲出，可是她不知道是什么东西，她从未有过这样的感觉，这感觉只想让她流泪。

乔笺握住他的手，几乎有些残忍地说：“然声，如果我被感染了，我根本就不可能陪你一辈子的。我的生命可能就只剩下几个月或者几年的时间，你又是何必呢。”

宋然声俯下头，轻轻地贴着她的脸，安慰她：“我不相信上天对我这么残忍，我好不容易喜欢上一个人，我不信我不能和你白头偕老。”

“宋然声，你究竟有多爱我？”乔笺转过身，面对面地望着他，她的手环上他的脖子，他的眼睛在夜幕中更显深沉，像夜色下的海面。

“乔笺，当我今天看到你站在那里，于云清手中握着注射器的时候，你知道我心中是什么感觉吗？”他深深地望着她，“万念俱灰，我只觉得万念俱灰，原来我这么爱你，我比我想象中的更加爱你，我不能失去你。”

“可是宋然声，要是我们没有那么好的运气呢？如果我已经被感染了呢？”眼泪已经涌了上来，乔笺现在觉得最遗憾的是，她竟然不能以同样的感情回应宋然声，她很遗憾没有同他一样爱他，要是他们早点遇见就好了，如果他们早点相爱就好了。

有江风吹过，带着些许的凉意，吹在身上有些凉，乔笺往他的怀里躲了躲，这样的乔笺显得格外脆弱。她露在外面的两条胳膊有些凉，宋然声的手掌覆上她的胳膊摩挲。他说：“如果我们没有那么好的运气，那我们更要结婚，要更加珍惜相爱的时间，这辈子，我就是要你成为我的宋太太。”

“你不怕被我感染吗？”乔笺泪眼蒙眬地问他。

“不怕，任何东西都不能阻止我爱你。”宋然声说得很笃定。

乔笺的眼泪终于流了下来，宋然声俯身亲吻她的眼睛，他的唇细细地落在她的眼角，然后顺着她的眼角往下，亲吻她的脸颊。他的吻轻轻的，带着一种虔诚的珍惜。

乔笺终于把自己最柔软的一面展示给他，她抓住他的睡袍，终于哭出声，哽咽道：“宋然声，其实我很怕，怕得不得了。”

回应她的是宋然声的吻，他从来没有这么温柔地吻过她。以前宋然声的吻都是霸道的，带着侵略性，可是这次温柔缠绵得不像话，这样的吻让乔笺心中的不安与害怕渐渐消弭了去。

也不知道他究竟吻了她多久，最后他松开她，又吻了吻她的额头，说：“不要怕，我说过我会一直陪在你的身边。”

乔笺抱着他的腰，仰头望着他，她现在是真的没有安全感极了，她抱他得抱紧紧的，好像他会消失不见一样。乔笺的眼睛很黑，这样望着他时，带着一种孩童的无辜。宋然声动了动喉结，说：“等我一下，我去拿个东西。”

乔笺还是不愿意放开他，宋然声脸上浮现出笑意，笑道：“乔乔乖，几分钟就好了，或者你跟我一起去。”虽然不情愿，可是乔笺还是放开了他。

“我很快就会回来的。”宋然声不放心她，嘱托道，乔笺点了点头。

果然，宋然声没过多久就回来了，他腿长，步子迈得很大，他手上拿着一个小小的黑色首饰盒子，在她面前站定，小心地将盒子打开。

是一枚金戒指，上面还镶嵌了一颗红宝石，戒指上面还雕着花，造型有些老了，仿佛沉积着一些历史的沧桑。他说：“这是我外婆的戒指，这是她留给我妈妈的。我妈妈舍不得戴，一直将它放在保险柜里。”

宋然声缓缓地单膝跪在乔笺的面前，举着那枚戒指，郑重而虔诚地说：“乔笺，嫁给我，成为我的妻子，我这一生都会好好爱你。”他不会像他父亲一样为了利益而牺牲感情。其实他真的更像叶琬一些，或许受父母婚姻的影响，他在感情上有些凉薄，但是只要他真正喜欢一个人，他便会倾其所有对她好。

这应该是世界上最不浪漫的求婚了，没有鲜花，没有烛光晚餐，乔笺穿着睡裙，宋然声穿着睡袍，但是这绝对是世界上最有诚意的求婚。

“乔笺，或许我有些自私，在这个时候向你求婚，明明知道或许你只是因为感动而答应，可是我就是想让你嫁给我。”

还有什么理由可以拒绝宋然声？他对她的心理揣测得一清二楚，事实上，她感动得要命，她真的没有想到他会在这个时候向她求婚，明天是全然未知的，天堂或者是地狱，取决于明天的化验结果，其实在乔笺心目中已经隐约有了一个答案，于云清那么恨她，针头刺得那么深，怎么可能没有问题呢？

她相信宋然声也知道，可是宋然声依然向她求婚，哪有这样的人，明明知道可能是那样的结果，可是他偏偏要向她求婚。为了短暂的相守，负上一生的责任，从此他的生命里再也翻不过去“乔笺”这两个字。

如此情深，乔笺只能回以一句“我愿意”，才不算辜负他，她也舍不得辜负他。终于下定了决心，乔笺朝他伸出了手，抽噎着答应他：“宋然声，我愿意嫁给你。”

宋然声眼底似乎有绽放的烟火，他的嘴角一点点地翘起，他终于得到了她一生的承诺。

戒指缓缓地套上无名指，这枚小小的戒指就此将两人的今后余生都绑在了一起，终身所约，永结为好，没有比这更郑重的誓约，就像是旧时的婚书，在落款处签下两人的名字就代表着一生的承诺，从此“死生契阔，与子成说”。

宋然声还是维持着那个半跪着的姿态，他握住了她的手，在上面轻轻地吻了一记。他们身后是对岸璀璨的灯火，江面的粼粼波光，一点一点地荡漾开去。

乔笺终于有了困意，想回客房睡觉了，可是宋然声拉着她往他的房间里走。乔笺只犹豫了一瞬，终于还是随了他，跟着他走进房间。

他的房间很大，整个房间都是深色系的，他只开了床头灯，淡黄色的灯光温柔地将那一方照亮，地上铺了地毯，他带领着她走了进去。

乔笺受伤的是左手臂，宋然声睡在她的右侧，他床上有淡淡的香味，闻上去很舒服。第一次和一个男人同床共枕，乔笺一点也没有紧张，反而有一种很强的安全感。

没有开空调，房间里的温度刚刚好，很舒适。宋然声的手环上了她的腰，将她整个人都抱在怀里。乔笺望着他，从她这个角度望过去，他的颧骨、下颌线条十分完美，她忍不住伸手摸了摸他的下巴，有轻微的刺痛感，是他的胡茬。

宋然声深情地望着她，床头灯将他睫毛的影子拉得好长。他的喉结动了动，乔笺忽然仰头亲了亲他的喉结，轻声地说："宋然声，我不会再害怕了，你别再担心我了。"乔笺知道宋然声的用心良苦，她也舍不得他这么担心她。

乔笺是真的累了，又在宋然声的怀里，他让她安心，即使心事重重，乔笺还是睡了过去。

已经关了灯，房间里黑暗一片。窗户没有关严，外面的风有些大，从半开的那扇窗灌进来，窗帘被吹得忽扬忽落。今晚的夜色很好，月光伴随着风进来，将房间映得忽明忽暗，宋然声就着月光看了乔笺一个晚上。

第二天，乔笺醒来，宋然声已经不在床上了，他睡的位置微微凹下去了一些。乔笺刚准备起床去找宋然声，卧室的门被轻轻地推开，是宋然声。四目相对，宋然声将窗帘打开，炽热的阳光一下子就涌了进来，外面白花花的一片，有些刺眼睛，乔笺偏过头。

"刚好想叫醒你，警方要我们过去一趟。"宋然声过来给她一个早安吻，乔笺忽然生出一种错觉，仿佛他们已经在一起很多年了。

简单地吃过早餐，宋然声亲自开车去警局。乔笺坐在副驾驶座上，看到宋然声握方向盘的手，她反而不紧张了。

警察是找他们录口供的，接待他们的警察是昨天将于云清带走的那两个。他们打开记录本，其中一个年轻一些的，跟他们说明情况。他们昨天将于云清送到医院，经医生检查，她肋骨有轻微的骨裂，手腕骨折。

“今天早上，我们又派人过去审问她，她承认故意用带了病毒的注射器报复乔小姐。”说到这里，警察顿了一下，带着安抚的语气说，“乔小姐，你也先别担心，张医生说，只要化验结果一出来，就会立刻通知我们。我们也在调查嫌疑人是以何种途径获得这带病毒的注射器的。”

录完口供之后，年纪大一些的警官带他们去休息室，又给他们各自倒了一杯水，安抚道：“你们在这里等一等，张医生说结果很快就出来了，一出来就会把结果送到这边来的，我们这里要存底作为证据。这样恶劣的情节，一定会重判的。”

等待的过程自然是煎熬的。随着时间的流逝，乔笺越来越紧张，她心中矛盾极了，就像是考砸了一场考试，到了发试卷的时候，想知道分数可是又不敢知道分数。她甚至希望结果晚一些出来才好，她害怕是不好的结果。乔笺开始坐立不安，手里握住那个一次性杯子，拿起又放下，放下又拿起。

宋然声其实也没好到哪里去，他甚至想过动用手段将结果改了，不要让乔笺知道，可是身体是乔笺的，她总会知道的，他也没有权利那样做。

宋然声心里越焦虑，他面上反而什么情绪都不会表现出来，显得十分冷静。宋然声握住乔笺的手，说：“乔笺，我给你唱首歌吧。”

他成功地吸引了乔笺的注意，乔笺十分诧异地道：“你还会唱歌？”

其实他很少唱歌，他一般听古典钢琴曲，会的流行曲目其实少得可怜，可是有一首，是他听了又听的，他的声音有些低，娓娓将那首歌唱来——

沿着你设计，那些曲线

原地转又转，堕进风眼乐园

世上万物，向心公转

陪我，为你沉淀

逾越了理性，超过自然

瞒住了上帝，让你到身边

即使爱你爱到你变成碎片

仍有我接应你落地上天

如你化作了粉末，谁还要健全

来沉没在我的深处吧……

乔笺于宋然声而言就是这样的一个旋涡，美丽而危险的诱惑，明明知道他不应该爱上她，明明知道该怎么做才对，可是他心甘情愿地为了她粉身碎骨。

歌还没有唱完，那个年轻的警官就跑了过来，还没有进门，就听到了他的声音："好消息，好消息！"

他是跑着过来的，还有些喘，兴奋地说："张医生打电话来了，针头根本就没有病毒，那个注射器根本就是新的，经过高温灭菌的，什么细菌病毒都没有，于云清应该是被人忽悠了。"

张医生很快就过来了，原来她就是昨天帮乔笺处理伤口的那个女医生。她将报告递给乔笺过目，乔笺看到上面有一条条指标，其实乔笺有些看不懂，可是还是一条条地看了下去。宋然声被警察叫过去签字了。

张医生笑着说："那位先生肯定很爱你，他那样紧张你。"昨天乔笺抽血的时候，宋然声的哮喘犯了，他身上没有带药，幸好是在医院，被张医生看到了，否则后果不堪设想，

因为他情绪太紧张了，所以才会突然发病。

乔笺笑了笑，是啊，他是真的爱她，这样的男人也值得她爱，她愿意去爱他。

【3】他会强势地占有她的所有

走出警局的那会儿，是最热的时候，才是暮春，可地面好像要被太阳烤化了一样。

他和她十指相扣地走出警局，乔笺整个人仿佛都像是轻松了起来，她以前最害怕阳光把自己的皮肤晒黑，可是现在她竟然仰起头闭着眼睛，感受太阳的温度，因为这是一场劫后余生。

真好啊，这个世界真是美好。

知道这个好消息之后，两人决定好好睡一觉，昨晚其实两个人都没有睡好。乔笺的公寓离这里很近，乔笺带宋然声回到自己的公寓，这是她第一次带宋然声过来。宋然声跟在她的身后打量着她这个公寓。

很少女风的装修，窗帘是白色的蕾丝，阳光透过蕾丝上面的花纹，在地板上留下了一个个漂亮的影子。

天气实在是太热了。乔笺怕被人认出，刚刚出门又将自己裹得严严实实的。她本身非常容易出汗，天气热，又裹得严实，现在身上黏黏糊糊的，实在不舒服，所以一回来就往浴室跑，说："我先去洗澡。"

乔笺这里现在没有男士拖鞋，以前宋立声偶尔会过来做客，她给他准备了拖鞋。后来和宋立声说开之后，乔笺将给宋立声准备的东西全部扔了，所以她这里没有任何男士用品。

乔笺家的地板是大理石的，宋然声虽穿着袜子，但踩上去还是有些凉。宋然声坐在沙发上，脸上露出一些疲态，曾经他以为自己很强大，他一直在商界呼风唤雨，他的一个小小的决定，都关系到许多人的生计，以至于有时候他觉得自己可以掌握许多人的命运。可是直到昨天，乔笺发生那样的事情，她那样无助，他才知道自己是有多么肤浅。

昨晚他一直没有睡，一直望着乔笺。宋然声真的有些累了，想闭上眼睛养一会儿神，可是没有想到这一闭眼就睡了过去。

等乔笺洗完澡出来，就看到宋然声头微微地仰着，眼睛是闭着的，她走近了，宋然声还是没有睁开眼，他竟然睡着了。

乔笺站在他面前，弯下腰细细地打量他，他的眼圈有些青，眉头微微皱起。虽说下午外面的天气有些热，可是在室内待久了还会有些凉，更何况他睡着了，乔笺怕他感冒，于是回房里拿了一床空调被给他盖上。

宋然声的腿很长，支棱出去好远，脚上没有穿鞋，露出一段脚踝，乔笺不知道为什么替宋然声委屈，哪有去女朋友家里都没鞋穿的？

时间不早不晚，下午五点钟，阳光虽然西斜，但是还是很好，照到了沙发的一角。乔笺走了过去，轻轻地将窗帘拉上了一些，又换了衣服，戴上口罩和墨镜就出了门。

她去了附近的超市，径直走向男士区，来到了挂着男士拖鞋的货架前。货架前，有一对年轻的情侣在挑拖鞋，看得出他们很相爱，因为那个男人的眼光就没有离开过他身边的女人。

不知道为何，乔笺又想到了宋然声，要是和他一起来逛超市，他会怎样呢？其实很难想象他逛超市的样子，他的生活起居都有专人在打理，这些琐碎的事情根本就不需要他操心。

这个超市没有宋然声惯用的那个牌子，乔笺给他挑了一双淡蓝色的拖鞋。路过洗浴区的时候，乔笺又鬼使神差地买了男士洗浴用品，还有一件男士睡衣，丝质的料子，摸上去很是凉爽，适合这个季节穿。

鬼使神差——乔笺这样定义自己的行为，等回到自己的公寓，宋然声还在睡，或许是真的倦极了。乔笺将拖鞋放在他的腿侧，他睡着的样子也很好看，轮廓很深，线条分明，薄唇微微地抿着，如果这样拍一张照片，可以直接给杂志当封面。

天色渐渐地暗了下来，金粉似的阳光透过薄薄的蕾丝窗帘，一点点疏淡的光落在地板上。纯白的地板反射着光，将整个房间都映得有些朦胧，像是蒙着一层纱。

乔笺在他旁边的那个沙发上坐了下来，自暗色中看着他出神，圈子里有那么多好看的人，可是宋然声还是让乔笺惊羡。他长得真的很好看，这种好看与圈子里的男人的好看不同，圈子里的男人或多或少都带了一些脂粉气，可是宋然声是英气十足。

乔笺用手指轻描他的眉，又忍不住望着他笑，她也不知道自己为什么想笑，只不过内心莫名地欢喜愉悦。乔笺望着他，只觉得两人的关系又向前进了一大步，她现在好像开始依赖他了。

也不知道过了多久，宋然声眼睛才动了动，睫毛微微颤了几颤，慢慢地睁开眼，眼神带着一些刚睡醒的迷蒙。他用手揉了揉眉间，声音也有些沙哑，说："我睡着了。"

"你睡了两个小时了。"乔笺告诉他。

他朝乔笺伸出手，乔笺把手递给他。宋然声握住她的手，轻轻一拉，就把她拉倒自己的怀里，将头埋在她的肩上。余光看到了脚边的拖鞋，他似乎愣了一下，问："你出去了？怎么不叫醒我？"

乔笺光着脚丫轻轻地踢了他一记，戏谑道："这不是看你太可怜了吗？堂堂的宋然声宋少竟然在女朋友家光着脚。"

宋然声在她的耳畔低低地笑出声，长腿一伸，套上了那双鞋，码数刚刚好，他忍不住夸赞道："谢谢老婆。"语气上扬，难掩愉悦。

乔笺面颊滚烫，说："你胡说八道什么啊？"

宋然声握起她的手，说话的声音低低沉沉，带着异样的温柔，他说："昨天晚上你不是答应我的求婚了吗？怎么，你该不会是想反悔了吧？"

是啊，她无名指上还戴着他送的戒指，其实有些大了，戴上去松松垮垮的，还好指关节卡住了，没有让它掉下来。宋然声握着她的手指将戒指重新套到底部，她的手指很白，又细长，戴着这老式金戒指有点像民国走出来的官小姐，很好看，有一种异样的风情。

"我叫设计师给我们设计了一对婚戒，不过估计要等一段时间才能完成。"宋然声握住了她的手。

乔笺端详着戒指，柔声地说："宋然声，没有想到我们之间的速度竟然这么快，简直不可思议。”哪有人谈恋爱没几天就求婚了的？

宋然声一听，伸手捏住她的下巴，让她看着他。宋然声的神情很是严肃，眼睛睨着她：“你真的想反悔，想始乱终弃？”

“噗嗤”一声，乔笺笑出声，反问：“我什么时候乱过你了？”

宋然声将她压在身下，啃咬着她的耳垂，有些模糊不清地说：“好几次了，现在也是。”

乔笺怕痒，耳朵那块地方又是她的敏感区，他呼出的温热气体落在那个区域，她更是痒得不行。她忍不住笑，用手去捶他：“宋然声别闹了，痒死了。”

宋然声不依，变本加厉跟小动物似的。乔笺更加用力地推搡他，也不知道怎的，那只受伤的手被压倒了，她倒吸了一口凉气：“疼疼疼！”

宋然声这才放过她，紧张地去查看她的伤口，还好，纱布还是干净的，没有出血，他松了一口气：“饿不饿？想吃什么？我订餐。”

自然是饿了的，今天都没有好好吃过饭，于是两人定了一家五星级酒店的鲍鱼捞饭，还点了一盅汤。这家酒店的鲍鱼捞饭很好吃，鲍鱼是非常好的两头鲍，味道十分鲜美。酒店的送餐速度也很快，两个人是真的饿了，酒店给的分量很足，他们两个人都吃光了。

吃过饭，时间已经不早了，晚上九点钟，宋然声却没有走的意思。乔笺试探着问：“然声，你明天好像有个会要开吧。”

宋然声正坐在沙发上翻她的相册，这本相册里是这几年她拍过戏的剧照，还有颁奖典礼的留影，他一边翻着，一边轻轻地“嗯”了一声。

“那你快回去吧。”

宋然声这才抬头看她：“不是你要我留下来的吗？”

乔笺疑惑地问他：“我什么时候要你留下来了？”

宋然声合上相册，指了指阳台的方向：“你不是给我买了睡衣吗？”乔笺回来的时候就把睡衣洗了，晾在阳台上，没有想到宋然声的眼睛这么尖。

乔笺顿时有些百口莫辩，她也不知道为什么会鬼使神差地给他买那么多的东西。宋然声好整以暇地望着她，很是霸道地说："我以后都会住这里，我要管家收拾一下东西，要他明天把我的行李送过来，从今天开始我就住这里了。"

这是要同居啊，乔笺有些目瞪口呆，过了好一会儿，才嗫嚅道："我客房还没有收拾出来呢。"

宋然声起身，理直气壮地说："谁要睡客房了？我先去洗澡了，今晚我要早点上床休息。"

乔笺的表情有些不情不愿，宋然声走过来，弯下腰看着她，他的眼睛很是深邃，这样近距离地看，仿佛要被吸进他的眼睛里。他说："你都答应我的求婚了，未婚夫妇为什么不能住一起？昨晚我们不就是睡一张床吗？你不会真的想始乱终弃吧？"

乔笺突然记起宋然声以前说过的话，既然她都决定要爱上他了，那么她为什么要抗拒和他一起住呢？为什么不借此机会多了解他一些呢？昨晚她已经答应他的求婚，他是那样笃定，而她是那样心动，心动的感觉至今还很清晰。

不得不承认，她喜欢上了宋然声，他的爱令人无法抗拒。所以，住一起真的没有什么不好。

"好。"乔笺下定决心。

这下子轮到宋然声愣住了，他只是没有想到她会答应得这么干脆，其实他刚刚的话，玩笑的成分居多，但与其说是玩笑，还不如说是试探。他做好了长期谋划的准备，他准备一点点地来，反正他对她有的是耐心。

只是乔笺的答案在他的意料之外，她竟然这么爽快地同意了，他自然不会和这样的好运气过不去，得了便宜还要卖乖。为了掩饰上扬的嘴角，宋然声轻咳一声，用拳抵住唇，说："我对你这里又不熟，你带我去浴室。"

当乔笺坐在梳妆台前抹面霜的时候，宋然声已经洗完澡出来了。他穿上了她给他买的睡衣，大小刚刚好。他体型很好看，手长腿长，天生的衣架子。他的头发已经吹得半干，有几缕头发微微垂在额间。此时此刻，两人的视线在不经意间在镜中相撞。

乔笺不知道为什么心跳得有些快，竟然有些不敢看他，匆匆移开目光，头扬起来，将面霜涂在脖子上，可她不看他，并不代表他不再看她。

她的卷发绾在脑后，鬓边的几缕垂了下来，宋然声突然就想到一句诗——“鬓垂香颈云遮藕”，他曾经嗤之以鼻，原来只是他没有遇到乔笺，大概只有真正遇到喜欢的人，才会有如此怜爱的心情。

宋然声走了过去，在她身后的床上坐下。她穿着吊带裙，薄薄的布料一寸寸地贴着身体最美好的弧度。她的胳膊也很细，他用一只手去握绝对会绰绰有余。她的皮肤是真的白，好像身体的每一处都是那种嫩白。

宋然声的喉结忍不住动了动，乔笺现在往两只手臂上涂身体乳，宋然声觉得有些热，他走上前，自乔笺身后拿走她手中的瓶子。她手指的温度有些低，刚好能平息宋然声的燥热。

他问：“需不需要帮忙？”声音已经是喑哑不堪了，宋然声又想到那个晚上他掌底美好的蝴蝶骨。

乔笺自然能够听出他声音的变化，更何况他眼里满是侵略性的目光，她早该想到的，孤男寡女共处一室，有些事情可能会失控，她有些懊恼，怎么刚开始没有想到这一层？

“不用了。”她急急地去夺他手中的身体乳，可是宋然声拿着那个瓶子高高一扬，她根本就够不到。

宋然声的一只手搭在她的椅背上，腰弯着，唇贴着她的耳，另一只手高高地扬起。乔笺反过身伸手去拉他的手臂，宋然声倒是松了手，将身体乳还给了她。乔笺刚坐回椅子，他的吻就铺天盖地而来。

他像抱小孩子一样将她提起来，让她坐在梳妆台上，随即他将她整个人都往梳妆台上的那面镜子贴去。他的动作太大，撞得梳妆台摇晃了几下，上面的瓶瓶罐罐被撞得东倒西歪。

背后的镜子冰冰凉凉的，乔笺有些不适应，瑟缩了一下，可是宋然声还是紧紧地贴上来，让她的背部和镜面贴得严丝合缝。

宋然声的一只手扶住她的腰，另一只手拖住她的后颈，他觉得自己要疯了，他爱死了怀里的这个女人。

这个女人从一开始那样讨厌他，到现在愿意接纳他，他胸腔里的爱意像是要将自己焚烧掉一样。他知道乔笺心中开始满满都是宋立声，甚至现在她心中可能还有宋立声的一席之地。可是没关系，至少她心中已经开始有他了，他向来擅长于攻略人心，总有一天，她的心中只会有他，不会有别人。他会强势地占有她的所有，他会让她爱他的全部，甚至原谅他的虚伪。

放过宋立声？别做梦了，他是一定会玩死宋立声的。如果不是宋立声的妈妈，他妈妈就不会得抑郁症，也不至于最后想不开，他怎么可能会放过宋立声？

他承认自己虚伪，和乔笺那样说只是权宜之计，他爱她，在她面前愿意低头妥协，但是绝对不包括这件事。

他的攻势太激烈，乔笺渐渐有些意乱情迷。说来也好笑，她是拍过吻戏的，可是那些吻戏有些是借位拍的，有的只是双唇之间轻轻地触碰，严格来说，她的初吻给了宋然声，那天他不由分说地强吻她，所以她才那样生气。

也不知道吻了多久，身后的那块镜子都沾染了乔笺的温度，乔笺额上有一层薄薄的细汗，仿佛是跑了一段很长的路，心脏如此急剧地跳动，胸腔剧烈地起伏，宋然声好像也没有好到哪里去。

他的呼吸里有灼人的烫意，他的眼睛变得很红，太阳穴上的青筋有些一跳一跳的。他睡衣的领口有些大，乔笺清晰地看到他的胸膛上有一层细汗，乔笺鬼使神差地伸手去摸他胸膛上的汗液，食指指腹一点点地拂过，指上染上点点湿意。

宋然声只觉得真的要被她这个动作逼疯，她不知道她现在的样子有多美，这个动作于他而言是诱惑的毒药。他低声唤着她："乔乔。"他的脸去摩挲她的脸，又密密地吻着她的鬓角。

她迷迷糊糊地应了一声，像是一只小猫的嘤咛。

宋然声终于完全失控，他将她一个打横，横抱在胸前。乔笺惊呼一声，身后的瓶瓶罐罐发出清脆的声响，一只玻璃瓶"咕噜咕噜"地从桌面摔了下去，好在地上铺了地毯，没有被摔得粉身碎骨。

床很软，乔笺微微地陷了进去，宋然声的动作算不上很温柔，却还是顾忌着她绑着纱布的手。墙角的落地灯光温柔，似一团雾，可宋然声的眼神锐利，像是要将她的衣裙划开。

冰肌玉骨，是手掌下滑腻的感觉，宋然声只有这样的一个认知，他想占有她，却被乔笺握住手。

"宋然声，别这样。"乔笺微微清醒了一些，她还没有做好准备，她在这方面一直很保守，如果要现在和他发生实质性的关系，她真的做不到。

宋然声不想听，继续动作，可是乔笺态度坚决，死死地拽住裙子。两人僵持了一会儿，宋然声也只有放弃，但是就是压着她，不肯下来，他身上的温度烫得要命。

他在她的耳畔喘着粗气，抱怨着："不给我，那就别勾引我。"她哪里勾引他了？乔笺用眼神控诉着他。

宋然声的鼻尖抵着她的鼻尖，他说："你看，现在你又在勾引我。"

脸颊染上绯红，媚眼如丝，黑色的发丝铺散开，就像茂密的海藻，她说话的声音像是海妖勾人的歌声，一声声都带着小钩子，在他心尖上挠啊挠啊。跟她在一起，只要她看着他，他就觉得她在勾引他。

他的目光太过露骨，乔笺在他身下微微动了一下，这一动，宋然声就痛苦地闷哼一声，他猛地埋头咬住她的肩膀。

"啊。"乔笺觉得有些疼，她用手去扯他的头发，"宋然声，疼！”

他这才松开了她，他的双目赤红，耳垂、脖子也是，他已经处在忍耐极限的边缘：“乔乔，那你摸摸我。”也不等乔笺同意，宋然声将乔笺的手掌贴到自己的腹肌上，她的手指微凉，稍稍缓解了他的渴望。

手下的触觉又烫又硬，乔笺窘迫极了，这样亲密，她的手完全不敢乱动。

最后，宋然声还是放过了她，他又去洗了个澡，回来的时候将她搂在怀里，虽然他的肌肤依旧滚烫，却也没有再闹她。

# 第十章
## 尘埃落定

【1】我还对你不够好？

困，真的很困。

窗帘被谁拉开了一层，只剩下那层抽纱窗帘挡着阳光，很薄的一层，阳光将房间照得大亮。隔着眼皮，乔笺都能感受到那光亮，她只觉得困极了，转了个身，将被子拉高，整个人都蜷进被子里去。

昨晚很晚才睡，宋然声身上太热了，热得她睡不着。她远离他一分，他就靠上来一分，好不容易下半夜倦意袭来，她才刚闭眼一会儿，又被宋然声吻醒。

乔笺是真的生了气，抽起枕头就向宋然声砸去，宋然声手一挡，那个枕头就落在了地上。宋然声还笑，她更加生气，自己准备去客房睡，这个时候宋然声才向她道歉，保证不再闹她。可是这一闹，就睡意全无，一直到凌晨，她才又睡过去。

现在时间应该很晚了，乔笺用手探了探，宋然声不在床上，他应该是去公司开会了，乔笺又沉沉地睡去。可才睡了一会儿，手机就开始振动，将她吵醒，手机放在床头柜上，嗡嗡地发出好大的声响。

又是谁？为什么这个时候要来打扰她？

乔笺从被窝里伸手出去，从床头柜上摸到了手机，眯着眼睛去看手机屏幕，原来是妈妈打来的视频电话。乔笺揉了揉眼睛，下了床从衣柜里随便抽了一件外套披上，又爬到床上，靠坐在床头，迷迷糊糊地接了视频电话。

屏幕那边是爷爷奶奶的脸，乔博山和李意涵站在他们的身后。

“乔乔。”他们喊她，奶奶慈爱地笑着，“乔乔，现在都十一点了，你怎么还没有起床啊？”

乔笺只觉得困，她打了一个哈欠，眼睛半睁着：“昨晚没睡好，很晚才睡，我快要困死了。”

原来是一个远房亲戚要结婚，在乔博山那个市里办酒，所以爷爷奶奶才舍得从乡下出来，在他那里住几天。

说了一会儿话后，乔笺觉得有些口渴，准备下床去倒杯水喝，她举着手机，伸脚去穿鞋，刚站起身，手机那头就传来乔博山的一声怒喝：“乔笺！你……你……”

他的这一声怒吼，将乔笺彻底吼醒了，怎么了？乔笺一脸无辜地看着屏幕，乔博山的脸黑到不行，食指指着她，气得手指都在抖，李意涵的脸色也不好。

“乔乔，我们是怎么教你的？你……”她欲言又止。

究竟怎么了？乔笺一脸的莫名其妙。

“咯。”身后传来一声男人的轻咳。

这个声音她并不陌生，这分明是宋然声的声音，可问题是为什么这个时候宋然声还在她房里？乔笺僵硬地回过头，只见宋然声穿着睡衣站在落地窗前，手上还端着一杯咖啡，脸上的表情也有些一言难尽。

乔笺瞪大眼睛望着他，他为什么还会在这里啊？他不应该回公司开会了吗？为什么现在他还穿着睡衣端着咖啡站在她的卧室里？她刚刚跟爸妈他们怎么说来着？

“我昨晚没睡好……很晚才睡……我快要困死了……”

这下子误会可大了！

其实宋然声一直站在落地窗前，他本以为乔笺下床去找外套穿时就已经发现他了，可是没有想到乔笺压根就没有注意到他。

她接了家人的视频电话，他也不好出声提醒她，原本以为她会在床上打完这个视频电话，可是她又下床了。她举着手机，摄像头刚好对准身后的他，完完全全地将他拍了进去，而乔笺根本没有意识到，还在穿鞋。

“爸，妈，你们听我解释啊。”乔笺几乎要急哭了。

乔博山恨铁不成钢，但是毕竟女儿大了，又不能伤她的自尊心，只得咬着牙说：“什么时候带他来跟我们见一面？上一次只视频过，还没有真正见过面。你们什么时候结婚？今年上半年还是下半年扯证？”其实他们对乔笺一直管得挺严的，可是现在他们竟然看到乔笺和一个男的未婚同居，他们能不生气吗？

乔笺也是被乔博山吓傻了，扬着声音说：“结婚？”表情更是难以置信，她虽然答应了宋然声的求婚，可是如果让她现在就跟宋然声扯结婚证，她还做不到。

乔笺的这句话几乎要把乔博山的心脏病都气出来了，乔博山指着屏幕说：“你……你们没打算结婚？那小子没打算对你负责？”

乔笺咬着唇，又窘又气。宋然声从后面走上前来，从她手中拿过手机替她解围，他神色很是郑重：“爷爷奶奶，叔叔阿姨，你们好。”

乔博山冷哼了一声，李意涵神色尴尬，只有爷爷奶奶应了宋然声。

“我很抱歉以这样的方式跟你们见面，一直没有登门拜访，是我做得不对，对不起。我很喜欢乔笺，事实上我已经向乔笺求婚，而乔笺也已经答应嫁给我，所以我恳请你们将乔笺交给我，我是真心喜欢乔笺的。”

宋然声拉起乔笺的手，“但是我们目前还没有完婚的打算，毕竟我们还年轻，但是我一定不会辜负她的，我们改天就回来看望你们，希望你们能原谅我。”

宋然声这么一解释，乔博山夫妇的脸色好看多了，而乔笺的表情很委屈，一直低着头，当父母的也心疼，终于不再说什么。只有奶奶笑呵呵地说：“早点结婚，早点让奶奶抱重孙子。”

一场闹剧终于结束，挂了电话，乔笺几乎崩溃：“宋然声，麻烦你给我解释一下，这个时间点了，为什么你还在我的房间？”

宋然声摸了摸鼻子，他知道这下子祸闯大了，但是也不能怪他。他解释道：“我把会议取消了，今天我要搬过来了嘛，所以就把会议推迟到明天了。”

事实上，他是舍不得走，第一晚和她睡，他为她担惊受怕，没有其余的心思想。可是昨晚不同，他在她眼里也看到了意乱情迷，他毕竟是个男人，难免会想某些事情，一想就舍不得走了。

“你休想搬过来！”乔笺几乎气笑了。

宋然声脸色一僵，知道是将她惹奓毛了，只得说：“你不能出尔反尔，做人不能这么没有诚信。”

乔笺懒得理他，干净利索地上床，拉过被子将头蒙上。她现在不想听宋然声说任何一句话，而宋然声竟然死皮赖脸地来缠她，他来拉她的被子，将她从被子里挖出来。

乔笺用手去推他的脸，气恼地说：“宋然声，你浑蛋！”

宋然声声音暗哑：“浑蛋就是喜欢你。”他抱住她，吻又压了下来。

闹了整整一上午，乔笺终于起床了。管家正是在这个时候将宋然声的行李送了过来，整整四个大行李箱，两个帮佣将行李箱里面的东西整理了出来。

宋然声以绝对强势的姿态入住了这里，乔笺看着他的剃须刀发愣，他的牙刷挨着她的牙刷，并排放着，他就这样强硬地闯进她的生活，以这样亲密无间的方式。

自从她答应试着和宋然声交往后，乔笺觉得他们两个之间进展的速度是真的好快，先是答应他的求婚，后来又答应与他同住，他总是有办法让她答应他的要求。乔笺叹了一口气，或许是真的冥冥之中自有天意吧，有些人花了十多年也等不到一句“我爱你”，可是有些人只要数月，他就能给你相守终身的承诺。

下午的时候，警局又打了电话过来，他们查清了于云清注射器的购买渠道，是在一个常年混迹于黑市的人手中买的。那个人利用一些想报复、心理扭曲的人，骗他们说他这里有带病毒的注射器，只要轻轻地划破一点皮肤，就可以让他们讨厌的人感染上那些可怕的病毒。

这个人就是个骗子，他手中的注射器，根本就没有携带病毒，是正规生产商造出来的一次性注射器。这个骗子还懂那么一点法，知道真的贩卖携带病毒的注射器，犯的罪是十分严重的，所以他都是以这样的方式哄骗购买者的。

听到警方这么解释，两个人完全放下心来，真正地放下了一块大石头。宋然声真的是对于云清恨得咬牙切齿，他也让人调查了于云清，发现她吸毒，甚至还参与贩毒，他将证据全部提交给了警方。他向乔笺道：“你放心，我会请最好的律师，让于云清得到最高的刑罚。”他一定会让于云清付出代价的。

经过这件事后，两人真正地开始同居生活。刚开始的时候，乔笺的确有些不适应，比如她要起床，宋然声会突然搂住她的腰，不让她起床；她晚上喜欢在床上玩手机玩到深夜，可是宋然声会强迫她十二点之前睡觉。如果她不听，他自有一套方法，那就是惩罚，至于惩罚的手段，乔笺在心底暗骂了一声：“流氓。”

两人同住一个星期后，乔笺终于习惯了宋然声的存在。乔笺很懒，别人休假是去度假，而她只喜欢宅在家里。乔笺每日练瑜伽、做甜点，好不惬意，只不过她的甜点是真的难吃，造型也不好看，所以这些又丑又难吃的甜点，乔笺都尽数塞给了宋然声。

宋然声其实不喜欢吃甜点，每次都是皱着眉就着乔笺的手如临大敌般吞下去。

吃了那么多甜点，以至于宋然声怀疑自己的腰围大了几寸，晚上睡觉的时候，他隔着睡袍掐自己的腰："你有没有觉得我最近变胖了？"

"有吗？"乔笺打量着他。

"不信，你摸摸。"宋然声凑过来，硬是要乔笺去掐他的腰。

哪有长胖，手指下的肌肉很是结实，摸不到一丝赘肉，更何况他的衣服都是量身定制的，如果他的腰上真的长了一些肉，他的衣服恐怕都要重新去定制才可以。

这个人就是故意的，乔笺用力地掐他，拧着那一点肉。宋然声疼得暗自咬牙，可是偏偏要风度，面上不显半分，乔笺暗暗跟他较劲，就是不肯松手。

宋然声这个人挺能装，也挺能忍，还是乔笺自己先心疼放了手，心里有些气，说："你不疼吗？"怎么可能不疼？乔笺跪坐在床上，去掀开他的衣摆，那一片已经红了。

乔笺垂眸看他被掐伤的地方，而宋然声垂眸望着她。

是她下手重了，她有些后悔，准备下床去拿医药箱，可是宋然声拉住了她的手腕，将她拉入怀中，她趴在宋然声的胸膛上。

墙角的落地灯是羽毛灯，灯罩上面是一层层白色羽毛，光线穿过其间像是浮起一层层雾，似乎整个房间都是云雾氤氲。宋然声一手搂住她的腰，望着她的眼睛，声音黏腻得如含在嘴里的巧克力："乔笺，如果你其他方面对我也这么好就好了。"

宋然声说的好指的是他身为男朋友的权利，说起这个，宋然声仿佛是颇有怨念的，事实上，宋然声已经很是得寸进尺了，他总是有办法瓦解乔笺的底线，让乔笺一点点地接受他的得寸进尺。

一想到昨天晚上宋然声作恶的手，乔笺就脸颊滚烫，终究还是不好意思，声音低低地说：“我对你还不够好？”

“不够。”说完，宋然声竟然顶了一下她。他们身体贴得极近，她自然清楚他身体的变化。乔笺大窘，气得拿枕头去砸他，宋然声一边躲，一边拿手挡，闹着闹着，两人又笑作一团。

最后，她的侧脸贴在他的胸膛上，他心脏跳动的声音沉稳有力，他一只手与她十指交握，放在身侧，另一只手温柔地穿过她的发。乔笺觉得很惬意，微微眯着眼睛，像是被人顺毛的猫。

“乔乔，过几天跟我去看看我的妈妈吧。”过几天是叶琬的忌日，宋然声想带乔笺去看看她，让她知道他找到了这一生都要携手的人。

乔笺点了点头。

叶琬忌日那天的天气并不好，天空阴沉沉的，却异常闷热，似乎是要下雨，远处黛青色的山峦都笼着一层云雾。乔笺穿着一套黑色的长裙，戴着渔夫帽，跟宋然声去了墓地。

宋然声的情绪有些低落，这么些年来，每到这一天，他的心情都很沉重，毕竟他曾经目睹了整个过程。那个时候他还那么小，年幼的他也曾以为自己跟别人一样，他是他们爱的结晶，可是真相最残忍，所有的一切都是宋之闻编织的谎言。

宋之闻从未爱过叶琬，他利用叶琬的家世，渡过自己家族的难关，利用叶家的资源，将宋家一步步地推向资本的顶点。后来，即使叶家知道叶琬的死跟宋之闻脱不了干系，也无法将宋家如何，但是叶家也不会善罢甘休，不断向宋之闻施压。李希文不想让宋之闻为难，便带着宋立声回了老家，直到她故去，宋之闻才将宋立声接回来。

墓地有一层一层的台阶，路有些窄，宋然声走在前面，他们一前一后地走着，他的背影看上去有些落寞，乔笺走上前，轻轻地拉住他的手。

其实这些年宋然声也是过得不尽如人意吧，虽然有生父，可是如同虚设，他可以说是被外公带大的，他还视宋之闻为仇人。上一辈的爱恨纠葛，却要后一辈来承受苦果，宋立声是受害者，宋然声更是。

“宋然声，以后有我爱你。”乔笺说。宋然声没有说话，只是回握住她的手。

叶琬很美，眉目之间眼波流转，小巧挺翘的鼻，饱满殷红的唇。她的墓前放了一束白色的山茶花，花瓣上还有晶莹的露水，好像是新剪的，有人已经来看过了，竟然有人比他们还早。

“是安导吗？”乔笺问宋然声。

宋然声微微皱着眉，肯定地说：“不可能是安叔叔，他从来不承认这一天，这一天是他最忌讳的，他不可能会在这一天过来。”

那会是谁？

“有可能是我舅舅他们。”宋然声蹲下来，将手中的六角大红放在叶琬的墓前。

叶琬生前最爱的花便是茶花，在宋家的花园里，她曾经种了许多茶花，有许多是名贵得不能再名贵的品种，她以前甚至在拍卖会上以两千万的价格拍了一株珍稀的茶花。

成年后，宋然声虽然搬出了宋宅，但是他在每一处住宅里都会种上一些茶花，还将叶琬以前留下的茶花移栽到了自己山上的别墅，请专人好生打理着，今天他带过来的花就是从叶琬以前种的山茶树上剪的。

乔笺看得出宋然声眼里有很深的一层眷念，他指腹一点点地抚上叶琬的那张照片：“妈，我带乔笺来看你了，她是我的女朋友，以后我会和她结婚，你不用担心我。”曾经他以为自己不会喜欢上任何人，曾经他喜欢冷漠地望着人世间的悲欢离合，直到他遇到了乔笺。

他看上去很落寞，乔笺不知道如何安慰他，她一点也不想看到他这个样子，这个样子的宋然声让她心疼。乔笺伸手按在宋然声的肩膀上，宋然声伸出一只手来握住她的手，两人都没有说话，所有的情愫都在两人相握的手间流转。

山上风大，将她的裙摆吹起，又将她的渔夫帽吹飞。风越来越急，带着水雾吹在人身上有些发凉，应该是要下雨了。

待了好一会儿，宋然声才说：“走吧。”乔笺点了点头。

山上多雾，路面湿滑，台阶上有的地方长了青苔，乔笺的鞋有些打滑，没走几步路就差点摔一跤，好在宋然声眼疾手快地拉住了她。

宋然声在她面前蹲下来，朝她说：“上来吧。”

有些地方有些陡，台阶几乎是呈直角下去的，她的鞋那样滑，如果从这里滚落下去就不是闹着玩的了，乔笺没有拒绝。宋然声背上的温度有些高，他脖子后面还有一层细汗，可是他身上的味道是干干净净的，很好闻，乔笺搂住他的脖子，将脸贴在他的肩膀上。

山雨欲来风满楼，天空是蟹壳青，似乎随时都要下雨。宋然声走得慢极了，一个台阶一个台阶地下。宋然声忽然说：“乔笺，好想在一瞬间我们就此老去，就好像我们携手半生，最后仍旧是我背着你一起白头。”

乔笺能明显感觉到他胸膛的震动，心好像被那震动弄得酥麻不已，知道他因为叶琬而心情有些低落，或许他是想到安导孤独终老，叶琬眠于此地，永无白头，所以才会有这样的感慨。她回答他：“放心吧，我们肯定会一同白头的。”

走到半山的时候，山雨劈头盖脸而来，那么大，那么急，落在地面、树叶上，发出“唰唰”的声音。风也很大，树木被风吹得枝干都弯了下去。

宋然声背着乔笺跑了起来，好在山脚那里有个亭子，可以先去那里避一避，没有几步路，宋然声就带着乔笺进到了亭子里。雨来得又急又快，宋然声的动作很快，可是他们两个人还是淋湿了一些，好在天气闷热，倒不是很冷。

雨下得更大了一些，从亭子里望出去，几乎看不清外面的景色，风携着雨飘入亭中。两个人站在亭子的中心，乔笺包里放着一把伞，宋然声将伞撑开，替乔笺挡住那些风雨。

“好像这雨一时半会儿也停不了了。”乔笺望着外面的雨幕，天地都变成了白茫茫的一片。

【2】再遇宋立声

乔笺是绝对没有想到会在这里遇到宋立声的。

雨太大了，隐约可以看见有两个人朝亭子跑过来，等他们跑进来，乔笺就愣住了，来人竟然是宋立声和徐曼曼。

他们两个人都没有打伞，宋立声的裤子湿透了，贴在了大腿上，而徐曼曼的头发亦是全部湿透，紧紧地贴着头皮，不断有水从她的额头、鬓角流了下来，两个人好生狼狈。

宋立声更是惊讶，眼里满是难以置信，因为乔笺半依偎在宋然声怀里，这么亲密的姿势，明眼人一看就知道他们之间的关系。

徐曼曼笑着朝乔笺打招呼："乔小姐，你也在这里呀。"看到她身后的宋然声，她似乎是愣了一下，"宋先生。"

乔笺朝她笑了笑。

宋立声很快意识到自己的失态，微微掩饰过去，才跟他们打招呼，喊了宋然声一声："大哥。"又望向乔笺，"乔笺，好久不见。"

宋然声是不会应这声大哥的，尽管宋立声自被接回宋家起，一直喊他大哥。宋然声连一个眼神都没有给宋立声，他垂着眸给乔笺擦脸上的水，对他这声大哥充耳不闻。

至于乔笺，她勉强扯起一丝笑："是啊，好久不见。"其实也不是好久不见，毕竟上一次她看见了他们在试婚纱。

乔笺突然恍然大悟，她想起来了，今天也是李希文的忌日，叶琬因李希文而死，而李希文在叶琬逝后的第九年的同一天病逝。只不过宋立声为什么要来这边的墓地？李希文不是葬在老家了吗？乔笺倒也不问。

这一场雨避得尴尬极了，亭子就那么一点大，还时不时有雨飘落进来，虽然四人站得极近，后来却没有任何交流，乔笺的余光忍不住往宋立声那边瞥。他似乎是在望着亭子外的雨出神，眼睛垂着，让人看不出他眼底的情绪，可是他的手紧握成拳背在身后，看来他心情不是很好，乔笺毕竟在他身边那么多年，他每一个肢体动作背后的情绪，她都了如指掌。

徐曼曼一直在拧头发，轻轻一拧就能流出许多水来。她头发又多又密，很难拧干，她嘟着嘴：“立声，你帮我拧一下。”宋立声似乎没有听到，他还是望着亭子外的雨幕。徐曼曼停下动作，疑惑地望向他，声音稍微扬高了一些：“立声？”

宋立声这才反应过来，乔笺站在徐曼曼的身边，他一转过头便对上乔笺的视线，他又愣了一下，很快又转过视线。

乔笺看着宋立声给徐曼曼拧头发，依乔笺对宋立声的了解，他很少有这样不在状态的时刻。他向来谨言慎行惯了，甚至明明那么讨厌宋然声，遇到他还是会叫一声“大哥”。是因为看到她和宋然声在一起吗？估计他永远不会猜到她会和宋然声走到一起。

宋然声的手慢慢地收紧，乔笺被他握得有些疼，终于回过神。她偏过头，只见宋然声唇抿得紧紧的，也没有看她，而是看着亭子外的雨。雨幕是白茫茫的一片，亭子外的青石板被雨砸出一层薄薄的水雾。

宋然声生气了。

终于，雨停了，宋立声带着徐曼曼先行离开，亭子里就只剩下他们。

亭子的檐角还在滴滴答答地滴着雨，石阶上不断有水流流下来，路两旁种着松柏，叶尖尖上还带着细微的雨滴，颤颤巍巍的，透着新绿，雨后的空气清新得不得了，似乎也被雨水冲刷得干干净净。

“乔笺。”宋然声突然喊她。

乔笺带着心虚，甚至眼睛都不敢看他，说：“怎么了？”

“我这个人很小气，尤其是跟宋立声比，你要表现得很在乎我，这样我才不会去嫉妒你喜欢他那么多年。知道了吗？”他微微地睨着她，神情有些冷。

乔笺看到他这个样子心里有些发怵，随即他却走到亭子外，半蹲下来，说：“快上来，我们早点回去，你衣服有点湿，这样的天气容易感冒。”

那一点点惧意消散，乔笺顺势爬上他的背，不知道为什么心里对宋然声有些愧疚，看到宋立声，她还是会习惯性地去关注他，她想说什么，可终究还是什么也没有说。

一回到公寓，乔笺就准备去洗澡，虽然躲了雨，可是还是被溅了雨，衣服湿湿的，让人很不舒服，回来的时候还打了几个喷嚏。

洗完澡出来，看到宋然声在厨房里，火是开着的，上面架着锅，不知道煮着什么。他还没有洗澡，他衣服湿得比乔笺更加厉害，在亭子中的时候，他侧着身子给她挡雨，他的后背湿了一片，那么讲究的一个人，他的衣服上却有了好几道折痕。

"然声，你在做什么？"乔笺边擦头发边走过去，发现锅里煮的是姜丝。

已经好了，宋然声关了火，给乔笺盛了一碗，他的刀工一点也不好，姜丝切得乱七八糟的。想来他是很少很少做这些事的，他的别墅、公寓里常年候着厨师，他根本就不需要做这些，可是在乔笺这里，什么都得他自己亲力亲为。

"趁热喝，小心感冒。"他替乔笺将那碗姜汤放在外面餐厅的那张圆桌上，是真的很烫，他一放下就倒吸了一口凉气。

乔笺拉过他的手，发现他的指头被烫得通红。乔笺拉着他去冲凉水，冲了好一会儿，乔笺才放开他的手，心疼地说："快去洗澡吧，免得待会儿你感冒了又传染给我。"

宋然声用手捧着她的脸，鼻尖对着鼻尖，语气十分霸道："如果我感冒了，我就是要传染给你，要感冒一起感冒。"话落又要去吻她。

乔笺连忙偏头避开，闹了一会儿，宋然声终于放过她，去洗澡了。乔笺在桌前坐下，双手捧着那只碗，小口小口地喝，味道并不是很好。乔笺向来不喜欢喝这种东西，可这毕竟是宋然声的一番心意，她舍不得看着他的心意被她浪费。

喝到一半，放在桌面上的手机嗡嗡振动，小小屏幕上有光在闪烁着。乔笺放下碗，拿起手机，屏幕上的那个号码没有存名字，只是一串数字，但是乔笺对这串数字熟记于心。

这是宋立声的手机号码。

乔笺愣愣地盯着屏幕，直到屏幕的光熄灭，变成灰色，可是只一瞬，手机的光又重新亮起，手机在手中嗡嗡振动着，像是一只蜜蜂在耳边嗡嗡作响，乔笺依旧盯着那串数字发愣。

乔笺没想到宋立声会第三次拨打她的号码，没有想到宋立声会对她和宋然声在一起有那么大的反应，没想到他会如此锲而不舍地打电话。

乔笺终于接了电话，一接通，宋立声的声音便急切地传来："乔笺，我要见你一面。"

乔笺静默了一瞬，说："有什么事情电话里说也是一样的。"

"不，乔笺，我今天非得见你一面不可。"宋立声坚持，"如果你不同意，我现在就去你家里找你。"

如果宋立声来这里找她，那还得了？乔笺知道宋立声在逼她，逼她妥协，可是乔笺的确是面对他的这种威胁一点办法也没有。乔笺还是答应了他，约在一家咖啡馆。

宋然声洗完澡出来，看见乔笺正站在落地窗前望着窗外的景色发呆，外边又下起了雨，雨势更甚上午，有雨滴打在落地窗上，留下长长的一道水痕。她有心事，宋然声自她身后抱着她的时候，还吓了乔笺一大跳。

"在想什么？"宋然声问她。

乔笺的表情有些许不自然，还是对他撒了谎："没什么，待会儿我要和张琳琳出去逛街，你先回公司吧。"

宋立声和她约在一家以前常去的咖啡馆，这个点，咖啡馆里根本就没有几个人，空荡荡的，宋立声穿着白衬衫坐在一个靠窗的位置等她。

他似乎心事重重，看着窗外若有所思，以至于乔笺过来的时候，他都没有发觉。隔得远远的，乔笺就打量他，这么一段时间不见，他好像要比之前气色好了不少，想来是事业有成，不需要再操心那么多事情的缘故。

乔笺朝他走了过去，等拉开他前面的椅子，他才回过神。他望着她的眼神奇怪极了，他从来没有用这样的眼神看过她，好像是迷茫中带着一点痛楚。

“你来了。”

“嗯。”乔笺点头。

南方的五月多雨，天气阴阴沉沉的，好像永远有下不完的雨。道路两旁种了香樟，叶子被洗得泛着油光。宋立声点了两杯蓝山，乔笺用勺子在杯中轻轻地搅动，问道：“你喊我来究竟想说什么？”

乔笺这样说完，宋立声眼中的痛楚更甚，仿佛在忍受着巨大的痛楚：“乔笺，你为什么要和宋然声在一起？”

“因为他是真的喜欢我，我想尝试着跟他在一起，我甚至曾经想过用一辈子的时间去忘记你，可是我没有想到我会对他动心。原来我以为我喜欢一个人就会喜欢他一辈子的，可是我错了，一辈子那么长，很少有人只爱一个人，更何况又不是两情相悦。他让我动心了，让我无法抗拒，我不想错过。”再次提起自己对宋立声的感情，乔笺觉得心中已经没有当时的那份痛楚，仿佛是如释重负。

宋立声有些难以置信地看着她：“乔笺，你根本就不了解宋然声这个人，我在他那里吃过那么多苦头，我比你更了解他多，他根本就是一个心狠手辣的人，你不要被他骗了。”

乔笺十分冷静地望着他，问他：“那他为什么要骗我？”

放在桌面上的手松开又握紧，宋立声的声音里带着一些悲凉，他说：“乔笺，你已经不相信我了吗？那么宋然声已经成功了，他就是想让我在乎的东西，让我一件件地失去，包括你。”

或许是听到了他说的在乎那两个字，乔笺不知道为什么心里酸涩难忍：“宋立声，你失去我，从来不是因为宋然声，而是因为你自己。”宋然声让她一步步知道真相，越是了解宋立声对自己的所作所为，越是觉得寒心。她那样爱他，以至于再也不能忍受，最终还是选择放弃他，可是即使那样，她还是舍不得恨他。

话不投机半句多，乔笺拿起自己的包准备离开。宋立声有些失态地喊住她：“乔笺，你喜欢谁都可以，只要不是宋然声，他接近你是有目的的。”果然，只不过因为她跟宋然声在一起，他才如此失控。

“不能。”乔笺果断拒绝，“因为我爱他。”

宋立声从来没有觉得如此痛苦过，痛得好像是有一万只蚂蚁在啃噬他的内心，他紧紧地咬着牙，仿佛一不小心，那一声痛呼就要溢了出来。他们两个之间怎么会变成现在这个样子？曾经的青梅竹马，一直结伴而行，为什么最后他失去了乔笺？

和他一样痛楚万分的还有楼上的徐曼曼，宋立声望着乔笺的背影，而徐曼曼望着他，她果然猜得不错，原来宋立声心底有一个人，而这个人就是乔笺。

徐曼曼的眼泪漫上来，只觉得那样难过，他对她很好，可是偶尔他会望着她莫名失神。徐曼曼有时候会生出一种认知——他心底其实还藏着另一个人，尤其是在试婚纱的时候，他的眼底竟然有些许悲伤。

今天上午在亭子里，宋立声的行为就十分反常，而反常的原因是看到乔笺跟宋然声在一起，他以前总是将自己的情绪掩饰得那样好，可是这次他没有做到，也让徐曼曼窥出了端倪。

宋然声坐在徐曼曼的面前，原本他对乔笺欺骗他耿耿于怀，十分恼怒，可是刚刚因为乔笺的回答，怒气消散得无影无踪，甚至愿意原谅她这一次。至于宋立声，他会让宋立声死得更加难看，所有的一切都在他的运筹帷幄之中。

轻啜着咖啡，他仿佛有的是闲情逸致来欣赏这一出戏，慢吞吞地说：“徐小姐，你这又是何必，你本来就是抱着目的接近宋立声的。”

徐曼曼从来就不是单纯的女人，当初她早就打听清楚了宋立声的背景，她是有目的的，故意引起他的注意。偶遇良人，从此嫁得佳偶，不管在什么时代，都是许多出身并不好的女子梦寐以求的。她在市井里长大，察言观色是在人堆里练出来的，她对宋立声投其所好，很快就获得了他的青睐。

没有想到过了一段时间，宋然声找到她，言简意赅地说出他的目的。宋然声承诺，他给她钱，她替他办事。徐曼曼分析利弊，觉得比起嫁金龟婿还是钱来得实在，于是转身投入宋然声的麾下。

宋然声为什么每次都能让乔笺看到宋立声和徐曼曼在一起？因为这一切都在宋然声的掌控之中。可是后来，徐曼曼又开始动摇，因为她真的喜欢上了宋立声，她想跟宋然声中止合作，宋然声倒也没有为难她。

可是现在就是因为喜欢才忍受不了他其实更爱另一个女人，徐曼曼咬着唇，带着很浓重的鼻音说："宋先生，我们是否可以继续合作？"既然得不到宋立声的全部真心，那么她就不要了，他让她难过，那么她也让他不好过。徐曼曼有些自嘲，果然，只有金钱才是最可靠的。

"乐意之至。"宋然声轻笑了一声，他朝她伸出手。徐曼曼几乎有些受宠若惊地握上去，刚碰到他的手指，宋然声就不动声色地松开了。

乔笺从咖啡馆出来之后，就立马给张琳琳打电话。自从上次出了那么大一件事情后，她就一直没有联系过张琳琳。

约在一家商场，没过多久，张琳琳就赶了过来。她看上去要比以前瘦了一些，来的时候还举着一个自拍杆，在录着视频，看到乔笺在那里等她，张琳琳才放下手机。

"怎么火急火燎地把我喊出来啊？"张琳琳转行特别成功，成了一个著名的娱乐博主，粉丝已经超过一百万，时常赶着录视频，饮食不规律，所以瘦了许多。

乔笺叹了一口气，跟她坦白："我骗了宋然声，我说出来跟你逛街，其实我是去见了宋立声。"

张琳琳皱眉，"你怎么又去找宋立声了？"

乔笺将今天发生的事情告诉她，说："你知道吗？当他让我不要跟宋然声在一起的时候，我不知道为什么突然生出一种错觉，好像他是喜欢我的。"说完，乔笺又自嘲地笑了笑，宋然声怎么会喜欢她？他之所以那么介意，只不过是因为那个人是宋然声，宋然声恨他，他一样恨宋然声，仅此而已，换作别人，他根本就不会在意。

“乔笺，你不会是想脚踏两条船吧？”看到乔笺这样的态度，张琳琳有些狐疑地望着她。

“怎么可能？宋立声他要结婚了，更何况我对宋然声动心了。”乔笺回答张琳琳。

“那如果宋立声不想结婚了，他又回来找你，他发现其实自己爱的人是你，那你会选谁？”张琳琳问。

听到她这样问，乔笺愣了一下，她从来没有想过这个问题，跟宋立声在一起，这无疑是年少时期最美的一个梦，过了一会儿她才说：“不会的，我们都回不到过去了，因为我答应了宋然声的求婚，虽然近期不会完婚，可是如果不出意外，我以后会嫁给他。”这样的话，总有一天，宋立声在她的生命中终会完全淡去，于她而言是再普通不过的人。

张琳琳又惊又喜：“什么！宋少向你求婚了！”

乔笺将那天的事情细细地说给她听，听得张琳琳胆战惊心，好在乔笺没有任何问题，她这才松了口气。

## 【3】你想怎样都可以

乔笺回家的时候已近黄昏，她带回来了一只小小的英国短毛猫，跟张琳琳逛街路过宠物店的时候，她一眼就看中了它，因为实在是太可爱了。这只猫性格温顺极了，乔笺一摸它，它就会蹭乔笺的手，以至于乔笺爱不释手。当宋然声回来的时候，就看到她坐在沙发上，怀里窝着那只英短猫。

“然声，这是我们家的新成员。”乔笺举起那只猫给他看，而宋然声下意识地往后退了一步，他有哮喘，不能接触这种有毛的动物。

乔笺凑得太近，那只猫的耳朵堪堪划过他的鼻尖，宋然声只觉得喉咙发痒，下一刻便剧烈地咳嗽起来。

乔笺疑惑地看着他："你真的感冒了啊，你早上要我喝姜汤，你自己却没有喝？"乔笺有些无奈，这才放下猫，准备给他去泡药。

就淋那么一点雨，他是个大男人，怎么可能会感冒？让他咳嗽的罪魁祸首明明是她怀里的那只丑猫，不过宋然声没有点破，他享受这样被人关心的感觉，他喜欢看到她眼里的担心。

那只猫被她放在沙发上，小小的一只，是真的丑，头很大，脸很圆，那双眼睛还算好看，蓝玻璃珠子似的，但是看上去一脸的蠢相，也不知道她喜欢它什么。那只丑猫怯生生地望着他，轻声地叫了声："喵！"

一人一猫就这样望着，宋然声心情不错，因为看到她那么笃定地拒绝了宋立声，她对宋立声说她是喜欢他的，这十分取悦了他。

宋然声非常赏脸地用手指点了点它的耳朵，这只猫竟然会得寸进尺，从沙发上试探着跳下来，可是它实在是太小了，这样的高度对它而言还是有些高，摔得它在地上打了一个滚。地上是铺了地毯的，可它似乎有些委屈，又"喵喵"地叫了几声，蹒跚着走近宋然声，它似乎想要爬上他的腿，用爪子抓了抓他的裤腿。

宋然声轻轻地踢开它，乔笺这时从厨房走出来，看到宋然声一脸嫌弃地望着那只猫，乔笺把泡好的药递给他，问他："你不喜欢猫？"说完，乔笺将那只猫又抱在怀里。

宋然声接过杯子，慢条斯理地说："那么丑，看上去又蠢。"

"它哪里丑，明明那么可爱。"乔笺又忍不住亲了亲它的耳朵，促狭心顿起，手指在它背上点了点，"以后你就叫声声了，我们家声声明明这么好看，声声你说是不是？"

宋然声挑了挑眉："你想夸我就当面夸我，不用这么拐弯抹角。"

这人怎么这么自恋？乔笺忍不住笑出声，不过宋然声确实很好看啊，不然见到他的第一面，她也不会被他惊羡到。

宋然声看得出乔笺是真的喜欢那只猫，喉咙又有些发痒，但是他生生忍住了。乔笺那么喜欢那只猫，他不想扫她的兴，待会儿联系医生，让医生开点药算了。

乔笺并不知道宋然声有哮喘，而宋然声也没有打算让她知道。可是宋然声高估了自己的免疫力，在声声来这里的半个月后，宋然声终于哮喘发作了。

乔笺太喜欢那只猫了，简直是将那只猫当亲儿子养，短短的时间内，那只猫就大了一大圈，圆滚滚的，就像一个球。宋然声觉得那只猫走路的时候简直就是一个球在地上滚，尤其是乔笺逗它的时候，小短腿完全迈不开。

真的蠢，宋然声越来越不待见声声，因为长得又丑又蠢不说，哦，现在又多了一个胖，更重要的是，它分走了乔笺许多的关心。

虽然宋然声不待见声声，声声却是很喜欢宋然声，一看到宋然声回来，就会迈着小短腿跑到他脚边，跟狗似的，它还想弓起身子来蹭他的裤腿。

可是宋然声总是毫不留情地将它一脚踢开，乔笺看到心疼到不行，总是瞪着他，怒道："宋然声，你别这样！"

声声以为那是宋然声在跟它玩游戏，还锲而不舍地缠着宋然声，于是一次又一次地被踢开，乔笺简直被它蠢哭。宋然声看到乔笺脸上哭笑不得的表情也忍不住笑出声，轻轻地踢开声声，说："蠢猫，主人也蠢。"声音温柔得不像话。

最过分的是，乔笺甚至连睡觉都想带着它，有一次竟然偷偷地将声声抱上床，藏在自己的怀里。宋然声伸手去抱她，可是他摸到了什么？一条毛茸茸的尾巴，那只猫的尾巴还轻轻地拍在他的手上。

宋然声简直忍无可忍，一把掀开被子，声声坐在乔笺的胸前，一人一猫都很无辜地望着他，宋然声脸色非常不好看。乔笺坐起来，缠着他的胳膊，撒着娇："然声，就一次好不好？别赶声声走。"

而声声竟然不怕死，好奇地在床上乱踩，还用爪子去抓床单。宋然声沉着脸，一把拎着声声的颈子下床，远远地隔着那只猫："动物身上有许多细菌和寄生虫，不要让它上床。"

“它打过针了的，我每天都给它洗澡，家里还装了杀菌机。”乔笺反驳，“你别这样拎着它，我下次不会让它上床了。”

宋然声没有理她，径直走出卧室。想到他刚刚语气不善，他向来是不喜欢声声的，他这样怒气腾腾地将声声拎了出去，乔笺下意识地问：“宋然声，你要把声声带去哪里？”

走廊里的宋然声脚步一顿，头也不回地说：“把它关阳台上，然后明天把它送人。”

乔笺急了，连忙从床上下来，想从宋然声的手上夺过那只猫，可是宋然声人长得高，胳膊又长，乔笺根本就够不到，而声声不舒服地叫着，扭着胖腰，似乎想挣脱宋然声的禁锢。

乔笺心疼得不得了，求他：“宋然声别这样，我不要把它送人。”宋然声还是不理她，她也是急了，说话也不经过脑子，“要不然我贿赂你好了，你想要怎样都可以，你不要把它送人。”

话一出，两个人都愣了一下，乔笺只觉得脸颊火烧火燎的，一时间竟然不敢去看他。宋然声轻轻地放下猫，用手去抬起她的下巴，让她看着他，他的声音暗哑得不像话，他问道：“你要怎样贿赂我？”

乔笺喜欢玩游戏，而宋然声的作息跟老年人似的，十一点之前就准时上床睡觉。有时候乔笺游戏打得晚了，宋然声会来收她的手机，每次她求他网开一面，他就说：“你贿赂我好了。”

可每次乔笺脸皮薄，都只肯亲一亲他的脸颊，宋然声每次都不依不饶，最后弄得两人气喘吁吁的。

声声这次终于察觉到了男主人的敌意，四只小短腿落了地，它就连忙往女主人那里跑。虽然男主人一直嫌弃它蠢，可是它聪明得很，知道女主人会偏袒它。小胖猫跑了过去，弓起身子在女主人裸露的脚踝上撒娇，可是这次女主人没有搭理它。它委屈地抬起头去望女主人，可女主人根本看都不看它一眼。

乔笺只觉得宋然声的眼里有团火在烧，眸子里面情欲翻涌，他粗重的呼吸就在耳畔，她竟然不敢去看他的眼睛。

他又靠近了她一些，他的双手握住她的肩膀，腰弯下，唇几乎要贴着她的耳朵，又问了一遍："你说你要怎么贿赂我？怎样都可以？嗯？"宋然声再一次问起。

乔笺豁出去了，像往常一样飞快地亲了他脸颊一下。宋然声还维持着那个动作没有动，哑着声音说："那只蠢猫就只值一个吻？那我明天就把它送人。"

他的眼睛亮得可怕，好像乔笺是他手中的猎物一样，他想要将她拆吃入腹。乔笺心跳得飞快，耳朵烧得通红，好像都可以听见耳朵里面脉搏的跳动。乔笺只觉得喉咙干得要命，好像发声都有些艰难："那你想怎么样？"

她竟然敢问他想怎么样，他只觉得血脉喷涌，她这样令人想要采撷的模样，让宋然声完全失控，他狠狠地吻住了她的唇。他的唇舌是滚烫的，乔笺只觉得他要把自己融化了一样，酥麻的感觉从他的唇舌那里开始蔓延出来。

乔笺觉得自己浑身发热又发麻，更要命的是身体绵软无力，必须紧紧攀附于他，她才有一个着力点，她那双细细的胳膊像藤蔓一样缠着他的脖子。不知从什么时候开始，她踢掉了拖鞋，赤着脚踩在宋然声的脚背上。宋然声带着她，一步又一步，就像踩着华尔兹的舞步。

乔笺觉得自己是巧克力，一点点融化在宋然声的唇舌中。不知道怎么到的床上，背刚刚沾上床，两只手就被宋然声抓在手里。他的眼睛望着她的眼睛，好像再也望不见其他的东西了。他的额上有层薄汗，太阳穴处的青筋突突地跳着，这已经是忍到了极限。

很快，他就对乔笺"赤诚相见"了。宋然声身材管理向来做得不错，宽肩窄腰，线条分明，看上去结实又充满力量感。

他鬓角处出了好多汗，终于汇集起来，沿着好看的下颌线、脖子往下。

他的唇又落在了她的脖颈上，她身上似乎带着一种淡淡的香味，好像是从肌肤里面透出来似的，很好闻，这是她特有的气息，有令人安定的力量。宋然声在心中喟叹，原来二十多年的等待，就是为了等这样的一个人，原来只要在这个人的身边，所有的不安和孤寂都会退却，牵住她的手，好像对未来有了更多的期待。

原来是她，是这样的一个人。

乔笺只觉得此时此刻宋然声是她唯一的主宰，他决定着她的起落，她跟随着他的手游走，像是一尾鱼。好像天上的星星都坠落，坠落成汹涌的欲海，又好像是岩浆涌出，荷尔蒙升腾出团团炽热的云雾，肌肤相贴，气息相闻，只要再往前一点点，他们就成了彼此的了。

可是这时，宋然声面色绯红，突然身子一软就瘫在她的身侧，他双目赤红，大口大口地喘息，呼吸很是困难，急促得像破败风箱发出的声音，他双手狠狠压住自己的胸部。

乔笺一下子吓蒙了，也顾不上用什么裹住自己，手足无措地望着他，急急地问："宋然声，你怎么了？"声音抖得不像样。

只见宋然声的双唇嗫嚅了一下，乔笺附耳去听，只听见他几不可闻地说了几个字："药……柜子……"也是急中生智，乔笺一把拉开他那边的床头柜，里面果然有一只小小的瓶子，瓶身上面小小的字体写的是"沙丁胺醇"。

乔笺拧开瓶盖，扶起宋然声的头部，将手中的喷雾剂对准他的喉咙喷了几下。宋然声的脸色好了很多，呼吸也没有那么急促了，可是他脸上慢慢地长了一点点红斑。没过一会儿，他的呼吸又开始困难起来，连喷雾都不管用了。

乔笺知道他是有私人医生的，急得给那家医院打电话。

救护车来的时候，乔笺只穿了睡衣，也只给宋然声胡乱地套上了睡袍。她已经吓得六神无主，穿着睡衣踩着拖鞋就跟着上了救护车。

医生正对宋然声进行急救，又是往他的喉咙喷喷雾，又是给他戴氧气罩，末了还用手电筒去观察他的瞳孔，宋然声已经失去了意识。乔笺全身都在抖，牙齿抖得“咯咯”响，她害怕极了，手紧紧地拉着宋然声的手。

好不容易到了医院，护士们推着宋然声进急救室，乔笺跟在推车旁边一起跑。晚上医院人很少，走廊上空荡荡的，只有推车滚过地板的声音，还有凌乱的疾跑的脚步声。乔笺从来没有觉得医院的走廊这么长过，头顶是一盏又一盏白炽灯。

走廊里迎面走来一个穿白大褂的医生，是一个中年女人，保养得很好，气质极佳，反倒看不出年纪，乔笺听到谁喊了一声“贺院长”。

贺院长看到宋然声的脸后脸色一变，声音都破了，喊道：“然声！”他们把宋然声推进了急救室，红色的灯亮起。乔笺几乎是快要跪在地上，有护士来搀扶她，将她扶起坐在门外的椅子上。

乔笺怕极了，她抓住其中一个护士的手，似乎是想要抓住一根浮木，她问道：“他怎么了？会不会有生命危险？”

这家私立医院是国内数一数二的，资源、设施和服务都是一流，护士小姐柔声地安慰她。

乔笺这才知道原来宋然声有哮喘，还有他对猫过敏，这次过敏很严重，过敏又引发哮喘，他的气管痉挛，气管后来又完全阻塞，血液供氧不足，好在乔笺给他喷了喷雾，不然可能会引发猝死。

乔笺坐在椅子上，低着头，自责，担心，后悔，害怕，所有的情绪都涌上心头，她终于哭了起来，要是宋然声出了什么事，她该怎么办？

也不知道过了多久，急救室的大门被打开，宋然声被推了出来，他还没有醒过来，护士们将他推进了一间特殊病房。得知宋然声没有大碍，乔笺这才放心。

“这位小姐，请你跟我来一趟。”那位贺院长进了病房喊了乔笺一声，她带着打量的眼神望着她。

乔笺跟在她的身后走了出去，这个时候，乔笺才发现不知什么时候拖鞋跑丢了一只，地面有些凉，她赤着那只脚踩过光滑的大理石地面。

到了贺院长的办公室，贺院长取过一件衣服递给她。乔笺的脸陡然一红，她穿着睡裙，而宋然声留下的痕迹清清楚楚地在脖子上面，她接过外套穿在身上，那只赤着的脚不好意思地蜷了蜷。

贺院长又给她找了一双拖鞋递给她，乔笺道了声谢，问道："请问您叫我来是有什么事吗？"贺院长让她坐，乔笺有些拘谨。

"你是然声的女朋友？"她边发问边打量乔笺微红的眼睛。

乔笺点了点头，有些疑惑地问道："您是？"

"我是然声的舅妈。"贺院长终于绷不住笑，乐呵呵地看着她，"长得挺漂亮的，然声肯定很喜欢你。"

她竟然是宋然声的舅妈！宋然声只披了松松垮垮的睡袍，里面什么也没穿，而自己衣衫不整，身上还有许多暧昧的痕迹。他们这个样子竟然被他舅妈看到了！乔笺只觉得羞愤欲死。

贺院长又问了乔笺几个问题。没过多久，办公室的门被推开，一行人风风火火地走进来。

"然声怎么了？怎么进急救室了？"问这句话的人是一位中年男人，身量很高，眼睛很有神，很是不怒自威。他后面还跟了几个年轻的后辈，看上去跟宋然声差不多大，皆是人中龙凤。

贺院长喝了一口水，说："因为养猫哮喘犯了，送来急救。"

"养猫？"那个中年男人面露疑惑，随即疾言厉色，"自从他患了哮喘，不是家里都不让养猫猫狗狗了吗？"

听到他这么说，乔笺越发内疚，原来他的哮喘这么严重，可是她什么都不知道，甚至没有看出宋然声的反常，一直以为他只是讨厌猫。原来是这样，因为她喜欢，所以他选择隐瞒。今天晚上她将那只猫藏在被子里的时候，那只猫舔了她的锁骨，后来……所以宋然声的过敏才会这么严重。

"是我非要养猫的。"乔笺声音轻轻的，很是内疚。

她这话一出，整个房间都安静了下来，所有人都望向她，真正的目光如炬。那些年轻人目露了然之色，只有那个中年人还有些许疑惑，贺院长“嗤”地笑出声，说：“那啥，你外甥媳妇。”

原来他是宋然声的舅舅。

# 第十一章
## 我们结婚吧

【1】误会

宋然声是第二天才醒过来的。

乔笺又哭又笑，她骂他："宋然声，你个傻子，明明自己有那么严重的哮喘，为什么还纵容我养猫？"

宋然声伸手去擦她的眼泪，语气宠溺："你不是喜欢那只蠢猫吗？我没有什么大碍，抱歉，吓到你了。"

听到他这么说，乔笺感动得一塌糊涂，这个人总是不动声色地宠着她。

好在宋然声没有什么大碍，只是肺部有些发炎，因过敏长的红斑都褪去了，贺院长不放心，让宋然声多住几天院，再观察观察。

叶家派人送来了滋补的汤，宋然声一份，乔笺一份，宋然声的表兄弟们就开玩笑："然声，你的是给你增强免疫力的，至于弟妹的嘛，是老爷子特意吩咐的补汤。"

说完，他的表兄弟们哄笑成一团，他们都有极好的教养，玩笑开得恰到好处，不会让人觉得难堪。

宋然声笑着骂他们不正经，乔笺坐在那里只觉得脸颊滚烫。送他来医院的时候，他们多狼狈啊，宋然声只在外面套了睡袍，而她也是一身睡衣。宋然声估计是第一个正想要做那事，却被送入医院急救的。

最尴尬的是，医院里的贺院长竟然是他的舅妈，第一时间就看到了他们两个衣衫不整的样子。昨晚之后，乔笺总觉得贺院长的目光有意无意地从她肚子上扫过。不过好在这是高端私立医院，医生和护士们虽然认出了乔笺，但是严格遵守保密协议，不会透露他们的半点消息，如果被媒体知道，又会掀起一场惊涛骇浪。

叶老爷子本来想亲自过来看他们，但是他年岁已高，身体没有以前硬朗，宋然声跟他通电话，承诺等出院了带乔笺去看他，老爷子才罢休。

等宋然声的表兄弟们全走了，病房就彻底安静下来。宋然声看出乔笺不自在，她远远地站在一边，望着窗外发呆。

“乔笺，怎么了？”宋然声下床，走到她身后，自身后轻轻地抱住了她。

“宋然声，你说我们是不是犯冲啊？住在一起的第一天，我和爸妈视频，结果让他们看到你。昨天晚上也闹了这么一出，被你舅妈看到，后来闹得你家的人全部知道了，怎么感觉跟你谈个恋爱这么惊心动魄呢？”乔笺抱怨。

“舅妈的医学造诣很高，她家是医学世家，后来就一手创办了这个医院，她醉心实验，有时候会在医院的实验室待到很晚才离开。”宋然声在她的耳边轻轻地笑出声，“你更应该理解为命中注定，反正我们迟早是要见家长的。这样一次又一次只能说明我们注定要早点见家长，所以连上天都在帮我，帮我推着你走，想让我们早点结婚，谁叫你的脚步有些慢。”

她是爱他，可是这份感情远远比不上他的那份深爱，并且她的这份爱还不足以让她现在就想和他完婚，她根本就没有做好这个准备，而宋然声一直在等她准备好。因为这份爱不对等，所以她总是对宋然声心存愧疚，这份愧疚让她对宋然声在许多方面有些纵容。

宋然声的脸颊轻轻贴住她的，声音温柔："乔笺，再多爱我一点点，爱上你之后我才发现其实我是一个很小气的人，我对你的心斤斤计较，永不满足，贪得无厌。"

"好啊。"乔笺答应着，其实她已经一天比一天更爱他了，终有一天，他会完全占据她的心。

宋然声肺部发炎，还需要挂点滴，宋然声怕她无聊，让她出去走走，他自己在病床上看公司的文件。宋然声住的是特殊病房，在顶层，而这医院的地势本来就很高，从窗户朝外望去，可以将这座城市的一角尽收眼底。

耸立的高楼，奔腾的江水，川流的车辆，隔着走廊的玻璃，这一切静默无声，乔笺望着窗外的景色，准备去楼顶看看，想要将这大好的风光都尽收眼底。

正在这时，手机振动，乔笺拿出手机一看，是宋立声的电话。自从上次见面宋立声劝说她失败之后，他总是想方设法地另约时间找她出去，却总是被乔笺拒绝。

乔笺犹豫了一下还是接了，宋立声最近有些不依不饶，她有些无奈："宋立声，你究竟还想对我说什么？"

"乔笺，我觉得我们该再好好谈一谈，不管怎样，有些话我必须要跟你说。"宋立声的声音闷闷的，听上去心事重重，大有今天不见面不会罢休的意味，"你来了，我以后就不会再打扰你。"

乔笺终于答应。

约在午后时分，宋然声肺部发炎，打的药有安眠的作用，吃过饭后，他的睡意就上来了，偏偏还要拉着乔笺一起睡，没过一会儿，他就沉沉地睡去了。等他睡着，乔笺就轻轻下床，替他拉好窗帘后，觉得空调温度有些低，又将被子替他往上拉了拉。

正是天气最热的时候，一声声蝉鸣从树上传来，法国梧桐的叶子蔫蔫的，地面被烤得像化掉了一样。乔笺开车到达那栋写字楼，这次是约在宋立声的办公室。

乔笺以前是经常来他办公室的，轻车熟路地搭乘他的专属电梯来到二十六层。这栋写字楼是这座城市最繁华的地段之一，他的办公室对着一个大大的广场。宋立声最喜欢的是在傍晚时分站在落地窗前，看着太阳一点一点地落下去。

任助理看到她来，很奇怪地看了她一眼，似乎是奇怪为什么她还会来这里，可毕竟是在商场浸淫多年，他很快将脸上的表情调整好，将乔笺领进了宋立声的办公室。

宋立声正在看文件，他抬头，看她的眼神还是很奇怪，带着一种痛苦的迷茫。任秘书给乔笺泡了一杯咖啡，就退了出去。

偌大的办公室，就只剩下他们两个人。一时相顾无言，还是乔笺先开口："宋立声，你究竟想说什么？"

宋立声微微皱着眉，不悦道："乔笺，我们什么时候陌生到这个地步了？我们毕竟那么多年的感情……"

乔笺看了看手腕上的表，刚刚路上有些堵，耽搁了一些时间，宋然声午休的时间不会太长，她得在他醒来之前赶回去。她有些急，说："有什么事情就直说吧，不然宋然声醒来看不到我会生气，我懒得和他解释。"他这个人难哄得很，不依不饶的。

宋立声的脸色一僵，神色十分不自然，放在身侧的手紧紧地握成了拳，说："乔笺，你们……"他似乎有些难以启齿，又换了一种表达方式，"你真的喜欢宋然声吗？"

"喜欢。"乔笺大大方方地承认。

宋立声只觉得心里酸涩不堪，他压下这份酸涩，问道："乔笺，你真的不是在跟我赌气吗？"

乔笺很奇怪地望着他，反问："我为什么要和你赌气？因为你觉得我是喜欢你的，而你对我没有男女之情，所以我在故意报复你，选择你的死对头宋然声？”

宋立声只是望着她，很明显，他一直是这样认为的。

“我从来不拿感情赌气，我和宋然声走到今天，是完全被他一步一步地打动了，他让我觉得有人是真心爱我的。我曾经为了你，一次又一次地拒绝宋然声，可是宋然声一次又一次地坚持，为了让我放下顾虑，他甚至承诺他会放过你。”

听到这里，宋立声笑了起来，带着些嘲讽，仿佛是听到一个很好笑的笑话。他讥讽道：“放过我？宋然声怎么会放过我？他巴不得我去死。乔笺，你怎么会相信他这样的话？你被他骗了。”

乔笺叹了口气，她实在不想听他说这些。

宋立声说到这里，像是察觉到什么，他的眼里放出奇异的光，他大步走了过来，双手握住她的肩膀，问她：“乔笺，你是为了我对不对？为了让宋然声不要对付我，所以你才会这样与他虚与委蛇对不对？我跟你说，乔笺，你被他骗了。”

“不是。”乔笺打断他，挣脱了他的双手，“我为什么要那样做？我以前可以去帮你应酬客户，我可以帮你和他们喝酒，和他们打牌，可是我不会因为你想要这单生意而让他们占我的便宜，我做的一切都是有底线的。”

听乔笺说到这个，宋立声笑了，他笑得很奇怪，透着一种悲凉：“所以，你跟宋然声在一起，是因为你真的喜欢他？”乔笺点了点头，只觉得他实在是奇怪极了。

得到肯定的回答，宋立声脸上的表情更是隐忍，说起话来却还是有些失控：“我不信，乔笺，我不信，你明明那么喜欢我，怎么可以说喜欢就喜欢别人？那个人还是宋然声，你明明喜欢了我那么多年。”

乔笺难以置信地望着他，原来他是这么自私的一个人，她回答他：“宋立声，我以前是喜欢你，你明明知道，却从不点破，看着我傻傻地为你做那么多的事情。后来你有了喜欢的人还瞒着我，那个时候你想过我喜欢了你那么多年吗？你想过我的感受吗？”

乔笺知道，说到底，他还是舍不得那份好，那个傻傻的乔笺为他付出一切的好，当这份好她不再给予他时，原来他也会忌妒。

“这么多年，我现在才看清你，有时候，我经常在想，那个对我那样好的宋立声，那个舍得将身上仅有的钱来哄我的宋立声，为什么会变成这个样子？”说到这里，乔笺的眼睛微红，她睫毛轻颤，却始终没有忍住眼泪。

“宋立声，就这样吧，我们真的不要再见了，我不希望我当年喜欢的那个干净纯粹的宋立声变成这个样子。”乔笺抹掉眼泪，起身朝外走。

当乔笺握住门把手时，宋立声又喊住了她：“乔笺！”他的这一声几乎破音，好像带着咬牙切齿的痛恨，“你根本什么都不懂，什么都不懂，你不知道我有多恨你，我一直以来都很恨你。”他眼底隐隐有泪，可是乔笺没有回头。

恨她？这么多年的喜欢，死心塌地地付出，最后只换来这样一句，乔笺叹了一口气，像是终于死心：“那你恨吧。”

将门打开，走廊对面的玻璃窗透过的阳光，落在乔笺的脸庞上，映得她脸上的那颗泪晶莹透亮，折射着璀璨的光，一点点地往下落，脸上的泪痕一点一点地干了，像是那些被珍藏在记忆深处的璀璨记忆，在此刻完全破碎。

究竟什么是爱呢？爱是艰难岁月里相濡以沫，还是被人捧在掌心小心呵护？爱有千面，可是每一面都不是宋立声的那一面，就算他不喜欢她，也不应该这样伤害她。

任助理一直守在外面，看到乔笺这个样子很讶异，好心递纸巾给她。乔笺谢绝了他的好意，低着头侧着从他身边走过。

上了车，乔笺不知为何特别想见宋然声，特别特别想见他。她想到了他的好，那一点一滴他对她的宠爱。她想扑进他的怀里，她想让宋然声抱抱她，她好想现在就对他说一声“我爱你”。

是啊，宋然声，她现在有了宋然声，那个值得她深爱的人。她擦了擦眼泪，这个时间点，他应该快醒了，回去的路上，乔笺故意将车子开快了一些。

几乎是跑着进的医院大楼，跑着进的电梯，又跑过医院长长的走廊，鞋跟敲打着地面发出轻响，有风温柔地吹来，将她的裙摆吹起。

乔笺欢快地跑进病房前，喘着气，额角的发都被汗湿。她拧开门，她原本以为是可以见到宋然声的，可是宋然声不在病房，病房里只有一个护士，好像蹲在地上收拾着什么。

“宋先生人呢？”乔笺问那个护士，有些失落，又有些遗憾。

“宋先生醒来之后，生了好大的气，还砸了东西，然后就说要出院，院长都劝不住他，宋先生已经出院好一会儿了。”护士回答。

出院？乔笺只觉得不可思议，她就离开这么短的时间，他竟然就出院了。乔笺走出病房，给宋然声打电话，可是电话无法接通，宋然声究竟是怎么回事？没有办法，乔笺只得去找贺院长。

贺院长在实验室做实验，戴着口罩就出来见她，说：“乔笺，你是不是和然声吵架了？他突然要出院，怎么劝都没有用，不过他身体也没有什么大碍，出院倒是没有什么，就是一定要注意，别再让他和猫有太亲密的接触。”

难道是因为他醒来没有看到她，所以生气了？乔笺又搭电梯到停车场去，在开车回去的路上，她一直在想，如果真的是因为她而生气，宋然声会回她的公寓吗？

果然，宋然声没有回来，电话一直无法接通。

她胡思乱想了许久，这几天声声已经被她送到张琳琳那里了，整个房间很是冷清。她看到天色一点一点地暗下去，街灯一盏一盏地亮起，两岸的高楼夹着车河，每辆车就像是搁浅的鱼，亮着的灯就像是它们的眼睛，一点点地往前挪动着，正是最堵的时候，也是最热闹的时候。

而这些尘世的喧闹仿佛远远地隔在云端，唯有她这里是冷冷清清的，原来他不在的时候，她会那样寂寞，寂寞到想依偎到他的怀里，嗅他衣领上的味道。

乔笺决定去找他，觉得他应该是在云山的别墅里，她去过几次，知道怎么上云山。山脚有禁制，好在安保人员认出了乔笺，以前她都是同宋然声一起来的，那个安保人员似乎犹豫了一下，还是同管家联系了，得到管家肯定的回复后，才放乔笺上山。

是私人的公路，整个云山都是他的产业，所以整个公路上就只有她这一辆车。盘旋的山路旁有高大的树，路灯偶尔隐在葱郁的树叶当中，影影绰绰的，一路上就只听到车子低低的引擎声。

到了半山的别墅，管家站在外面迎她。见到她来，那个中年女管家似乎松了一口气，告诉她："乔小姐，宋先生心情不好，从回来到现在没有说过一句话。"

"那他现在在干吗？"乔笺问她。

"看星星。"

今晚的天气很好，整个天空都没有云，这几年环境在变好，即使在城市也能见到星光璀璨，更何况云山的环境向来很好。宋然声这里有一台天文望远镜，他闲来无事的时候，会来这里看星星。

管家带着乔笺过去，宋然声背对着她，站在那里。他并没有用那台天文望远镜，而是站在旁边微微仰着头，望着天空，他穿着黑色的真丝衬衫，好像与夜色已经融在一起。

"宋先生，乔小姐来了。"管家提醒他。

宋然声似乎有些意外，他转过身来，神色有些冷，声音也是："你怎么过来了？"他的确是在生气，如果不是生气，他对她的态度不会那么冷淡。这应该是他们两个在一起后，他第一次生气。

乔笺跑过去，猛地扑进他的怀里，撞得他往后退了一步。她的手环住了他的腰，她有些委屈地说："宋然声，你在生我的气。"管家识趣地退下。

“嗯。”宋然声并不否认。今天中午，电话突然将他吵醒，他迷迷糊糊地醒来，却发现乔笺不在病房，接通电话之后，他只觉得生气，她竟然偷偷地跑过去跟宋立声见面，还哭得那样难过。第一次，她因为要去见宋立声，向他撒谎；第二次，她趁着他睡着，打算神不知鬼不觉地瞒过他。

比起生气，或许更多的是愤怒与忌妒，为什么她可以为去见宋立声而这样子糊弄他？还是说现在在她的心里，他依旧比不上宋立声？这个认知让他发狂。

乔笺埋在他的怀里，说：“我知道我不好，跟你在一起这么久，连你有哮喘也不知道，更不知道你对猫过敏。可是我今天回来的时候，特别特别想见到你，当我回来的时候，你却不在，你知道我有多难过吗？”

宋然声的眼神依旧很冷漠，他将乔笺拉开，嘲讽地说：“你究竟是因为什么难过？呵，难道不是因为宋立声吗？”难道那些眼泪不是为宋立声而流的吗？

“你知道了？”乔笺错愕。

“我有什么不知道的？第一次你对我撒谎，第二次趁我睡着偷跑出去，我最恨别人骗我。如果我不揭穿你，你今天又要编出一个什么样的谎言？”宋然声这个样子令人可怕。

乔笺知道他是真的生了气，急急地解释道：“我这次没有想过要骗你，我撒谎也是因为怕你生气，是因为在乎你。”

“是吗？”宋然声突然掐住她的脸，眼神也变得可怕，“我今天一直在想是不是因为我太爱你，以至于让你有恃无恐。如果是这样，我宁愿放弃你，就算我再爱你，就算失去你好像是将自己的心剜掉，我也要忍痛亲自剜去。”

叶琬那件事对他的影响很大，以前是对感情不热衷，而现在，如果他永远比不上她心中的那个人，永远是被选择的那个，那他就要戒掉她，他才不要像叶琬那样为一个人最后连自己都不放过。

他的眼里有着决绝的哀痛，乔笺知道是自己理亏，也理解他为什么这么生气。乔笺又扑进他的怀里，双手扣住他的腰。

“我今天是去见宋立声了。”感觉到宋然声身体的抗拒，乔笺将他抱得更紧，“可是我只想和他说清楚，今天，我是真的彻底放下了宋立声了，释然的那一刻，特别想见你。我想和你说，宋然声，我好爱你。”

她终于完全陷进去了，经历了那么多的事情，在他这里，她有了真正被爱着的感觉，原来她可以不用那样强势，他会替她摆平许多事情，她甚至可以恃宠而骄，无理取闹。原来在不知不觉中，她已经被他攻陷，否则在难过的时候，不会第一时间想到他。

宋然声愣住，因为这是乔笺第一次对他说“我爱你”。

“宋然声，我好爱你。”乔笺自他的怀中抬起头，将下巴抵在他的胸膛上。他身后是浩瀚的天际，天空幽蓝，像是一块巨大的绒布，而一颗又一颗的星星是璀璨永恒的钻石，星光温柔地落在了他的肩膀上。

这些星光来自亿万光年之外的恒星，与它们相比，他们这一生是真正的渺沧海之一粟，在这样短暂的一生，乔笺突然生出与他白首的心愿。

“宋然声，我们结婚吧。”乔笺望着他，“我可不是求婚，因为你已经向我求过婚了，我说的是举办婚礼，我想嫁给你。”

宋然声只觉得仿佛星移斗转，天地自此静默了下去，他只能听见自己的心跳声了。他伸手抱住她，一寸一寸地收紧手臂。那些怒气早就消散得无影无踪，因为他知道他赢了：“乔笺，这是你说的，我们结婚。”

【2】我不是法海，我不会坐怀不乱

“是，我们结婚，我要嫁给你。”乔笺抱着他，只觉得从今以后的人生有了一个归宿，人潮汹涌，她再也不会觉得失落，因为自此以后宋然声会牵着她的手直至白头。

再也没有一个人敢在以为她感染病毒的时候向她求婚，再也没有一个人宁愿赌上一生，只为让她成为他的宋太太，永远不会有第二个宋然声这样爱她。这份爱让她战栗，让她沉溺。

“乔笺，你听着，以后你不能再因为宋立声而对我撒谎，也不能偷偷去见他。以后我都不要做被选择的那一个，我只能成为你唯一的选项，如果再有下一次，我绝对不会原谅你。”

“好。”乔笺承诺。

宋然声眼底仿佛落满了星光，深邃的眼里映着她的笑容，他的手一点点地摩挲她的脸庞，这个结果比他预料中的早太多了，他赢了，终于赢得了她的心。看来她是真的放下宋立声了，否则依照她的性格是不会说出这样的话的，不知道宋立声对她说了什么，不过那些已经不重要了，她自然不会是因为赌气而想嫁给他。宋然声了解乔笺，知道她是真心的。

“不生气了？”乔笺贴着他的胸膛问。

“嗯。”宋然声应着，还有什么好生气的，让他怒气消散，她的一句“我爱你”绰绰有余，又问她，“你喜欢什么样的婚礼？”

乔笺窝在他的怀里，望着他的眼睛，笑着说：“我要大操大办，轰动整个娱乐圈，让他们知道我嫁的人是赫赫有名的宋少，让所有的女明星都嫉妒我。我还要一枚鸽子蛋大的钻戒，大到夸张的那种，还要请安导来给我们拍婚礼的纪录片，结婚那天，你集团下面的影院只能播放我演的电影……”

说到最后，乔笺都忍不住笑出声，只见宋然声在认真地记。乔笺“噗嗤”一声就笑出声，说：“宋然声你还真的信，我瞎说的。”她才不喜欢那样浮夸的婚礼，她向往的是那种小婚礼，简简单单，幸幸福福。

“可是我想给你一个盛大的婚礼……”宋然声有足够的底气做这样的承诺。

她用手指点了点他的胸膛，打断他道：“再说如果那天你集团下面的院线只能播放我的电影，你得损失多少钱。不对，是我得损失多少钱，你的就是我的，你看我是多么勤俭持家。”

宋然声毫不在意地说：“有什么关系？你说的我都可以做到，只要你喜欢。别说一天，就算是一个月都没关系。”乔笺望着他，突然哭了出来，小声地哽咽着，显得委屈巴巴的。

宋然声有些慌张，反思自己刚刚说的话是不是有些太重了，他还掐了她的脸，是不是有些过分？他紧张地问：“怎么了？”

乔笺搂住他的脖子，像只撒娇的猫，嘟囔道：“宋然声，因为我觉得我对你一点都不好。我甚至没有发现你有哮喘，更不知道你对猫过敏，我总是一意孤行，坚决要养猫，根本就没有发现你的反常。”但凡她多注意他一点点就会发现异样，可是她并没有，反而害得他差点有生命危险。哪有这样的人？知道自己哮喘这么严重，因为她喜欢就纵容她养猫。

“是我的错，怪我没有告诉你，害得你担惊受怕。”宋然声在她耳边轻笑出声，他十分高兴看到乔笺这样撒娇的样子，在奶奶家她也是这样的，不会戴上任何面具，仿佛还是那个不谙世事的小姑娘。

听到宋然声这么说，乔笺眼泪流得更加厉害了，她抓住他的衣襟，哽咽着说：“怎么办？你越对我好，我就越内疚，我好像对你一点也不好。”

宋然声俯下身，将她的眼泪轻轻地吻去，最后轻轻地含住她的唇，有些语焉不详地说：“谁说你对我不好了？你现在不就是对我很好吗？你一直以来都对我这么好，不过你还可以对我更好一点。”

乔笺笑着去捶他，笑骂道：“流氓。”

两人手牵着手从楼上下去，管家看到他们这个样子像是松了一口气，来询问他们想吃什么。宋然声想吩咐厨师们做湘菜，可是乔笺不让：“我知道你吃不了辣，更何，你肺部还有些发炎呢。”

宋然声最后让厨师做的淮扬菜，雪花鲥鱼、狮子头和大煮干丝，都是淮扬名菜，味道都还不错，若是在乔笺的公寓，两人恐怕又要点酒店的外卖。宋然声向来挑剔，乔笺那个地方虽然不错，但是和他的地方比起来简直是不够看的。

自己突然表白，乔笺后知后觉地感到有些不好意思，吃饭的时候，乔笺都有些不敢看宋然声，可是宋然声目光灼灼地望着她。气氛太过暧昧，管家他们都退了下去。

吃过饭，宋然声对乔笺招了招手，乔笺走了过去，他将她拉到自己的腿上坐下，手环住她的腰，下巴搁在她的肩头。他声音沉沉地跟她商量道："过几天，我们去见外公，然后去见叔叔阿姨，将我们的婚事定下来，怎么样？"

乔笺点了点头，他的鼻息洒在她的脖颈处，有些痒，他的唇贴着她的耳朵，然后他将头低得更低，在她洁白如玉的脖子上细吻。

气氛太过危险，好像只需要一点火光，所有的空气就会全部点燃，他的吻在作乱，让乔笺感觉自己像是飘在半空。乔笺的脚趾都蜷成了一团，不能再这样下去了，宋然声的呼吸越来越粗、吻越来越浓，乔笺实在招架不住了，连忙从他腿上跳下来，随便编了一个借口，说："我想看电影。"

"电影？"宋然声的声音哑得不像话。

虽然很想继续下去，但是听到乔笺这样说，宋然声还是平息了体内的燥热，牵着乔笺去二楼的影音室。室内是很现代化的装修，地上铺了一层深色吸音地毯，屏幕前面有一组大大的沙发。

乔笺好奇地看那些设备，不禁感叹，果然是名下有影院的人，宋然声的影音室设备都是顶级的，这样顶级的设备，用起来无疑是一场感官盛宴。

还真的想看电影了，乔笺兴奋地说："我想看《青蛇》的修复版。"那是她最喜欢的电影，她反反复复看了好多次，百看不厌。张曼玉、王祖贤是真的美，一颦一笑都是那么风情万种，乔笺特别爱张曼玉演的青蛇，爱她的天真懵懂、妖艳动人。

"好。"

等调好设备，宋然声坐到沙发上，然后拉过乔笺，让她挨着自己坐，靠在自己的怀里。他的双手环住她的腰，下巴搁在她的发上，隔着衣料还可以感受到他的体温。

刚开始乔笺的心思还在宋然声的身上，后来注意力慢慢地被分到电影里去了，看了一会儿后，乔笺整个人都躺在了沙发上，将头枕在宋然声的腿上。

终于到了那个著名的场景，也是乔笺最爱的一个镜头——

青丝像逶迤的蛇缠在颈上，水珠从发上滚落，狼狈而妖娆，可怜而美艳，青蛇立于水中，宛若青莲，风情万种地望向立在水面上的法海，情不自禁地问：“你这样是不是就叫手下留情？”

赵文卓饰演的法海唇红齿白、慈眉善目，他高高在上地睨着她，仿佛真的心无杂念，嘴角含笑道：“妖孽，我要你助我修行。”

青蛇游过去，抱住他的腿，脸颊轻轻地摩挲着他的腿：“可是我定力不够，我怕你没乱，我自己就先乱了。”

乔笺看这一段简直被勾得抓心挠肝，她的模仿欲也被勾上来了，她跳下沙发，跪坐在地毯上，整个上半身都依偎在宋然声的小腿上。

乔笺用脸颊去贴住宋然声的小腿，她自下而上地去望他，眉眼妩媚，眼神放肆，像是真正的蛇妖。她的声音柔媚无骨：“可是我定力不够，我怕你没乱，我自己就先乱了。”

白皙纤细的手指摩挲着继续往上，上身更加绵软地攀附于他，乔笺是在学青蛇故意勾引宋然声，可是宋然声好像不为所动，甚至有些面无表情，只是那样看着她。影片中的光明明灭灭，在幽暗的影音室，乔笺看不清他眼底的神情。

乔笺突然觉得很是挫败，虽然比不上妖娆的张曼玉，可是好歹她也是难得的美女，宋然声却是连少许表情都没有。

她赌气似的松了他的腿，正想爬上来，宋然声却突然按住了她的手。乔笺疑惑地望向他，他自上而下地睨着她，脸上还是没有什么表情，声音却沙哑得不像话：“乔笺，我不是法海，我不会坐怀不乱。”本来他的心就并非明镜，可她还是非要乱他菩提，“有些事情是你自找的。”本来他都已经打算放过她了，可是她偏偏要这样撩拨他。

乔笺还没有反应过来，宋然声却是快速地抱起她。他的双臂结实有力，只一个天旋地转，他就将乔笺压在了沙发上。他呼出的气体都是滚烫的，眼眸漆黑，好看的喉结微动，身体绷得很紧。他身后电影中的色彩华丽迷蒙，顶级音响设备，将音乐的旖旎绮丽、缠绵哀婉表达得极致。

此刻，他的眼底被浓墨重彩的欲望所填，在这半明半暗的光线之中，他整个人却显得很禁欲，在这一瞬间，乔笺只觉得他才是妖，自己才是被勾引的那个。

没有把持住，她忽然凑上自己的唇，慢慢地摩挲，从他的下巴到嘴角，继而又往下。宋然声闭着眼睛，将脖子扬高，忍不住的欲望在蔓延，他摸索着去握她的手，十指相扣，另一只手按住她的头，狠狠地吻在她的唇上，逐寸辗转品尝。

他们身下已经变成了汹涌的欲海，翻涌着将两个人彻底淋湿。

乔笺明明没有喝酒，却觉得大脑昏昏沉沉的，身体渐渐发热发软。

他的手摸上了她背后的拉链，慢条斯理地往下拉，衣服被剥落，露出消瘦洁白的肩头、精巧的锁骨。乔笺下意识地双手抱胸，却被他轻轻地拉开。

他更加激烈地吻她，乔笺只觉得所有的意识都在远离她，他是旋涡，将她的理智一步步地吞没，一切都在失控。

投影仪在身后，光从身后投射过来，落在了乔笺的背上，映得她的背洁白无瑕得似暖玉。

两道起起伏伏地交缠在一起的身影被映到了屏幕上，不知道纠缠了多久，最后屏幕都已经黑了，原来是电影已经放完，可是宋然声依旧贪得无厌，乔笺只觉得很累，于是迷迷糊糊地睡了过去。

第二天，宋然声得去公司，要开一个很重要的会，很早就醒来了，乔笺还在沉沉地睡。宋然声凑过去，环住她的腰，吻住她雪白的肩头。他的心情很是不错，但是实在舍不得离开她，片刻都不想。

宋然声试着去喊她："乔乔，快起来。"

乔笺迷迷糊糊地被他喊醒，只觉得困，浑身都酸痛，半睁着眼睛看他，还以为出了什么事，疑惑地问："怎么了？"

"快起床和我去公司，我一个人不想去。"他的面颊贴着她的面颊，语气竟然有点像撒娇。

乔笺才懒得理他，一把推开他的脸，拉上被子蒙头大睡。她实在是太困了，真的一点力气也没有，她要睡觉，她才懒得陪他去公司。

宋然声却不依不饶，伸手去扯她的被子，乔笺拉着被子不放，他竟然整个人又钻进被子里，爬到乔笺身上，凑过去吻她。他的吻又密又急，他又重，被子盖在两人的头上，乔笺只觉得呼吸不畅。

她伸手去捶他，又逃避着他的吻，实在气急了，伸腿去踢他，可是腿上根本就没有力气，绵绵软软、酸酸胀胀的。

"宋然声！"她气急了就咬了他一口，他吃痛了才放开她。

乔笺觉得他简直可恶，昨晚闹到那么晚才睡，他也是真的过分，明明她承受不住了，他的动作却是一下比一下发狠。不过那种事情水深火热，宋然声根本没法控制住自己，乔笺最后竟然被他弄得哭出了声。

等一切结束了，乔笺还在嘤嘤地哭，宋然声才将她搂在怀里轻声细语地哄。乔笺还是抽抽搭搭的，宋然声实在无法，又是好话说尽，等乔笺缓了一会儿，才咬着牙恶狠狠地说："明天把沙发换了，我不想看到那张沙发。"

她这个样子实在是太可爱，宋然声又没有把持住。后来乔笺实在是累，昏昏沉沉地睡了过去，以至于宋然声什么时候将她抱上床的都不知道。

可这个浑蛋大清早又来喊醒她，那点可怜的睡意终于被他折磨得一点都不剩，乔笺气急了，拿着枕头朝他砸过去，十分愤怒地说："早知道我就把声声带过来了。"

宋然声摸了摸鼻子，知道昨晚是自己太过分了，这才罢休。他心情大好地下楼，忍不住吹了一声口哨，觉得这样实在是太过轻佻，又掩唇低咳了一声。

到了公司，宋然声在办公室坐了一会儿，手指在黑色的实木办公桌上点了点，稍稍考虑了一下，拨通了一个电话："是时候收网了，我不想再陪宋立声玩下去了，让这一切都结束吧。"

那边那个人似乎迟疑了一会儿，询问他："那乔小姐那边？"

宋然声的手指轻轻地叩了叩桌面，他回答道："没关系，尽管动手。"他虽然曾经对乔笺承诺过，他会放过宋立声，但是那只是权宜之计。因为那时她的心里有宋立声，她并不能毫无芥蒂地跟他在一起，为了打消她的顾虑，他只能那样说。

可是现在不同了，他走进了乔笺的心里，而她也放下了宋立声，或许她知道后会生气，但是她会原谅他的。更何况，他不会让乔笺知道这一切都是他在幕后操控。宋立声一次次地挑战着他的底线，让他忍无可忍。这游戏他已经不想再玩了，这一次将宋立声全盘击垮，以后就不用再跟他玩猫抓老鼠的游戏了。

宋然声在会上走了两次神，可是别人也没有看出异样，底下的人还在战战兢兢地报告，直到宋然声轻笑出声，整个会议室才安静了下来。所有人的目光都汇集过来，正在报告的经理面露紧张，以为自己哪里出了错。

可是宋然声眼神温和，注意到众人的目光之后，他假模假样地鼓起了掌，称赞道："张经理说得很不错，这样的报告我非常满意。"众人这才松了一口气。好不容易散了会，宋然声简单地交代秘书其他事情之后，就让司机送他回家。

他回家的时候，乔笺还在睡，看来她是真的困了，她睡着的样子也很好看，他轻手轻脚地坐在床侧，静默地望着她。窗帘没有拉开，房间很是幽暗，宋然声自一片暗色中看她，万般柔情涌上心头。

乔笺下午的时候才醒，睡得多了，口干舌燥，大脑也有些昏昏沉沉的，她穿了鞋下楼。管家看到她下楼，便告诉她："宋先生在书房，我去叫宋先生，宋先生吩咐我，等您醒过来就去喊他。"

乔笺对管家摇了摇头，喝了一杯水，便去宋然声的书房。

书房的门没有关，是半开的，宋然声在打电话："明天我就带她过来，对，我想和她结婚，她是第一个也是唯一一个想让我结婚的女人。"

那边似乎说了什么，宋然声顿了一下，才说："外公，结婚是不需要深思熟虑的，是冲动，不是一时冲动，是想和她共度一生的冲动，这样的冲动我每天都有，以后也是。我这一辈子就认定她了。"他的声音是那样郑重。

乔笺听得眼睛酸胀，轻轻地敲了敲门。宋然声听到声音之后，抬起眼皮，看向这边，一眼就看到了站在那里的乔笺。

他扬起嘴角朝她招了招手，乔笺走了过去，他拉住了乔笺的手，轻轻一带，就让她坐在了他的大腿上。

"好了，外公，明天我们见面聊。"宋然声挂了电话。

乔笺伸手环住他的脖子，声音有些闷闷的，她说："然声，你外公是不是不愿意你娶我啊？我不小心听到了你的电话。"原来爱上一个人之后会患得患失，很在乎他和他家人的感受。

"怎么会？我外公只是觉得惊讶，因为我突然说要结婚，他只是觉得太过突然。"宋然声安慰她，"是我做得不够好，没有先让你去见见他老人家，就跟他说我们要结婚。"

虽然他这样说，可是她还是有些不安，怕他外公不喜欢她，虽然她已经见过他的舅舅和舅妈了，他们都是很好的人，可是如果偏偏他外公不喜欢她呢？毕竟有很多人对演员这一职业带有偏见。

"放心，外公最疼我，他没有理由不喜欢我放在心尖上的人。"他拍了拍她的背。

乔笺这才稍稍放下心去，她又想起了另一件事，红着脸，拉着他的手覆上自己的小腹，在他耳边说："我们要不要去买药？"昨天晚上什么措施都没有做，有可能会怀孕。

夏天的衣衫很薄，隔着薄薄的布料，宋然声手掌上的温度清晰地传递到她的小腹上，而宋然声隔着衣衫，似乎都能感受到满手的滑腻，他不禁有些心猿意马。

宋然声去咬她的耳朵，问她："还疼吗？"

乔笺摇了摇头。

"乔笺，我尊重你的选择，如果你现在没有做好当妈妈的准备，那我们就去买药，虽然我有私心，但是我会尊重你的选择。"他的私心自然是怕她吃药伤害她的身体，如果真的运气那么好，其实他是想要这个孩子的，一个既像乔笺又像他的孩子，但是如果乔笺现在还没有做好准备，他会尊重乔笺的选择。

"宋然声，我还没有做好准备。"乔笺在他耳边说。

"好。"

【3】变故突生

宋然声的外公已经有八十多岁了，但是精神很好，看上去也有些严肃，当乔笺喊他的时候，他只是冲她微微颔首。乔笺其实是有些怕他的，叶老爷子是真正上过战场的人，不怒自威，身上的气势还在。

好在宋然声的舅妈在，贺院长对乔笺很是热情，看出乔笺的紧张，饭桌上都是舅妈在活跃气氛，所以这一顿饭也算是吃得其乐融融。

吃过饭，叶老爷子突然开口说："乔笺，跟我去书房一趟，我有些话想要对你说。"

宋然声在桌子下面握了握她的手，对叶老爷子笑得吊儿郎当，问："外公，不要这么严肃，都快把乔笺吓到了，你不是说想早点抱重孙吗？"

贺院长哈哈大笑，叶老爷子举起拐杖重重地敲在地上，脸上终于有了笑意，笑骂道："混账小子，我是有几句话要交代你媳妇儿。"

听到叶老爷子这么一说，乔笺就完全放下了心去，叶老爷子并不反对他们在一起。

书房在二楼，叶老爷子的书房很大，终归是老了，才走这么几步路，叶老爷子就有些气喘吁吁，他摆了摆手，搀扶着他的人退了下去。

他注视着乔笺手上的那枚戒指，那是他亡妻的戒指，后来这枚戒指又交给了他最疼爱的小女儿，现在戴在了乔笺的手上。他若有所思地说："看得出然声很喜欢你。"

这枚戒指是今天早上宋然声特意嘱咐乔笺戴的，这枚戒指算得上是古董了，平时乔笺都很珍惜，放在保险柜里收藏。

乔笺笑了笑，摸了摸那枚戒指，笑着说："我也很爱他。"

听到乔笺那样说，叶老爷子笑了，眼角有些湿润，沙哑着声音说："孩子，以后就拜托你好好照顾然声了，我对不起琬琬，也对不起然声。"那一段被尘封的记忆，再次涌上来，叶老爷子似乎有些痛不欲生，"如果当年不是我从中作梗，琬琬或许就跟安礼在一起了。"

叶琬是他最疼爱的女儿，她的变化怎么会瞒得过他？他知道他的女儿喜欢上了安礼，可是当时他抱有很重的门第观念，觉得安礼配不上自己的女儿。

他也是男人，自然可以看出安礼也是喜欢自己女儿的，但那个时候的安礼敏感，自尊心又强，叶老爷子就抓住一点，跟安礼谈了一次话，话里自然绵里藏针。果然，年轻时候的安礼觉得被羞辱，气得眼睛发红。

等叶琬向安礼表白，心高气傲的安礼便拒绝了她，他天真地想着等自己闯出一番事业，再向她光明正大地说出自己的爱意，可惜等他有能力的时候，一切都太迟了。

那个年代，叶琬曾经给安礼写过许多信，可是安礼所有的回信，都被叶老爷子扣留了下来。叶琬以为安礼从来没有回过信，以为他从来没有喜欢过自己，渐渐地，她也不再给安礼写信，后来终于对安礼死心。

"我有时候在想，如果当初我没有那样做，她是不是就嫁给了安礼，不会遇上宋之闻。这样，我的琬琬就还活着，然声也不会那样可怜。琬琬走的那一年，然声一年都没有说过话，看了好久的心理医生，然声才好过来。"叶老爷子浑浊的眼里已然有泪，所以在小女儿的事情发生后，他再也不会干涉后辈们的终身大事了，只要他们真的相互喜欢，他就会尊重他们的选择。

乔笺唏嘘，或许叶老爷子为了小女儿后悔了大半生，乔笺走上前，拍了拍叶老爷子的背，安慰他道："您放心，我以后会好好爱然声的。"

乔笺下楼去的时候，宋然声还在楼下等她。乔笺走到宋然声面前，跟他说："宋然声，把左手伸出来。"

宋然声虽然疑惑，但还是依言，将手伸了出来，他的手是真的好看，手指修长。乔笺手心有一枚戒指，给他轻轻地戴上，套到手指底部。这枚戒指是叶老爷子的，本来就跟乔笺手上戴着的那枚是一对，这一对戒指是宋然声外公外婆的订婚戒指。

"宋先生啊，以后的人生全部交给你了。"她与他十指相扣，听完叶琬的故事有些唏嘘，不是所有的感情都能有缘走到最后，而有些人相爱却不能相守，世事无常，唯一能够做的就是珍惜眼前人。

宋然声望着她笑，摩挲着那枚戒指，觉得人生开始圆满。

乔笺本来决定拜访完叶老爷子就带宋然声回家的，但是偏偏这个节点，宋然声公司有事，非要宋然声处理不可，他一时走不开，所以又要耽搁几天，这几天发生的事情，将他们一切的计划全打碎了。

首先的变故是，乔笺接到了徐曼曼的电话。乔笺还觉得奇怪，不知道为什么徐曼曼会给她打电话。徐曼曼跟她说："乔小姐，我有事情想跟你说，是关于宋立声的。"

其实乔笺并不是十分想去见她，和宋立声有牵扯的事情，乔笺已经不想再过多掺和，可是徐曼曼说："你知不知道宋立声已经走投无路了？"

这样一句话，让乔笺不上不下，犹豫再三，终于还是赴约。

她们约在一家咖啡店见面。

乔笺总觉得徐曼曼的气质变化极大，刚开始认识她那会儿，她一双眼睛仿佛还不谙世事，脸上总带着甜美的笑。可是现在她的眼睛很是沉寂，面容疲惫，仿佛是倦极了，徐曼她望着乔笺的眼神也很奇怪。

"宋立声要完了。"徐曼曼突然冒出这样一句话，眼泪顺着她的脸颊流下来，“乔笺，有时候我觉得你可怜，有时候又很羡慕你。”

乔笺觉得莫名其妙，那种强烈的不安感更甚，她有些按捺不住，问她：“徐曼曼你究竟在说什么？宋立声怎么了？”

徐曼曼用手指擦了擦眼泪，笑了笑：“我和宋立声分手了，我是不会和他结婚的。宋立声他公司现在出了问题，他是绝对走不出这个困境的，甚至还要因此坐牢。”

乔笺觉得难以置信，又怒不可遏，气得浑身都在发抖，她质问徐曼曼：“你是因为这个要和宋立声分手？宋立声那样喜欢你，你在他最困难的时候要离开他？”

徐曼曼似乎毫不在意，看着乔笺的眼睛说：“你怎么不问问是谁造成他这个样子的呢？就是我，让他这个样子的人是我，我就是要毁了他。”宋立声公司变成这个样子，她脱不了干系，可是她不后悔，谁叫他心底最爱的人不是她呢？谁叫他那么爱乔笺？她无法容忍。

“你为什么要这样做？是谁让你这么做的？”乔笺怒火中烧，紧紧地捏住杯耳，好像要把杯耳掐断。

“是谁让我这么做的，我当然不会告诉你。”徐曼曼站起来，有些嘲讽地看着她，“你不是已经和宋然声在一起了吗，还在意宋立声干吗？如果你真的为宋立声好，那就离宋立声远远的，不要管宋立声的死活。”

从咖啡店出来，乔笺觉得自己或许不应该打那个电话，可是还是忍不住，十多年的感情，如今知道他是这样的处境，她真的做不到无动于衷。乔笺给宋立声打了过去，只可惜电话没有打通，乔笺更加不安。

正是闷热冗长的午后，夏日的阳光最烈的时候，连树上的蝉都是有气无力的，乔笺犹豫了好一会儿，还是将车往他公司那边开。

正是上班时间，宋立声竟然不在公司，连任助理也不在。乔笺问了前台小姐，才知道宋立声辞退了任助理，宋立声已经好几天没有上班了。前台小姐有些有气无力，似乎是知道公司发生了很大的变故，但是具体是什么变故，她似乎也并不是很清楚。

不在公司的话，会不会在家？宋立声的公司以前也不是没有遇到过危机，但是宋立声绝对不会这么颓废，不会直接对公司放任不管，这次究竟是什么事情？

乔笺又开车来到宋立声的家，按了很久的门铃都没有人来开门，但是乔笺觉得他应该在家，她是知道宋立声家里的密码的，她试着输入密码，很快，门应声而开，他的密码并没有换。

甫一开门，浓烈的酒气便扑面而来，视线所及，地上横七竖八地堆放着各类酒瓶子，宋立声果然在，他整个人倒在沙发上，也不知道是醉倒了还是睡着了。

"立声？"乔笺试着喊了一声，朝客厅走过去。

宋立声倒在沙发上，一只手臂盖在眼睛上，他身上有很浓烈的酒气，熏人得很，而衬衫皱巴巴的，像咸菜。

"立声？"乔笺又试着喊了一声。

宋立声身子动了一下，放下手臂，迷迷糊糊地睁开眼，眼里还带着宿醉的迷蒙，声音沙哑："乔笺？"

窗帘半开，乔笺就那样站在那里，她穿着白色的衣裙，整个人身上似乎有一圈朦胧的光，也是醉得糊涂了，宋立声一时间竟然分不清梦境和现实。

宋立声又阖上眼睛，自嘲地笑了一声，叹息道："乔笺怎么会来？是我一步步地毁了我们之间的关系，她已经不要我了。"听到宋立声这样说，乔笺心里还是有些难受。

"究竟发生了什么事情？宋立声，你以前遇到事情都不是这个样子的。"乔笺再次开口。

宋立声猛地睁开眼睛，难以置信地望着她，从沙发上坐起来，捋了捋衬衫的衣摆，然后手脚有些慌乱地站起来，有些不敢看她，问："你怎么过来了？"

乔笺也不瞒他，直接说："徐曼曼找过我，她说你出了事。"

宋立声觉得心酸难忍，他曾经那样伤害过乔笺，到最后真正关心他的人，还是只有乔笺一个，可是他知道她已经不再喜欢他了。宋立声声音有些哽咽："乔笺，你就不恨我吗？"

恨他？其实也是恨过的，当乔笺知道这些年他都是在利用她的时候，曾经有那么一瞬间真切地恨过他。可是那个时候她那样爱他，连恨都舍不得恨他，甚至不愿意知道真相，怕知道真相后自己会心碎。后来慢慢地她也就放下了，因为她爱上了宋然声。

所有她在宋立声这里爱而不得的遗憾，宋然声都尽数弥补了她。后来更清醒一些的时候，她才发现自己对宋立声的感情或许不完全是爱情，原来什么感情都可以转化为亲情，毕竟他们之间有过那么长的一段岁月。

乔笺就那样望着他，宋立声突然别过眼睛，愤愤地说："乔笺，别这样看着我，我不需要你的可怜，别让我更恨你。"她不再爱他了，这个认知让他更恨她。

"我一直很想知道你为什么恨我，我以前那么爱你，什么都为你考虑。"乔笺不愿相信宋立声竟然会恨她。

宋立声突然捂住脸，滚烫的眼泪流下来，落在掌心，他是真正爱过她的，自然知道她为他做的所有事情。纵使乔笺没有亲口对他说那句喜欢，可是她眼里的喜欢又能瞒得过谁？他原本打算过几年就向乔笺求婚的，可是偏偏出了这样的事。

"你还记不记得马毅？"宋立声突然说。

乔笺一听到这个人的名字就脸色一白，当年她差点被马毅侵犯，幸亏遇到了宋然声，那个时候她还误以为救她的人是宋立声。这件事一直是乔笺心头上的刺，她曾经很想问他究竟是不是故意让马毅带走她的，后来终究是没有勇气去问。

宋立声看到乔笺的神色，眼里的痛色更浓，继续说："我曾经追出去过的，可是我找了好久都没有找到你，我找了你好久。"

当时在饭局上，其他人缠他缠得紧，他喝了酒有些昏昏沉沉，饭桌上的人突然言语暧昧地说："这马总看乔小姐去洗手间也跟着去了，怎么现在还没有回来？"

有一个人嬉笑着说："怕是回不来了，乔小姐那么美，马总怕是不会放过的。"

又有一个人对宋立声说："真的很羡慕宋总有这样的红颜知己，肯为你牺牲，只要搞定了马总，还怕挣不了钱吗？搞定这个项目就是马总一句话的事情。"

话语越来越不堪，宋立声终于生了气，把杯子一放就站起来，踉踉跄跄地往外走，也不管身后的人如何喊他。

可是他找了许久，都没有找到乔笺和马毅。宋立声刚开始是担心，担心乔笺出了什么事，可是他不管怎么找，都没有找到乔笺，他担惊受怕了一整夜，直到第二天乔笺给他打电话，他才知道昨晚她在酒店开房住下了。

马毅自从离席后就再也没有回来了，乔笺也是，更何况第二天马毅就给他打电话，同意把那个项目给他做，并且马毅让宋立声替他向乔笺道歉，说得很含糊，但是宋立声明白了，所有的一切都昭然若揭。

无非是乔笺知道这个项目对他的重要性，所以不惜用那样的办法牺牲她自己来让他接到这个项目。挂完电话之后，宋立声只觉得全身都在发冷，他那么爱她，可是现在那么恨她，她怎么可以和马毅做那样的交易？

他恨她，所以才有了后来的破罐子破摔，干脆直接利用她，她不是愿意为他牺牲吗？那就索性牺牲个够。为了那些项目，他将乔笺当成交际花，他冷眼看着那些人给她灌酒，冷眼看着那些人对她言语轻佻……

后来，他放纵自己去喜欢别人，一个和乔笺完全不一样的人，也不知道是在报复乔笺还是在报复自己。

宋立声终于敢看她了，他眼里有晶莹的泪花，是过去的璀璨回忆折碎过后的碎片，将所有隐藏在心底最深处的最恶毒的心事全部呈现给她。

"乔笺，我爱你，可是我更恨你。"他似乎是难以承受那样的痛楚，跪坐在地上捂着脸，声音沙哑，“可是我更恨我自己，为什么那时的我对所有的一切都那么无能为力？我无能到要你去牺牲自己来成全我，我恨死了我自己。”

原来是这样，听宋立声讲完，乔笺努力抑制住眼泪，并不想让眼泪掉下来。乔笺不知道该怎样形容自己的心情，这些年来她一直以为他从来没有喜欢过她，可是现在他对她说他爱她，原来她并不是一厢情愿，原来他所有的利用全部是因为他因爱生恨，所有的一切全部是他的误会。

而曾经这一切也是梗在乔笺心口的一根刺，宋立声误会了她，她自己又何尝不是误会了宋立声？知道当年救自己的人不是宋立声之后，其实她一直怀疑他当年是想要牺牲她来拉拢马毅，所以才会不管不顾地要离开她。谁曾想原来真相竟然是这样的。

如果宋立声早出来一步，如果他比宋然声更快一步地解救她，那是不是今天所有的一切都不会是这样的？他晚了一步，从此错过她一生。

难过得好像呼吸都开始疼痛，走到今天这个局面也不知道是造化弄人，还是他们之间终究是没有缘分。不，也不对，乔笺想，终究还是宋立声不够了解她，如果他真的了解她，就会明白她的底线是什么，她根本不会那样做。

总之，走到这一步，已经退无可退了。

乔笺的唇几度张合，所有情绪化成一句长叹，话语里是无限唏嘘:“宋立声，我从来没有牺牲自己而成全你的想法，那天马毅确实对我有非分之想，可是宋然声救了我。”

宋立声错愕，那双如浅溪的眼睛再也没有办法恢复从前的清澈，此刻更像是被鱼搅起了泥沙，变得迷蒙。

乔笺突然笑了笑，像是终于释怀了一样说：“我庆幸最后我终于等来了宋然声。”

乔笺看着宋立声的脸，这个她年少时期开始就爱而不得的人，曾经他是那样照顾她，共同走过青涩岁月，她对他有过最真挚的感情，他也曾有过。

现在乔笺终于舍得放下过去，她不再是过去那段时光里最纯粹的自己。乔笺突然走上前抱住了宋立声，声音哽咽：“谢谢你曾经的照顾，可是那些爱和伤害都真真实实地存在过，我们再也没有办法回到以前，可是我还是希望你以后能过得好。”乔笺松开了他，泪眼蒙眬，“我知道你公司出了问题，但是我相信你可以处理好的，以前你都是这么扛过来的，你一定要振作起来。抱歉，只是这次我不能再帮你了，因为宋然声会不高兴的，我不得不考虑宋然声的感受。”

宋立声任她抱着，不知该如何回应她。

“宋立声，再见。”乔笺松开了他。

宋立声的眼底是细碎的、晶莹的泪光，他一点也不甘心。他不甘心，为什么他们之间那么多年的感情，最后是这样的局面？看着乔笺一步一步地走向门口，他终于喊住了她，说：“乔笺，宋然声对你的感情没有那么纯粹，他只是……”宋立声知道，他公司这次这件事情是宋然声在背后操纵的。

可宋立声的话还没有说完，就被乔笺打断，她说得笃定：“他爱我，我感受得到。”

# 第十二章
## 疑窦丛生

【1】宋之闻病危

宋然声在办公室里与任助理见面。

任助理之前一直跟在宋立声的身边，可是从很多年以前开始，任助理就只给宋然声办事了，向宋然声汇报宋立声的一举一动。

宋然声和宋立声之间，操盘者一直是宋然声，这么多年，宋立声一直被宋然声玩弄于股掌之中。

而宋然声对宋立声的态度，就像之前他说的，他一直在玩猫抓老鼠的游戏，每当宋立声以为自己强大到能摆脱他的控制的时候，他就会出手让宋立声跌落到谷底，一步步地让宋立声失去所有的锐气，最后再给予致命的一击。

乔笺的出现是个意外，但是这个意外并不能让他放过宋立声，他恨宋立声，恨不得将其分筋错骨。

“宋先生，先前我和徐曼曼建议宋立声购入那块地皮，他虽然有疑惑，但是因着我和徐曼曼，还是买入了，现在宋立声已经被告知地皮的使用权不合法。”任助理将文件递给宋然声。

这其实是宋然声下的一个套，让任助理向宋立声提出那个方案，再由徐曼曼吹枕边风，宋立声因着诱惑太大，同意买下地皮新建工厂，又从银行贷了一大笔款子。花了大价钱的工厂只建一半，却发现地皮的使用权不合法，而接的订单已经排到了后年，这样一来，根本没有办法按时交货。

宋立声本来小心谨慎惯了，但是这个建议是跟了他那么多年的任助理提出来的，在以前最落魄的时候，任助理都没有离职。宋立声那样信任任助理，可是他没有想到偏偏是任助理给了他致命的一击，更没有想到任助理还将他偷税的证据交给了税务局。

“那些订单都是白纸黑字地签了合同的，发生了这样的事情，宋立声无法再履行合同，他们肯定会要宋立声赔偿。”任助理向宋然声汇报，犹豫了一下，才接着说，“宋先生，如果宋立声没有按时补交税款，那么他将要面临牢狱生活，您真的还要继续下去吗？”

“继续，怎么不继续？已经走到了最后一步，这是我陪他玩的最后一场游戏，是我送他最后的礼物。”宋然声笃定地说。

任助理面有难色，虽然宋之闻当年很低调地接回宋立声，之后的一些场合也没有带宋立声出席过，但是圈内有部分人还是知道宋立声是宋然声同父异母的弟弟，如果真的赶尽杀绝，只怕宋之闻不会不管不顾。任助理斟酌了一下，还是说：“宋之闻先生知道后肯定不会袖手旁观的，乔小姐迟早也会知道的。”

听到任助理这么说，宋然声面有不悦，说：“他们知道后又怎么样？总之按原计划进行。”

“是。”任助理点头。

宋然声回来的时候，乔笺正在洗澡。他心情大好，要管家开了一瓶红酒，酒红色的液体在高脚杯中剔透分明。

乔笺从浴室出来，就看见宋然声靠坐在飘窗上，一只腿伸直，一只腿支起来，手搭在支起的那条腿的膝盖上，另一只手握着杯子，他偏头望着窗外的江景。乔笺只觉得他是真正的风度翩翩的男子，任何一个动作都如此赏心悦目。

听见脚步声，宋然声偏过头来，看到乔笺，他朝她一笑。

乔笺走过去，靠在他怀里，从他手中接过酒杯，仰头一口喝下，有些嗔怪地说："你有哮喘，还是少喝酒。"

宋然声的目光落到了乔笺嫣红的唇上，他伸出手，拇指摩挲掉唇上残余的红酒，又笑了一声，问："还要不要喝？"宋然声的酒都是上了年份的好酒，乔笺自然不会放过这个机会，她朝他点了头。宋然声起身去将那瓶酒拿了过来，重新坐上飘窗，让乔笺靠在自己的怀里，又给乔笺倒了一杯酒。

真的是好酒，乔笺慢慢品着，品到一半，杯子却被宋然声抢走，他竟然一仰头将杯子里的酒全部喝了下去。乔笺急得喊他："宋然声，医生说你要少喝酒。"

话音刚落，宋然声又猛地俯下头，狠狠地吻上她的唇，将口中的红酒一点点地渡给她。吻毕，两个人都是气喘吁吁的，宋然声哑着声音说："你看，我很听医生的话。"

乔笺去捶他，整个人都窝在他怀里，问："你公司的事情还得忙多久？"

"很快了，到时候我给你一场最盛大的婚礼。"宋然声说。

后来乔笺想，如果她一直被宋然声蒙在鼓里该有多好，说不定她就傻傻地和他结了婚。

在他们准备去机场回乔笺家的时候，宋之闻病危的消息却传来，宋然声接到电话后，整个人都愣了一下，又跟对方确认了一次："你说宋之闻在医院进行紧急手术？”得到对方的肯定回复，宋然声才相信，又询问了具体的情况，可是挂完电话后，他不咸不淡地继续换衣服，还提醒正在赖床的乔笺快点起床。

乔笺望着他迟疑地开口问道：“我们不去医院看一看吗？”

宋然声这才说：“不关我们的事，宋之闻怎么样，我都不会关心。你快点起床，我们好去机场了。”

“我发现你这个人最喜欢口是心非了。”乔笺毫不留情地拆穿他，乔笺下床，走到他面前，拉住他正在系衬衫纽扣的手，劝他，“虽然你很恨他，可是你明明是在乎他的，否则你的第一反应不会是那样，然声，现在不是赌气的时候。”

宋然声沉默着，抿着唇，垂着眼睛望着乔笺。乔笺又拉了拉他的衣角，劝他说：“去看一眼吧，毕竟他是你爸爸。”

司机送他们去医院，在路上的时候，宋然声一直抿着唇，没有说话。乔笺知道，其实他是在担心。

两个人到了医院，宋之闻还在抢救，急救室外站着宋立声，他看上去有些狼狈，眼里都是红血丝，头发也有些凌乱。

宋然声看到宋立声，那些积攒的火气似乎全部涌了上来，他走上前，一把拽住宋立声衬衫的衣领，说：“宋立声，你和他说了什么？你知道他心脏不好，做过一次手术，为什么这一次他会被送来急救？”

宋立声眼神闪避，红着眼睛，终于一把推开了宋然声，咆哮着：“我能怎么办？我走到今天这个地步，地皮使用不合法，订单交不出来，我需要赔一大笔钱，还要补交税款！我不想坐牢，只能找爸爸帮忙。”

听到宋立声这么说，宋然声突然打了他一拳，宋立声踉跄了几下，被宋然声打倒在地，嘴角被磕破，鲜血顺着嘴角流下来。宋然声似乎还想揍他，乔笺急急拉住宋然声，他力气太大，拉不住，她整个人自背后抱住他的腰，急急地说：“宋然声，别打了，这里是医院。”

宋然声怕推搡间伤到乔笺便住了手，可右手紧紧地握成拳，身体紧绷得厉害。乔笺这才发现原来宋然声对宋之闻的感情比她想的还要复杂。

乔笺朝宋立声看去，却对上了宋立声的视线，他直直地望着乔笺，仿佛眼里有无限的苦楚，乔笺微微避开了他的视线。

宋立声用拇指擦掉嘴角的血，自嘲地笑了一声，多么讽刺，以前乔笺为他冲锋陷阵了多次，可是现在乔笺站在了宋然声那边。好像所有的事情，他都赢不了宋然声，乔笺以前那样喜欢他，可是现在连她都爱上了宋然声。

宋然声突然转过身，拉着乔笺往外面走，等到了医院外面，宋然声才说："现在去机场还来得及，我叫司机送我们去机场。"

乔笺拉住他，看着他的眼睛说："宋然声，你为什么还要装作毫不在乎？你明明是很在乎你爸爸的。"

宋然声这一刻竟然不敢看她的眼睛，偏过头去不看她，沉声道："谁说我很在乎他？我恨他还来不及，是他造成了所有人的悲剧。"

"如果你不在乎他，你刚刚就不会那样生气了。"乔笺拉住宋然声的手。

宋然声沉默了许久，像是带着某种憎恶，说："可是他做了那些，他根本就不值得我原谅他。"

医院种了许多合欢树，现在正是合欢开得最好的时候，粉红色的花，像一点点丝绒。不远处的合欢树下放了一张长椅，宋然声和乔笺在长椅上坐下，偶尔有细碎的花落下来，宋然声跟乔笺讲起许多以前的事情。

宋然声曾经是很崇拜宋之闻的，宋家在民国是个大家族，可是后来因为历史的原因没落了，到了宋之闻那一代正是最窘迫的时候。后来南巡之后，那个时候的政府大力发展市场经济，宋之闻利用这个契机，再加上叶琬家的资源，顺势缔造了一个商业传奇，不得不承认宋之闻有胆识、魄力和手段。

那个时候的宋之闻在宋然声的眼里很严厉，却又仿佛无所不知。宋然声最快乐的时候，是宋之闻手把手地教他弹钢琴，宋之闻会认真地指出他的不足，有时候宋然声弹得让宋之闻满意了，宋之闻还会将他举过头顶，夸奖他。

那个时候，宋之闻是宋然声最崇拜的父亲，宋然声甚至想成为宋之闻那样叱咤风云的人。

可是在真相揭开后，假象都被撕裂，他和妈妈很快就知道宋之闻和真正喜欢的人已经生了一个儿子，而叶琬和宋然声只不过是他巩固利益的纽带。

家里的气氛一天比一天压抑，叶琬是那样骄傲的一个人，她有很严重的感情洁癖，根本不能容忍自己丈夫的不忠，那段时间每天逼着宋之闻和她离婚，可是宋之闻为了利益，坚决不同意。

还有什么比同床共枕快十年的丈夫，从头到尾都在算计自己更可怕？叶琬深爱着宋之闻，可是宋之闻只是利用她，最可恨的是宋之闻一边利用叶琬，一边和李希文联系着，照顾着李希文他们母子。

宋之闻是真的喜欢李希文母子，他将他们保护得很好，叶琬猜测可能是怕叶家出手对付他们母子。如果不是无意被叶琬发现了，那么有可能这辈子叶琬都不会知道她自认为很爱她的丈夫，从头到尾都是骗她的。

在这座婚姻的牢笼里，叶琬渐渐地绝望，却又没有办法摆脱这样的困境，只能在这样的环境中一点点枯萎，心化成灰，肝肠寸断。可是宋之闻再负心，叶琬还是那样爱着宋之闻，最后，她连自己都恨上了，所以才走上绝路，还让宋然声目睹了她的死。

“是他毁了所有的一切。”宋然声望着远方，仿佛是望着某一个虚无的点，“事实上，我们已经很久都没有见面了。自从我搬出宋家开始，我一直没有再回去看过他，偶尔在有些场合遇见，我都会想办法避开，我恨他。”他无法原谅宋之闻。

回到家，宋然声站在露台上，望着远处奔腾的江水，暮色四沉，夕阳最后的余晖落在了他的肩头，他的背影看上去有些孤单，好像这天地间，他从来都是一个人。

乔笺走上前，自他身后轻轻地抱住了他，想将他身后的那种孤寂感驱掉，从此以后，她会一直陪着他，再也不要让他有这样的孤寂感。

宋然声微微地侧过脸，握住了她环住他的手，轻声地说："我一直觉得宋之闻是一个失败的父亲，于我是，于宋立声也是。宋之闻从来就不知道什么是真正的责任，爱一个人就是一生的责任，而他根本就不懂什么是爱。乔笺，如果我是一个父亲，我绝对不会那样失败，我会好好地爱自己的孩子，也会告诉他如何去爱。"

"那我们以后如果有了孩子，你会怎样做？"乔笺笑着问他。

宋然声将乔笺拉到怀里，他脸上终于有了柔和的笑意，他和乔笺的孩子会长什么样呢？乔笺那么美，他们的孩子肯定是极好看的，那样白白软软的小团子，看着心就软成了一团。

宋然声将乔笺抱得更紧，喟叹道："我会将他宠得无法无天，纵容他拿我的重要文件折纸飞机玩，拿我的印章搭积木，就算他撕了我的合同也无所谓。"

"他会被你宠坏的。"乔笺不赞同地说。

"不会，从小被爱着的孩子不会坏到哪里去，再说如果他真的犯了错，我会很严厉地批评他。"宋然声说。

听得出宋然声很喜欢小孩，乔笺暗暗下定决心，她要给宋然声生一个孩子，她想要把他失去的全补上。

宋之闻这一次的情况比较危险，乔笺他们实在没有办法在宋之闻这个生死攸关的点离开这里。又过了几天，医院那边给宋然声打了电话，说宋之闻手术后终于脱离危险了，宋然声轻轻地"嗯"了一声就没有再说什么了。

乔笺知道宋然声只是在较劲，其实他还是担心宋之闻的，却放不下过去。

“我去看看宋伯伯吧，你要不要和我一起去？”乔笺试探着问宋然声。宋然声只皱了皱眉，看上去有些不太耐烦地说：“他有什么好看的？”

话虽然是这么说，可是乔笺出门的时候，宋然声没有阻止她，他自己也只是以公司有事为由，去了公司。

乔笺在花店买了一束名贵的兰花，抱着这束花去了医院。病房的门口有两个保镖站在那里，等乔笺表明身份，其中的一个保镖才说：“稍等。”随即转身去病房请示宋之闻。

很快，保镖出来了，请乔笺进去。

病房很大，乔笺发现病房里已经放了许多花篮。宋之闻恰好醒着，乔笺之前见过宋之闻的照片，这是第一次见到本人。

宋然声其实长得挺像宋之闻的，广眉深目，轮廓都有点深，长相都是极好的。如果乔笺没有记错的话，宋之闻才五十多岁，可是他的头发已经全白了，眉眼之间带着一些冷厉，看上去有些不近人情。

“宋伯伯你好，我是然声的未婚妻乔笺。”乔笺朝宋之闻笑了笑。病房里请了专人在照顾，乔笺手上的花被人接了过去。

听到乔笺这句话，宋之闻十分诧异，病后的原因，中气并不是很足，说话的声音有些虚，他颤抖着声音问乔笺：“然声要和你结婚了？”

乔笺点了点头。

宋之闻得到肯定的答复后静默了好一会儿，才自言自语地说：“他从来没有打算告诉我，也没有准备原谅我。”

在病房待了一会儿，乔笺就想告辞，宋之闻的身体情况并不允许过多交谈，也没有什么好聊的，因为许多东西都是禁忌，提及那些只会让双方更不愉快。

乔笺站起身准备告辞，还没有开口，宋之闻却先开口说：“乔笺，我的身体我自己知道，我可能没有多少时间了。在我离开这个世间之前，我想告诉你一些以前的事情，你就当是听一个罪无可恕的人忏悔吧。”

乔笺看着他，只觉得他眼里都是历经世事后的苍凉，像是无尽的荒漠。在他这个年纪，应该还属于意气风发的时候，可是他比普通的同龄人显得苍老得多，宋之闻这个样子不是不可怜的。

可是乔笺没有办法生出太多的同情，可怜之人必有可恨之处，乔笺叹了一口气，说：“可是再忏悔，也没有办法弥补过去你对叶琬、对宋然声的伤害。”

“我爱叶琬。”宋之闻似乎是用尽了此生的力气，才说出这辈子最沉重的四个字，眼底竟然有隐隐的泪光，他颤巍巍地伸出手，似乎想抓住什么，可是最后穿过指尖的只剩风，就像叶琬，化成一缕风消弭于他的世界。

乔笺震惊地望着宋之闻，他竟然说他爱叶琬！怎么可能？他如果真的爱叶琬，就不会有宋立声的存在，要知道宋立声只比宋然声小半岁。

宋之闻剧烈地喘息起来，维生的仪器发出警报，护士喊了一声：“宋先生！”又眼疾手快地按下了呼叫铃。只过了一会儿，医生就匆匆赶过来，急急地说：“病人情绪波动较大，快打镇静剂。”

打过镇静剂，宋之闻的情况才好一点，他看上去倦极了，眼睛望着乔笺，似乎还想说什么，可是最后体力不支，只能沉沉地睡过去。

从医院出来正是下午时分，七月流火，热气像是浪潮，一波一波地往人身上涌。更要命的是乔笺全副武装着，口罩、墨镜将脸遮得严严实实的。车子停在比较远的地方，医院里的停车位很紧张，乔笺还真的挺担心走到一半会中暑。

乔笺正想跑到停车的地方去，可是还没有抬脚，她的余光就瞥见了宋立声，他好像有话对她说，径直朝她走了过来。

【2】过去的真相

“你什么时候到的医院？”乔笺问宋立声。

宋立声看着她，语气似是自嘲：“在他跟你说他爱叶琬的时候。”

乔笺的心情很是复杂，其实在听到宋之闻说他爱叶琬的时候，她也十分震惊。据乔笺的了解，李希文和宋之闻是大学同学，又是彼此的初恋。当初宋之闻那么爱李希文，最后怎么会喜欢上了叶琬呢？

医院楼下的一角种着八爪金盘，这个位置比较偏，也没有什么人，这个角落阴阴冷冷的，时不时还有凉风吹过，两个人站在这个角落。

“其实我一点也不意外，因为我早就知道了。当年如果他真的有一点顾及那些情分，我和我妈就不会那么艰难。事实上，他恨我们。”宋立声嘲讽地说。

宋立声以前过得怎么样，没有人比乔笺更加清楚了，那些沉淀着时光的温柔记忆再次涌了上来。

印象中的李希文，长相很清秀，性格很倔强，一个女人未婚生子在那个年代实在是一桩丑闻。当时很多人都对她指指点点，可是她好像一点也不在乎那些言论，将宋立声拉扯大。

李希文因为未婚生育的事情，从原单位离职回到家乡，一直不好找工作。那个时候的大学生，是真正的精英，但是李希文一直没有找到合适的工作，最后只能做一些小生意。

当时李希文不仅要养活宋立声，还要赡养身体不好的母亲，所以宋立声那个时候一直很瘦，少年时期的身躯单薄得可怜，穿着校服显得有些空荡，却又意外地好看。

那个时候，乔笺很喜欢去宋立声家里做作业，他家很小，还是宋立声外公单位的老房子，已经很旧了，是筒子楼，安着绿漆木窗户，楼前有一排大而高的槐树。春天的时候，槐花静谧而热烈地开放，香气掠过树梢，飘入旧屋，让人浅浅入梦。

宋立声的房间更小，他房间里没有书桌，做作业就是在客厅的木桌上。他成绩向来很好，乔笺比他低两个年级，遇到不懂的题目，总是喜欢问他。

有时候做完作业，宋然声就帮着外婆干活。他外婆的手非常巧，曾经是刺绣师傅，在家的时候会绣一些绣品贴补家用。外婆年纪大了，眼睛有些花，拿着丝线对着针眼，半天都穿不进去。宋立声的手也很巧，这个时候，他总是接过外婆手中的丝线，很灵巧地将线穿过针眼。

五颜六色的丝线有时候绕成一团，宋立声总是很耐心地将这些丝线一束一束地分开。房间很安静，可以听到外婆手中的丝线穿过布料的声音，很细微的声响，阳光跳跃，像是一只猫，轻盈地越过房间。

这样的黄昏的景色留在乔笺的记忆中好多年，或许是想到了过往，乔笺的神色变得温柔极了，她说："我现在还记得阿婆的那些刺绣，那些年，你们确实都很不容易。"

现在仔细想一想，如果宋之闻是真的将宋立声母子放在心上，那么或多或少，那些年，宋之闻总归是有办法来接济他们的，可是直到李希文去世那会儿，宋之闻都没有参加她的葬礼。

"其实很多事情，我早就知道了，他和叶琬结婚之后，两年的时间他就彻底变了心，他爱上了叶琬，他想给我妈一大笔钱让她离开，是我妈一直不肯放手。后来叶琬知道了我们的存在，就发生了那些事情，所以，他是恨我们的。"宋立声低垂着眼睛说。

乔笺想象着旧时光里的一幕幕，心里唏嘘。

"这一次他住院并不是因为我公司的事情，而是我告诉他，我满足了我妈最后的一个心愿，我妈妈到死都没有等到他，她是多么想见他一面，她那么爱他，所以我将我妈妈也葬到了那个墓园。每当叶琬的忌日，他都会去看她，可是我妈妈也葬在那里，如果真的有在天之灵，叶琬是绝对不会原谅他的。"听到宋立声这么说，宋之闻的情绪波动太大，竟然引发了心脏旧疾。

原来上次叶琬墓前的那束花是宋之闻放在那里的。

其实宋立声就是故意的，宋然声恨宋之闻，宋立声也一样，宋然声身后有叶家，他可以肆无忌惮地恨着宋之闻，跟宋之闻作对；可是宋立声不同，他一无所有，他再也不想被人瞧不起，再也不想回到那个长巷里，所以他只能小心翼翼地讨所有人的欢心。

更何况宋之闻坐拥无数财富，这些他想要，这也是他应得的。这些年来，宋立声一直很听宋之闻的话，可是这次宋然声这样赶尽杀绝，宋立声想请宋之闻帮忙，可宋之闻犹豫了，原因竟然是他怕宋然声生气。

凭什么？他宋立声也是宋之闻的儿子，宋立声想让他内疚，也想让他痛苦，于是报复性地说出那些话。

"乔笺，你告诉我，我妈妈做错了什么？她只不过是喜欢他，一直陪在他身边，也不计较名分，只想陪在他身边，可是最后他竟然要抛弃她。"

就算李希文不计较名分，也是对叶琬的一种伤害，叶琬对李希文的存在一无所知，而叶琬当初满心欢喜嫁给宋之闻的时候，绝对没有想到最后会是那样的结局。

说到底，这一切悲剧都是宋之闻造成的。

乔笺叹了一口气。

宋立声望着她，突然说："乔笺，我还有没有机会？我们曾经陪着彼此长大，我们有过那么多的回忆，我曾经的确是做错了事，可是乔笺，能不能再给我一次机会呢？这一次，我不会再辜负你。"他的目光很是殷切。

乔笺面上笑了笑，心底却有些小小的难过，她实在太过了解他，声音有些闷地说："宋立声你知道吗？爱人的眼神是骗不了人的，爱人的眼睛就像是镜子，能够清楚地照见被爱的人的模样。在你的眼里，我看不见我的影子，可是我曾经清楚地从你的眼里看到过徐曼曼的模样。"

或许曾经宋立声喜欢过乔笺，可是在那些误会之后，他是真心地想遗忘她。宋立声是真正喜欢徐曼曼的，否则他不会向徐曼曼求婚。看到乔笺竟然跟宋然声在一起，宋立声其实是嫉妒的，因为那份好曾经是属于他的。

而徐曼曼做了那样的事情之后，宋立声恨上了徐曼曼，不再承认自己对徐曼曼的感情，又想和乔笺回到以前，说到底，宋立声只是希望乔笺能够回去帮他，甚至想借此来打击宋然声。

在岁月斑驳的光影中，宋立声早就变了模样，他曾经对乔笺的喜欢，在红尘的纷扰中，早就不是原来的初心，宋立声却还在自欺欺人。

“我唯一能够清楚地看见自己被爱的模样的，是宋然声的眼睛。”宋立声是占据着她整个过去，但是没关系，宋然声会给她整个未来。

“可是乔笺，他在骗你，我这次这样跟宋然声脱不了干系，他却跟你说愿意为你放弃对我的报复。但他根本就是在骗你，或许一开始他就是想离间我们。”宋立声试图告诉她真相。

“我相信然声，我相信他不会骗我，我更相信他对我的感情。”乔笺说得笃定。

说起宋然声，思念如同雨后的潮涨，心被填满。虽然分开才没多久，可是她很想现在就看见他，现在就想念他的怀抱，现在一想到他，乔笺的嘴角就会不由自主地往上扬，真正喜欢一个人大抵都是如此表现，却浑然不觉。

与宋立声告别后，乔笺几乎是小跑着去找自己的车，她哼着歌，准备去找他，不知道待会儿宋然声在公司里看到了她又会是怎样的表情，乔笺忍不住笑出声。

这是乔笺第一次来宋然声的公司，他的公司坐落在这座城市最繁华的地段。

宋然声说过从他办公室的落地窗往外望去，可以看到奔腾的江水，笋尖似的高楼，黄昏的时候可以看到铺在江面上的金色阳光一点点被船搅碎。每当有重大庆典的时候，隔岸的烟花会璀璨地升空，带着轻响，在黑丝绒般的夜幕里，在他窗外尽数绽放，近得仿佛只要伸出手就可以抓住那璀璨。

这三十六层的高楼之上，他站在窗前俯瞰，仿佛整个世界都是他的。

很快就到了写字楼的楼下，乔笺给宋然声打电话，故作神秘地说："然声，你猜猜我现在在哪里？"

"哪里？"宋然声问得言简意赅，那两个字似乎含在喉咙，带着一丝缠绵的意味。

"你的办公室现在可以看到整片江面，但是就是不知道可不可以看到停在楼下的我。"

宋然声在那边低低地笑出声，说："等我。"没过多久，宋然声就下来了，黄昏的风似乎带着细微的光，吹过他的时候，他浑身上下似乎带有光芒。

宋然声走过来牵着乔笺的手，带着她去他的办公室，刚出电梯，就看到穿着西装的助理等在那里，一看到宋然声，他仿佛松了一口气。宋然声让他们休息五分钟，五分钟后会议继续。

乔笺觉得有些不好意思，原来刚刚他在开会。到了他办公室，乔笺才说："你开会出来好像有点不太好哎。"

"那我这个月给他们加工资。"宋然声说，乔笺笑出声，果然是霸道总裁的作风。

"我刚刚从医院过来，他……他手术很成功，应该暂时没有什么大碍。"乔笺试探着说。

"嗯。"宋然声应了一声，脸上没有什么表情变化，可是乔笺看出他并不想谈论宋之闻，那些想告诉他的关于宋之闻的事全部咽了下去，她并不想影响他的心情。

宋然声的办公室很大，墙的一面全部是玻璃，正对着楼下奔腾的江水，金粉似的阳光铺满了房间的一角。宋然声坐在办公桌后的椅子上，而乔笺窝在他的怀里，两个人看着夕阳的倒影在江面上粼粼地荡漾开。

乔笺注意到他桌上堆了不少文件，看来公司的事情比较多。乔笺仰头去看他，提醒他道：“已经过了五分钟了。”他该继续去开会了。

宋然声完全不以为意地说：“那我再给他们加工资。”

乔笺用手去推他的脸，笑道：“我是老板娘，我心疼钱，快去。”

宋然声这才起身，在她的脸颊轻吻了一记，有些恋恋不舍地说：“等我十五分钟，应该只需要这么长时间。”

“快去吧。”乔笺推搡着他。宋然声喊了一个秘书来陪她，他这才依依不舍地离开。宋然声走后，乔笺在落地窗前站了一会儿，觉得他不在有些无趣，于是准备去参观他的公司。

整个三十六层都是宋然声的办公休息区，办公室的隔壁有一个健身房，还有一个室内游泳池。

“然声开会的会议室在哪里呀？”乔笺问陪在她身边的那个秘书。

秘书小姐毕恭毕敬地答复她：“宋先生就在楼下的会议室开会，需要我带您下去参观吗？”

乔笺点了点头。

秘书小姐带她坐总裁专用电梯下去，出电梯的时候，有一个人匆匆地进了隔壁的电梯，乔笺眼尖，一眼就看出那个人是跟了宋立声很多年的任助理。毕竟和任助理打了几年交道，乔笺是绝对不会认错的。

只是任助理为什么会在这里，为什么会出现在宋然声的公司里？根据乔笺所知道的消息，好像宋立声公司的危机全部是因为任助理，是他故意设那个套让宋立声买那块地皮的。难道说这一切的操纵者，其实一直是宋然声？

乔笺开始想起一切的旁枝末节，那天她去见宋立声，为什么宋然声会知道？为什么他会知道她哭了，以至于他一气之下出了院？答案似乎昭然若揭。

“刚刚那个人是谁？”乔笺问秘书，因为紧张，声音都有些异样，她害怕得到肯定的答复。

“是底下分公司的新经理。”秘书说。

这一切都明朗起来，任助理背后的人就是宋然声，而这个套，就是宋然声故意设下的。乔笺只觉得浑身发冷，那些宋然声曾经说过的话还犹在耳侧。

“怎样才能让一个厌恶的人痛不欲生？自然是毁掉他最重要的东西，宋立声最在意的是什么？无非是通过打拼得来的事业。如果我毁掉这些，你觉得会怎样？”

“他以为自己真的强大了，拥有了一切，可在最意气风发的时候，他发现他所有的一切都岌岌可危，蓦然回首，发现自己已经众叛亲离，一无所有，这样不是更有趣吗？”

“乔笺，如果我说我不再跟宋立声过不去，你可以试着接受我吗？”

“如果你是因为宋立声的关系而逃避我，那我可以承诺从此我不再对付宋立声，我愿意放弃我所有的怨恨，换一个我和你的机会。乔笺，我这样做，你是否可以试着接受我？”

……

宋立声现在不正是事业尽毁、众叛亲离的时候吗？

乔笺打了一个冷战，她只觉得宋然声心机深沉，在宋立声身边不动声色地埋了这样一颗棋子。

当初他不是说为了不让她为难，愿意放弃恨，放过宋立声吗？但是这一切的局，全部是他设下的，他从来没有放弃过，他是骗她的。

连任助理都是他的人，那一开始，宋然声接近她，是因为真的喜欢她，还是另有目的？还是说他的喜欢根本就掺杂着其他东西，那他对她的喜欢究竟有几分是真的？

她刚刚还跟宋立声说她相信宋然声，她是那么信誓旦旦，可是现在现实狠狠地给了她一个巴掌。

这个认知让乔笺痛苦万分，她现在深爱着宋然声，她接受不了宋然声对她的爱掺杂一丝一毫的杂质，一点也不能。况且在一个小时之前，她那还那样笃定宋然声对她的感情，可是现在她开始迟疑了。

“我先走了，等宋先生开完会，你再转告他。”乔笺匆匆留下了这样一句话，逃离似的离开了这里，再待下去，她怕自己会情绪失控。

宋然声的公司离跨江大桥很近，乔笺将车开到跨江大桥上面去。此时正是黄昏最美的时候，江面宽阔，流云绮丽，夕阳低垂得似要落到水面，被惊起的水鸟忽然飞起，掠过湛蓝的天际。

乔笺的心情极为烦躁，把车顶盖全部降下来，“哗”的一声，湿润的风忽地全部涌上来，将头发吹得乱飞，风刮在脸上有些疼。这里离宋然声的那栋写字楼很近，在桥上还可以看到那栋楼的全景，看上去气势恢宏。

乔笺的心却慢慢地酸胀起来，眼睛也酸酸胀胀的。她把自己所有的一切都给了宋然声，倾心爱慕着他，甚至想给他生儿育女，可是这时候发现宋然声可能根本没有想象中的那样爱她，他或许只是为了达成自己的某个目的，没有什么比这更令人气愤、更令人绝望的了。

宋然声说他喜欢她，很可能一开始就是他的游戏，对付宋立声的游戏，而她只是一个道具，一想到这里，乔笺终于忍不住落下泪来。

本来乔笺已经搬去和宋然声一起住了，她觉得让宋然声住在自己的公寓实在是委屈了他，可是现在她一点也不想看到宋然声，所以径直开车回到自己的公寓。

可是回到公寓，宋然声的影子还是无孔不入，这里有他生活过的痕迹，浴室里有他的剃须刀，甚至茶几上还有一本他的财经杂志。

乔笺忍不住拿起那本杂志撕了起来，她恨死他了，可是杂志的铜版纸又硬又厚，她又急，一下子抓了好几页纸，根本就撕不下来，她气得将杂志摔在地上，又觉得委屈，终于忍不住蹲在地上哭了起来。

哭了好久，乔笺突然记起了徐曼曼，徐曼曼背叛宋立声，难道也是因为宋然声？想到这里，乔笺打了个冷战。她还是没有忍住，给徐曼曼打了一个电话，没过多久，电话接通，徐曼曼那边有点嘈杂，好像是在机场。

乔笺直接开门见山地说："我想知道你身后的那个人是不是宋然声，是不是他让你那样做的？"

徐曼曼在那边轻笑出声，说："乔笺，现在你终于知道了。从一开始，我就是宋少那边的人，后来我本来准备放手的，可是谁叫宋立声竟然喜欢你，所以我又重新投入宋少的麾下。所有的一切都在他的操纵之中。现在知道真相后，乔小姐感觉怎么样？是不是觉得枕边人可怕极了？你现在是不是在想他对你的感情究竟有几分真几分假？"

果然，连徐曼曼都是他的人。

"为什么现在你愿意告诉我了？"乔笺问她。

"因为我要出国了。"不再顾忌着宋然声，也想给乔笺添添堵，凭什么她可以那么幸福，轻而易举地得到他们的爱？徐曼曼想着自己得不到幸福，那么她也要搅得别人不得安宁，说完，徐曼曼就挂了电话。

乔笺整个人都在颤抖。她只觉得宋然声可怕，任助理这么多年以来勤勤恳恳地为宋立声办事，可是最后，他竟然变成了宋然声的人。而徐曼曼呢？原本是要跟宋立声结婚的人，可是最后竟然帮宋然声设计宋立声。

那她自己呢？她喜欢了宋立声那么多年，可是现在她全心全意地爱着宋然声了。他好像真的把宋立声周围的人一个个地弄走，真正地让宋立声众叛亲离。越往下面想，乔笺就越觉得宋然声当初接近自己是别有目的的，她甚至开始怀疑从一开始一切都是宋然声设的局。

【3】质疑宋然声的爱

宋然声开完会出来的时候，发现乔笺已经不在了，他给她打电话，也一直没有接。他以为乔笺先回去了，可是他回去后发现乔笺根本就没有回来。宋然声皱了皱眉，不知道究竟是怎么了，又给她打电话，乔笺还是没有接。

天色已经暗了下去，天幕暗蓝悠远，有着一种朦胧的美感，街灯次第亮了起来。房间里没有开灯，乔笺坐在地板上，抱着双膝，下巴搁在膝盖上，望着外面的夜景。

手机一直在振动，那小小屏幕的光将整个房间映亮，乔笺无动于衷，任手机振动、屏幕闪烁着，眼泪却无声无息地流了下来，固执地不肯去看放在沙发上的手机。

天色越发地暗，房间里终于完全黑了。乔笺将自己蜷起来，就像一个婴儿一样，头轻轻地靠在落地窗的玻璃上，也不知道过了多久，门锁轻轻一响，随即有人推开了门。

突然而至的光亮让乔笺觉得有些刺眼，乔笺伸手稍稍遮住光。

“乔乔？”宋然声似乎是松了一口气，又接着问，“怎么了？”

从细细的指缝之间去望他，他眉眼之间有担忧的神色，可是这到底是真的还是假的？他是那样心机深沉。如果宋然声是爱她的，那么究竟有几分呢？乔笺现在是真的不知道了。如果他爱她，那么一开始是他另有目的，然后将错就错地爱上，还是一开始她就让他怦然心动？

乔笺放下遮光的手，脸上还有未干的泪痕，看到宋然声，好不容易止住的泪，又开始往下掉，在眼里那些水光的折射下，他的身影变得模糊不清。

“这是怎么了，怎么哭得这么厉害？”宋然声吃了一惊，走了过来，温柔地将她脸上的眼泪揩去。

他身上的气息如此让乔笺依恋，他的手是那样温柔，可是乔笺更加心酸。她泪眼蒙眬地望着他，还是忍不住问出那个问题：“宋然声，宋立声的公司是不是你动的手脚？”

宋然声的手一僵，眼里有戾气一闪而过，他没有想到此时此刻，她还是这样关心宋立声。突然不告而别，这样伤心，那样难过，都是为了宋立声，他冷着声音，毫不避讳地承认道：“是我。”

乔笺忍不住哭出声，她最后仅存的一点点希望被他毫不犹疑地摧毁，她只觉得很疼，像是沉入深海，耳膜不负重压而刺痛着，听不见外面的声音。她抓住自己的衣领，像是无法呼吸，想发出声音，却无法发出半点声音，最后只能狠狠地抓住自己的衣领。

过了好一会儿，她才缓过来，哑着嗓子说：“你为什么要骗我？你明明说过愿意为了我，放过宋立声的。”如果他的承诺是假的，那是不是一开始他对她的感情也是假的，连这份感情也是他设的局？这个认知像是杵了一根针在她的心上。

乔笺很想问他，究竟一开始是否是真心地爱她呢？可是这句话卡在喉咙说不出来，因为就算他给她肯定的答案，她也会质疑。越是深爱，乔笺越介意他的初心。

其实宋然声事先预料过，如果她真的知道他在对付宋立声，她或许会生气，但是他没有想到她的反应会这么过激，好像是痛不欲生，他心里升腾起滔天的怒火，而眼里的神情则是更加冷漠。

他的手还落在她的肩膀上，乔笺忽然伸手推开他，他眼里的冷漠刺痛了她，乔笺似乎是用尽了全身的力气，像一只发怒的小兽，眼泪止不住地落下来，喊着：“宋然声，我再也不想看到你了，你是一个骗子！”

宋然声本来就蹲在乔笺面前，乔笺用的力气太大，他又一时不察，竟然被她推倒在地。宋然声看到她这样伤心欲绝，也是气得发晕了，口不择言：“我对付宋立声，你就这么难过？究竟谁才是你的未婚夫，还是说现在在你的心里，我还是比不上宋立声，你其实根本没有忘记他？”

宋然声明明知道她现在是爱他的，可是他还故意那样说，故意这样来伤她的心。乔笺只愤恨地盯着他，咬着牙说：“是你言而无信，明明是你自己承诺，你却从头到尾在骗我。”

“对，我从头到尾都是在骗你，我根本不可能放过宋立声。”宋然声说得咬牙切齿，完全气得头脑发昏，完全口不择言。

乔笺听到他这样说，眼泪流得更加厉害，宋然声终于亲口承认了，那是不是意味着他根本就没有那么爱她？

“乔笺，你知道至亲死在自己面前的感受吗？就算是你对着满天的神佛祈祷，她的身体还是一点点地变凉，变得毫无生机，而你只能束手无策地看着她，只能眼睁睁地失去至亲。”宋然声红着眼睛说。

叶琬自杀前，曾经和李希文见过一面，具体谈了什么，只有她们两个知道，但如今这两个当事人都已经故去，再也无从得知。可是宋然声还记得那天叶琬回来时她的眼神，已经过去了那么多年，宋然声还是一直记得，她眼里完全是一片死寂，像是世界上所有的光都从她的眼里熄灭了。

没过多久，叶琬就自杀了。

“宋之闻不是喜欢李希文吗？他不是很看重宋立声吗？这么多年一直惦记着接回他，既然那样疼爱这个儿子，那我就要把宋之闻所珍惜的，慢慢摧毁给他看。宋立声，我会让他这辈子都不会好过。”宋然声说得咬牙切齿，他是真正恨极了一个人，才会用如此憎恶的语气。

“所以，你就故意接近我？让宋立声少了我这个助力，故意设计他喜欢上徐曼曼，然后再让我死心。为了让我和你在一起，打消我的顾虑，你又故意说要放弃恨宋立声，所有的这一切都是假的，你最初的目的只是为了让我离开宋立声。你先是用安导的戏来诱惑我，后来又故意封杀我，却发现那样的方法都没用，所以你才换了一种方法……”乔笺心如死灰地看着他，她想到了宋然声突然对她莫名其妙地强势表白，或许一开始，他根本就没有喜欢过她。

可是，他曾经在那样的情况下向她求婚，那样不管不顾，那些不可能是假的，那么这些喜欢究竟有哪些是真的，哪些是假的呢？

宋然声瞳孔一缩，似乎是被乔笺的目光所刺痛，他目光森然，冷笑了一声，说："对，这一切都是假的，都是我骗你的，所有的一切都是我布的局，而你就顺着我布的局，一步步地往这个局里面走。"

面色越来越冷，宋然声心里怒火中烧，难道他为她所做的一切她都看不到吗？难道她就看不出来他是真的爱她吗？他要对付宋立声，何时需要利用一个女人的感情？为了一个宋立声，她竟然全盘质疑他对她的感情，只要一说起宋立声，乔笺就好像失去了所有的理智，一个宋立声永远能蒙蔽她的心智。

"宋然声，我恨你，我恨死你了。"听到宋然声这番话，乔笺完全失去了理智。

墙角的装饰木架上放了一个石榴红的花瓶，里面插着色彩绚烂的干花。那些过往纷纷从眼前掠过，所有珍贵的回忆，从前缠绵的情感，都被他这几句话轻飘飘地毁掉了。实在是恨，乔笺抄起这个花瓶就往宋然声掷过去。

"啪"的一声，花瓶在宋然声的脚边摔成了碎片，细细的碎瓷片密密地溅在宋然声的裤腿上。

宋然声的脸色越来难看，他冷言冷语地说："恨我？乔笺，你又想为宋立声做什么了吗？还是说要同以前那样与我为敌？你听着，我是不会放手的，这个牢宋立声不得不坐，这已经是我对他最大的仁慈。"

宋然声根本就不懂，让乔笺崩溃的是他对她的感情，并不是因为宋立声。她已经深深地爱上了宋然声，可到头来发现这一路走来，他对她的心动、他给她的感动，竟然是掺着假的，这怎么能让她不介意呢？

“我再也不想看到你，宋然声你给我滚！”各种情绪交织在一起，这么痛，乔笺只觉得比之前知道宋立声心有所属还要难过许多许多倍。

“我是骗了你，我的确不会放过宋立声。”他确实从来没有打算放过宋立声，“那你想让我怎样做？”宋然声站在灯光下，他那双如同寒星的眼睛，此刻里面没有半点情绪，让人琢磨不透。

乔笺哑然，她这么吵、这么闹，无非是想得到一个肯定的答案，她无非是想宋然声跟她说他是真心喜欢她的，他却认为她是为了宋立声而发怒。可是真正想说的她无法说出口，因为不管宋然声说什么，她始终会质疑。

乔笺望着宋然声沉默不语，两人就这样无声地对望着，明明他们之前的距离是那样近，只要宋然声伸出手，就可以将乔笺搂进怀里，可是现在，这样近的距离，仿佛是隔了万水千山。

也不知道过了多久，宋然声忽然哂笑了一声，神情又是那样玩世不恭，说：“还是说，想劝我放手？”

“你根本就不明白，我在意的是……”乔笺哑着声音说。

“算了，乔笺，我知道你为什么这么生气。”宋然声有些自嘲，他自认为在她心目中他已经比宋立声更重要了，没有想到还是这样的结果，真让人失望。

乔笺已经不想再解释了，她突然觉得很累，他们两个在这里简直是牛头不对马嘴，她实在是太疲惫了，他根本就不知道她在乎什么。

宋然声走了。

整个房间空荡荡的，又是乔笺一个人了，乔笺从来没有觉得这样寂寞过，好像就算走在喧闹的人群，她还是会觉得孤独。

很累，乔笺疲惫地去洗了个澡，水流从上面淋下来，她的眼泪随着水流一起落下。头发还没有完全吹干，乔笺就将整个人埋进了被窝，她没有拉窗帘，睁着眼睛望着远方的天幕。

明明和他在一起的时间这么短，可是在这么短的时间里，她早就习惯了他的怀抱，习惯了他的体温，骤然失去，原来是这样难受。

乔笺就这样在黑暗中睁着眼睛，眼睛酸涩却没有流泪。时间一分一秒地过去，她仍然睡意全无。应该已经很晚了，可是她在这黑暗中就这样睁着眼睛，心里是那么难受。

突然，万籁俱静中，发出一点声响，在黑暗中听得分明，是开门的声音，很细微，可是在这安静的夜里显得格外突兀。

这是高档小区，住在这里的人都是非富即贵的，安保工作向来做得很好，现在知道她密码的人，除了自己，只有宋然声。这个密码还是他刚搬进来那会儿他强势要她改的，是将两个人生日的数字组合而成的，所以现在除了他，还会是谁？

眼睛又开始发热，乔笺侧过身子，面对着落地窗，将一半脸埋在枕头中，眼泪无声无息地没入枕头中。他脚步很轻，应该是怕吵醒她。很快，乔笺就闻到了他身上的气息，是他惯用的那款香水，味道极淡的一款男香，很好闻，要靠得极近才能闻得到。

床垫突然塌陷了一点，是宋然声手撑在了床上。刚刚宋然声出去后，其实一直没有离开小区，他坐在车上，仰着头靠在椅背上一遍一遍地听着歌，平息心中的怒火。

说到底，其实对于乔笺，宋然声一直没有足够的信心，毕竟乔笺和宋立声一起长大，又喜欢了宋立声那么多年。而他自己和乔笺在一起才不过几个月的时间，他实在是没有底气去跟他们十多年的感情相比。直到今天宋然声才明白，他以前的笃定在面对乔笺的时候还是会不堪一击。

宋然声猜想乔笺应该是睡着了，她的头发遮住了大半张脸，他伸手小心地将那些发丝别在她的耳后。她的发质很好，很是顺滑，栗色的卷发很是漂亮，衬得她皮肤越发地白，整个人显得妩媚极了。

宋然声抓起她的一缕头发，轻轻地放在唇边虔诚地亲吻了一记，她的味道令他眷恋，他眼里的万分柔情隐藏在黑暗之中。

乔笺死死地咬住被子，怕自己哭出声。明明他走的时候是怒火中烧的，他宋然声是那样强势的一个人，可是在她这儿，总是他在妥协，她还以为至少会有好几天不会再看见他，却不想他会半夜偷偷回来，只为借着床前这一地温柔的月光亲吻她的头发。

宋然声终于放开她，去浴室洗澡了。

乔笺无声无息地将眼泪落在枕头上。他回来的时候很小心地上床，身上还带着水的凉气，动作轻得不像话，他伸出手搂住她的腰，将她整个人都圈进怀里。

乔笺是演员出身，装睡自然是不在话下，宋然声好像一点都没有察觉到。有好几次，乔笺都好想扑进他怀里，可是又生生地忍住了，爱他却也怨他，这个浑蛋怎么可以欺骗她呢？

# 第十三章
## 时光深处

【1】两人冷战

第二天醒来的时候，宋然声已经走了，一点痕迹也没有留下，装作好似没有回来过的样子，乔笺望着床单发了好一会儿呆。

一连好几天，宋然声都没有再出现过。乔笺有时候看着手机发愣，心想要是宋然声打电话过来，能和她从头到尾解释一下，告诉她他是真的爱她，或许她就原谅他了。可是这些天，宋然声一直没有打电话给她。乔笺明白，他是在和她冷战。

其实宋然声也在等乔笺的电话，那个晚上，他知道她没有睡着，因为他将她抱进怀里的时候，她的身体是僵硬的。那个晚上，她一直维持着侧躺的姿势，她还在生他的气，她并不想看到他，所以第二天一大早，他就离开了。想到这里，宋然声眸色深沉，他不觉得自己做得过分，他只在这一件事情上骗了她，如果她不是那么在意宋立声，她就不会那么生气，甚至这么多天都不联系他。

两个人就这么拧着，互相不联系，实在忍不住想要给对方打电话的时候，拿着手机却始终拉不下那个脸。两个人都有自己介意的地方，可是双方都并不明白对方介意的究竟是什么。

乔笺等了许久，好不容易电话响了，乔笺急急去接，发现屏幕上显示的是“肖阳”二字。乔笺看着这个号码回想了一下，终于想起是那个报社的记者，上一次邀请她拍摄公益片的那个人。

乔笺接通电话，很有礼貌地向对方问好。

“乔小姐，是这样的，我们这次想给海岛上的孩子们拍个公益片，上次你同我们说，以后如果有公益项目可以找你，不知道你对这个项目有没有兴趣。”

是祖国最南端的小海岛，很偏远，岛上的人口数不多，岛上的大人大多去了陆地工作，或者是出海捕鱼。岛上的小学教育一般是由志愿者授课的，学生们年纪大点就会去陆地上的中学上学，可以说这个岛的教育资源非常匮乏。其实有这种情况的小岛，在中国可谓是数不胜数。

“大概是什么时候？”乔笺问肖阳。

“策划就这几天，本来想拍一个纪录片的，但是发现经费不够，想着上一次的公益片效果非常好，所以还是临时决定改拍公益片。”肖阳解释。

与其这样和宋然声心力交瘁地耗着，还不如做点有意义的事情，乔笺答应了肖阳，时间很赶，就定在后天。肖阳还特意嘱咐她：“条件可能有些艰苦，乔小姐得做好心理准备。”

挂完电话，乔笺打电话给张琳琳，问她：“你想不想去那里？”

“好啊！”张琳琳求之不得，一来她也喜欢做公益，二来乔笺这两个月来在圈子里都没有任何消息，拍完公益片回来，张琳琳还可以在乔笺允许的范围内爆料一些独家资料。

没有直达的飞机，乔笺他们先是坐飞机来到三亚机场，然后要从三亚搭渡轮到那个小岛上去。上船之前，肖阳告诉乔笺她们："小岛太偏了，岛上的信号不好，我们这一去要好几天，如果要联系家人的话可以用组里的卫星电话。"

张琳琳和乔笺咬耳朵，说："乔乔，怎么都不见你和宋少打电话呀？"

乔笺咬着唇不说话。

张琳琳一看到乔笺这个样子，就知道他们出了问题，她问得有些小心翼翼："乔乔，你和宋少怎么了？"

乔笺将视线转向蔚蓝的天幕，天气炎热，海风将她的裙子吹起，路旁椰子树上的树叶被吹得簌簌作响。她叹了一口气，说："我和宋然声在冷战。"

"那他知道你要去海岛拍公益片的事情吗？"张琳琳问。

"我没有告诉他。"

"乔乔，你还是告诉他一声吧，我觉得宋少会很担心的。"张琳琳问。

乔笺拿起手机又放下，却始终拨不出宋然声的号码，等到上了船，乔笺才握着手机坐在甲板上打开摄像头，准备拍一张自拍。

乔笺对着镜头很勉强地微笑，发现自己连微笑都很困难，于是干脆只拍了半边脸，身后是湛蓝透明的海水，真正的海天一色。

打开社交账号，乔笺将刚拍的照片发了上去，想一想，还是配了一段这样的文字："和朋友去一座偏远海岛拍公益片。"

刚发上去，评论、点赞数就噌噌地往上涨，粉丝们好不容易等到乔笺的消息，都在问她近期的情况。看着那些粉丝的留言，乔笺的心情才稍微好一点。

阳光很浓，空气中似乎还隐约掺杂着某些芳香的味道，海面上有风吹来，风携带着一些细细的水雾，吹在人的脸上很舒服。张琳琳上甲板来找乔笺，看到她又欲言又止，还是忍不住开导她："乔乔，我觉得解决问题的最好方式是沟通，而不是冷战。”

“我知道啊，我以前不是这个样子的，可是我现在变得狭隘又计较，我不知道自己怎么了，可是我就是很在乎。”乔笺眯着眼睛望着海面，努力忍住，不让眼泪掉下来。

宋然声其实第一时间就看到乔笺发的动态了，她的微博是他特别关注的，也是唯一关注。当宋然声看到乔笺这条动态的时候，首先是震惊，转而是震怒。

她竟然一言不发地去那么偏远的地方拍公益片，还是那么偏僻的小岛，连手机信号都时有时无，要是出了什么问题该怎么办？可是这么大的事情，她竟然都不告诉他，而他竟然只能从她的社交账号上知道她的行踪。

宋然声一拳打在办公桌上，忍住怒火，将那个熟记于心的号码拨了出去。

这个时候，乔笺已经在船舱吃着热带水果，张琳琳为了逗乔笺开心，绞尽脑汁地给她讲笑话。张琳琳这个人讲笑话特别厉害，而乔笺的笑点又比较低。没过一会儿，乔笺一行人就被张琳琳逗得前仰后翻，乔笺的手机响起来的时候，乔笺也没有注意看联系人，伸手就接了，声音里还带着笑意：“喂。”周围还有同伴的嬉笑声。

“乔笺。”宋然声的声音从听筒里面传来，声音不紧不慢，却无形中带着一股威压。

乔笺愣住，半晌都没有说话，周人的目光都汇集在她的身上。乔笺站起身，转身往甲板走去。

两人都没有说话，只有沉默的海风从乔笺的指尖穿过。也不知道过了多久，宋然声才在电话那头开口：“乔笺，现在马上回来。”她一个人去，他不放心。

宋然声的语气太过强硬，乔笺明明是渴望他的电话的，但是听完之后，她心里的火腾地冒上来，她愤愤地说："宋然声，你凭什么让我回去？我已经答应了别人，这是我的自由，你无权干涉。"

说完，乔笺就挂了电话，可是又后悔，刚刚说的话也是过分，乔笺不知道为什么宋然声现在可以这样轻易地撩动她心中的情绪。

船稳稳地往前开，陆地已经越来越远，慢慢地，陆地已经完全看不见，四周都是湛蓝的海水，甲板上反射着炽白的阳光。乔笺握着手机，最后还是没有给宋然声打过去，而宋然声再也没有打过来。手机信号终于一点也没有了，就像黑暗中点燃的火柴，慢慢燃尽，直到寂灭。

坐了四个小时的船，终于到了目的地。岛不是很大，海岸线却绵延着，沙滩很美，潮水退却后，留下了许多海生生物，夕阳的光跳跃在沙滩和海面上。

捕鱼的人从海上归来，港口处有人在做生意，张罗着一个又一个简易的摊位。人们忙碌着，脸上带着淳朴的笑，好似生活就是这样简单而纯粹。乔笺看着他们，心情渐渐变好。

肖阳给他们介绍岛上的情况："这个小岛还算这里比较繁荣的岛了，岛上几百号人，岛上的人大多以捕鱼为生，但是最近几年许多年轻人都去陆地生活了，有的在陆地上定居，越来越少的年轻人回来了。"

岛上的交通工具大多以摩托车为主，团队租了一辆面包车往目的地走。学校在半山上，在那里可以看到整个海滩上的景色，看着沙滩和海水时而交融，时而分离，天地广阔，人变得渺小，那些心中的烦闷似乎被涤荡得干干净净。

学校有些破旧和颓废，修建的时间已经有些长远，学校就两个老师，看到乔笺一行人来，很是高兴。两个老师都是小伙子，有些羞涩，学校的学生也不多，就几十个的样子，同老师一样，他们脸上都带着腼腆的笑意。

吃过饭，一行人围着桌子坐着，肖阳团队正在商量着明天的拍摄计划。

而乔笺和张琳琳并排坐在靠椅上，望着浩瀚的繁星。岛上的晚上很安静，没有城市里璀璨的灯火，离陆地太远，岛上的电都是由发电机供应的，电显得尤为珍贵。不过这满天繁星，更显得熠熠生辉，海风吹来，似乎可以将海面上的星光吹碎。

肖阳身上带的卫星电话突然响了，肖阳起身去接，过了一会儿，就朝乔笺那里走了过去，对张琳琳说："张小姐，有人找你。"

张琳琳惊讶极了，向肖阳确认道："找我？"

"是的。"肖阳答复，于是张琳琳跟肖阳走了出去。

没有张琳琳在，耳边安静了下去，乔笺又想起了宋然声，她现在在这样寂静的岛上，不知道宋然声此刻在哪里。现在的他们相隔千里，他们心的距离也相隔千里，她还是无法不介意和释怀，而宋然声却还以为她是在在意宋立声。

没过一会儿，张琳琳就回来了，神色有些许奇怪，乔笺问她："怎么了？"

张琳琳看着乔笺，突然握住她的手，说："没什么，就是突然压力有点大。"乔笺又问她具体原因，她却回答得支支吾吾、语焉不详，乔笺也不再问。

乔笺很喜欢这座小岛，也很喜欢这里的学生，拍摄的过程很愉快也很顺利。学生里还有其他更小的岛屿过来上学的，平时都是住在学校，只有周末父母才会来接他们回家。这天放学后，乔笺和张琳琳就带着学生在学校的草坪上玩耍。

正是夕阳最好的时候，阳光似乎要将海水染成橙黄色，丝丝流云点缀在海面之上，海天交界处，鎏金似的太阳正一点点地往下落，绚烂得不能直视，天幕却是湛蓝纯净得如同琉璃。

天空之中隐隐有螺旋桨的声音传来，越来越近，蹲在地上的学生纷纷仰头去望。一个年岁不大的学生兴奋地站起来，拍着手指着天空某处大声欢呼：“是飞机！”

乔笺仰头去望，只见那架直升机，似是踏着光而来，不高不低地飞着，机身被光染成橙黄色。感觉飞机在学校上空悬停了一会儿才飞过去，学生们欢呼得更厉害，乔笺眯着眼睛去望。

“怎么岛上有直升机过来，是旅游公司准备发展这个小岛了吗？”乔笺自言自语。

“也有可能是霸道总裁来寻找他丢失的小娇妻。”张琳琳突然接了这样一句话。

乔笺“嗤”地笑出声，她推了张琳琳一把，笑着说：“少看些霸道总裁小说。”

张琳琳叹了一口气，说：“说不定真是呢？”只不过那个霸道总裁就是不露脸，在跟她的小娇妻赌气。

其实从上面俯瞰，根本分不清哪一个是乔笺，所有人都是那么渺小，可是宋然声知道她肯定正仰着头望着飞机，但她肯定不会知道他也在看她。宋然声始终是不放心她，虽然生气，可是生气也无法克制他的担心，所以干脆来找她。

知道宋然声过来的人，只有张琳琳和肖阳，而他们两个被宋然声要求完全保密，所以乔笺对宋然声来岛上的消息一无所知。

宋然声也不打算在乔笺面前露脸，总是远远地看着她拍摄，然后悄然离去。她尽情投入拍摄，好像和他冷战，对她一点影响也没有，想到这里，宋然声又十分烦躁。

乔笺喜欢在黄昏的时候去沙滩上走一走，宋然声总是远远地跟在她身后，注视着她。宋然声不知道乔笺有没有在想他，可是他如此想念她，明明这么近的距离，可是就像横亘着万水千山，而他们都没有勇气往前一步。

公益片拍得很顺利，比预计杀青的时间还早了许多，拍摄完，团队就要离开这个小岛。乔笺有些不舍，虽然在岛上没有待几天，但是她是真的很喜欢小岛上的人和事。

可是再怎么不舍，还是回到了那座城市。乔笺的心情又开始沉重起来，回去的话，乔笺又不得不面对宋然声，家里已经打过电话，问她什么时候带宋然声回去。明明早就约好时间的，可是事出有因，一次又一次推迟，乔笺只好撒谎说宋然声最近很忙，实在是抽不出时间，总不能和父母实话实说，说他们吵架了。

乔笺开车去了一趟云山，自从上一次知道宋然声有哮喘及对猫过敏之后，她就把猫养在云山，让管家请了专人将声声养在宠物室。

也不知道这一次和宋然声要吵多久，算算时间，他们还是一个星期之前通过话，那通电话又使两人不欢而散。要是他们之间一直这样下去，那又该怎么办？会不会就此分手？

想到这里，乔笺心一酸，抱住胖了许多的声声。那只胖猫认出了乔笺，窝在乔笺的怀里撒娇。乔笺的眼泪终于忍不住掉了下来，埋头亲了亲它的耳朵，轻声地说："声声，我好想你啊。"

乔笺把声声带离了云山，把它重新接回了自己的公寓。

晚上的时候，接到了宋之闻的电话，是他私人助理打过来的，宋之闻想明天见乔笺一面，宋之闻的情况实在是不容乐观，乔笺答应了。

## 【2】尘封的往事

宋之闻仍然在住院，乔笺去的时候，宋之闻靠坐在病床上看着外面的风景，他的气色很差，脸色是灰败的，像是透着青，精神也有些萎靡。见到乔笺来，宋之闻才将视线转过来。

"然声应该很恨我吧。"宋之闻突然开口，又叹了一口气，"我知道我的时间不多了，叶琬也故去了那么多年，很多事情，或许都要以为自己是真的忘记了。"

那些尘封的过往，又被人轻轻地拆开，两段交错的爱恋，四个人的悲欢离合。

宋之闻遇见李希文是在大一，正是年少春衫薄的大好年华，是高考恢复的头几年，一切都是欣欣向荣的景象，那个时候的大学生是真正的精英翘楚。

宋之闻和李希文是同班同学，又同是诗社成员，李希文向他表达好感，情窦初开的年纪，喜欢是青涩的，于是两人就自然而然地走到了一起。

那个时候，宋之闻会踩着自行车载着李希文，穿过种满梧桐树的街道，看着梧桐树叶由青绿一点点地染黄。梧桐叶落满整个街道的时候，他就捡几片最好的叶子夹在笔记本里，用钢笔写上几首诗，再送给李希文。

年复一年，时光轻轻巧巧地从他们身边溜过。如果不是在那一年宋之闻家里突发变故，宋之闻想，或许他就娶了李希文，后面的恩怨情仇一概不会发生。

那个年代，国门刚开，宋之闻的父亲是最早南下的那一批，那是最好做生意的时候，只可惜他父亲时运不济，被人欺骗，竟然亏了一大笔款子。他的父亲向熟人借了一笔又一笔钱，最后还是无能为力，没有办法将亏损扭转过来。

宋之闻的父亲因为无力偿还债务，最后竟然走上绝路，给独子宋之闻留下这样一个烂摊子。宋家以前曾是钟鸣鼎食之家的大家族，名望犹存至今，却没有想到竟然落到这样的地步。

宋之闻不得不休学南下，那么大的一个工厂还在那里，里面还有价值不菲的机器，还有工人的工资没有结清。那个时候他向一个世交伯伯又借了一笔钱，好不容易招募了一批工人重新开工，大大小小的事情让宋之闻忙得焦头烂额。而李希文的信，便是这黑暗浑浊的世界里他唯一的一抹温柔月光，李希文的信写得很勤，事无巨细，看得人心里发暖。

宋之闻以为一切都会好的时候，命运又跟他开了一个玩笑。那个时候，他实在是太过稚嫩，轻信了他人，他的工厂并没有盈利，反而有些亏损，这严重地打击着宋之闻的信心。

遇见叶琬是宋之闻最落魄的时候，宋之闻手上握着给李希文的信，走到街道上距离他最近的绿色邮筒前，迟迟不将手中的信投入。

天色阴沉，云层低垂，黛青色的山峦上有薄薄的山雾，而山的脊背就像是被勾勒出来的水墨线条，南方的阴雨天气里，一切都是雾蒙蒙的。天开始绵绵地下起了雨，一颗颗雨滴将宋之闻的衣服沾湿，后来雨渐渐下得大了起来，雨水冲刷在地上还溅起一层水雾。宋之闻就一直站在那里，手上握着的信也被雨水浸湿，信封上用黑色钢笔写的字，一点一点地晕开，直到模糊不清。

一辆桑塔纳在不远处停下，叶琬隔着挡风玻璃望着宋之闻，少年的脊背微弯，夏日衣衫单薄，勾勒出好看的背脊线条。只看着背影，她就觉得那个人如此寂寞。早些年的时候，她也曾这样站在邮筒前，拿着信犹豫不决，可是后来再也没有人让她继续站在邮筒前，她也终于对安礼死心。叶琬联想到曾经的自己，有些可怜他，便让司机师傅将伞送给他。

叶琬刚好是过来堂姐这边旅游的，没有想到这样一遇，就遇到了此生的劫。司机开车经过宋之闻的时候，她忍不住降下车窗去看雨中的他，正好对上他投过来的视线，他额前的发垂了下来，那双眼睛却好看得惊心动魄，隔着雨幕，两人视线相撞。

后来宋之闻因为资金问题想要找银行贷款，数额比较大，可是这笔款子怎么都批不下来，需要找相关的人帮忙才行。宋之闻好不容易找到一个中间人，中间人同意帮他引见，可是所求的那个人连见宋之闻一面都不肯。 从那人的洋房走出，宋之闻无意中看见花园里的叶琬，她正在跟她年纪相仿的女孩说着什么，脸上笑容洋溢，很是开心。

那一段时间，宋之闻快要被这件事情逼疯了，他也曾是书生意气的热血青年，宋父还在的时候，他也是被人捧在掌心的，可是现在他求尽了人，看尽了各种脸色，卑躬屈膝得不能再卑躬屈膝，做尽以前最不屑的事情，可是即使这样，还是不能做成任何事情。

所以，当第三次见到叶琬的时候，宋之闻决定把握机会。

至今宋之闻还记得叶琬穿的是一条红色的裙子，香港货，乌黑的头发烫成蜿蜒的大卷，在暗淡的人群中，就像是玫瑰的花瓣划开这暗淡的人间。

叶琬在江边写生，站在画板前认真地作画，她的皮肤很白，莹润而通透。作画的时候，她神情很是认真。等到叶琬将画作拿在手里端详的时候，她一个不察，手中的画纸被江风吹走。

那张薄薄的画纸悠悠地飞起，像一只蝶。叶琬踮起脚去捞飘在空中的画纸，可是风将画纸吹得更高更远，直到有一只手轻而易举地将画纸抓住。

叶琬一愣，视线顺着那只手往下，正对上一双含笑的眼睛，是真正的朗眉星目，眼睛漆黑若寒星，她只觉得有些眼熟，却怎么也想不起这个人是谁。

“叶小姐。”宋之闻开口，南方夏季的早晨热得发闷，江风吹过，空气中隐隐有青草的香味。

叶琬疑惑：“我们认识？”

“那天多谢叶小姐给我送了一把伞。”宋之闻含笑回答。叶琬这才恍然大悟，原来是他，那天站在邮筒前面的那个人。

叶琬当时是趁着暑假来堂姐这边玩，学校开学她就得离开，宋之闻知道这个消息后，决定把握好机会。他知道自己很是卑鄙无耻，他竟然想利用一个女孩的感情，可是他一点办法也没有了。那几个月，他是看尽了别人的脸色，尝尽了人情的冷暖，也知道了现实的残酷，更学到了生意场上的规则。

宋之闻明白要想在商场打拼，用君子的手段是行不通的，更何况他现在是这样的处境，他必须成功，父亲的债务他必须还清，就算是卑鄙，他也必须去做，生活已经把他逼上了绝境，他只有这个选择。

刚开始宋之闻以感谢为由，请叶琬吃茶，后来宋之闻有目的地经常去偶遇叶琬，就这样，他们两个熟悉起来。

当宋之闻知道她想去对岸香港的时候，吃了一惊。叶琬十分憧憬地望着对岸："我想去看看那边是什么样子，我看碟片的时候就在想怎么会有这么绚烂的地方，楼高得似乎看不到头，晚上的时候街灯亮起，将大厦映得恍若琉璃……"只可惜叶家对她管得很严，而八十年代去香港也并不是一件易事。

但是叶琬没有想到她会有梦想实现的那一天，她真的到了对岸，见识到了电视屏幕里面才有的灯红酒绿。

那天，宋之闻神神秘秘地告诉她，他可以带她过去待几天。叶琬激动得心都快跳了出来，她渴望去看一看。她向来胆子大，骗了堂姐，说要去隔壁市的同学家玩几天。堂姐送她去火车站，等堂姐前脚一走，她后脚就从火车上跳了下来。

提着行李箱，逆着人群往出口走，站台上站了许多人，跟车上的人依依惜别。叶琬的箱子很沉，她双手吃力地提着，埋着头从人潮中挤出去。她往出站口走，没走几步，前面有人挡住了她，她往左，他也往左；她往右，他也往右。

叶琬这才抬起头来，竟然是宋之闻，她惊喜地说："宋之闻，你怎么在这里？"

宋之闻接过她手中的箱子，笑着说："我担心你。"

当天晚上，他们就跟宋之闻提前联系好的蛇头上了船。那晚天是黑黢黢的，正是夜深人静的时候，天上一颗星星 4 也没有，只听见不远处虫的鸣叫声。

叶琬既紧张又兴奋，坐在船上心怦怦地跳，一直忍不住和宋之闻说话，而宋之闻安静地听着，嘴角含笑。除了他们，船上还有其他人，有的是过去投奔亲戚，有的是为了生计。他们两个倒好，花了大价钱，只为看一眼香港。

等到了香港，终于见到了电视里才能够看见的场景，叶琬激动得有些手足无措，拉着宋之闻在街道上乱跑。那个时候，香港才取消抵垒政策没几年，正是查得最严的时候，香港执法人员时常在街道上盘查，查身份证，一旦查到就要遣返回大陆。

那时候的香港是真的繁华，高楼挨着高楼，马路上的汽车几乎要将路堵得水泄不通，还有公子哥开着跑车载着衣香鬓影的女郎。那个时候怡和大厦还是亚洲最高建筑，汇丰银行还没有建成。叶琬站在怡和大厦下面孩子气地数着楼层，而宋之闻看着这一切却是心潮彭拜，他想，有一天他也要站在最高的楼层之上，俯瞰半城繁华。

叶琬胆子是真的大，大摇大摆地走在街道上。他们两个举止坦然，衣着摩登，倒是很少有人生疑。不过那一次是真的险，在街道上迎面就撞到了香港执法人员，这次他们盘查得严，宋之闻见势不对，拉着叶琬偷偷往旁边的小巷子里跑。

可是执法人员眼尖，看见了他们，一看到他们要跑，马上吹响哨子。宋之闻拉着叶琬就跑，一路上宋之闻撞到了许多人，执法人员在后面紧追不舍。

叶琬跑得气喘吁吁，要不是宋之闻拉着她，她早就不行了。小巷子连着另外的小巷子，开始有岔路，有的墙角堆了一些杂物，急中生智，宋之闻就拉着叶琬藏身于在一堆杂物之中。

空间逼仄，是由废弃的沙发所形成的角落，上面还有破布遮挡着，隐隐从上面露出的天光落在宋之闻的眉上。叶琬整个人都趴在宋之闻的怀里，她的耳朵贴着他的胸膛，他的心跳得极快，沉稳有力。

外面传来嘈杂的脚步声，叶琬更加紧张，双手紧紧地揪住宋之闻的衣服，宋之闻轻轻地拍了拍她的背。叶琬抬头，正好对上宋之闻的眼睛，他的眼睛是真的好看，眼睛有些长，双眼皮的褶皱很深，眼珠极黑，眸子像是光也照不进的深海。

在叶琬故去之后，这一幕幕总是反复出现在宋之闻的梦里，他记得旁枝末节的一切。时间越久，他反而记得越清楚，她睁着大大的眼望着他，有些紧张，唇也抿着，她乱掉的头发有几根触到了他的下巴，很痒。

后来的一切就在宋之闻的意料之中，叶琬在堂姐家里看到宋之闻时大吃一惊，在得知宋之闻是有求于堂姐夫之后，于是顺手帮了他一把。

叶琬只跟姐夫轻描淡写地说了一句："他是我朋友。"困扰宋之闻很久的难题，就这样迎刃而解。

后来宋之闻在商海沉浮，一副心肠再也分不清黑白的时候，曾经利用一个女孩的愧疚早就消散得干干净净。再次遇见她，宋之闻就开始热烈地追求她，即使叶琬当时完全不是他喜欢的类型，甚至他很讨厌她，她太幼稚、太爱冒险，信奉一点也不切实际的浪漫主义，可是这有什么关系呢？她可以为他带来最大化的利益。

至于李希文，他是喜欢她的，甚至舍不得放手，最后她也不得不委曲求全，没名没分地跟着他。刚开始结婚那会儿，他总是以忙为借口冷落叶琬，经常不回家，其实是去了李希文那里。

可是最后，宋之闻喜欢上了叶琬，他爱上了那个他最初讨厌的人。

【3】两人将关系打成了一个死结

"我竟然喜欢上了她。"宋之闻眼里竟然有泪光，他对她所做的一切都是假的，从一开始就是，半点真心也无。如果他一直对她没有感情，那么他对她的伤害完全可以忽视，可是偏偏他喜欢上了她，他感受到了叶琬的痛与恨。

乔笺听完这一段故事，终于明白了宋然声对宋之闻的恨。乔笺看着宋之闻，说："恕我直言，我理解不了你的喜欢，如果你真的喜欢她，就不会让她怀孕的同时，还搞大了另一个女人的肚子。"

宋之闻的脸色突然变得很难看，他沉默了许久才说："那是因为我被设计了。"李希文在他身边那么多年，可是到头来他喜欢上了别人，他想让她离开，她怎么会甘心，于是设计了他，还成功怀孕了。他也是过了一年之后才知道李希文生下了宋立声，宋立声是他的儿子，他不得不负责，可是他能做的也只是给他们钱。

可是到最后，叶琬还是知道了一切。

所以，在叶琬故去之后，宋之闻连宋立声都恨上了，那些年一直对他们母子不闻不问。

乔笺听后只觉得唏嘘，宋之闻一点也不值得人同情，说到底，叶琬也好，李希文也好，她们都可怜，可是她们的悲剧都是宋之闻造成的，她们其实都不曾得到这个男人的真心。

"我知道所有的一切都是我活该，我对不起李希文，更对不起叶琬，可当时的我真的别无办法。所有的一切都是我造成的，然声恨我，立声其实也恨我。我是一个成功的商人，可是在感情上我从头到尾就是一个失败者。在生命的最后一程，我只是想赎罪。乔笺，我想请你帮我一个忙。"宋之闻终于悔悟。

乔笺叹了一口气，心情很是复杂，回答他："我不知道我可以做些什么。"

"我立了一份遗嘱，除了捐赠，我名下的财产全部给他们两个，立声有了这笔钱可以走出困境，而然声，我知道他根本不会在意这些。除此之外，我把宋家的宅子给他。那是叶琬生活过的地方，这个他不会拒绝的。另外，我想请你帮我劝劝然声，让然声放手吧，放过立声，这一切的始作俑者是我，而我在叶琬故去之后，再也不曾真正开心过。"他报复性地将所有的精力投入到工作当中，一宿一宿地待在办公室里，凌晨看着太阳一点一点地升起。最难熬的时候，他其实连睡都不敢睡，因为他总是会梦到叶琬，那还是在香港的时候，在那一方狭窄的空间，叶琬躲在他怀里，清澈的眼睛望着他，光线中有尘埃起伏。

而每梦到她一次，宋之闻就会痛不欲生，后来他是怎样对她的？欺骗她的感情，让她一点一点地入套，她那样倾心地爱慕他，可是他冷眼注视她对自己的感情，她根本不知道他不爱她。

“他们都以为我只是有心脏病，其实我已经是癌症晚期了，我没让他们知道。”宋之闻望向她，“让然声放下恨吧，就此罢手。我知道他一直没有放下过去，他这样其实很累，我希望然声能够过得快乐一些。”这是他最后的心愿。

是啊，宋然声之所以这样对付宋立声，是因为宋然声根本就没有放下过去，那个亲眼看着亲人离世的孩童一直活在他心里，就算他真的达到了自己的目的，那个心结也不会解开。

一下子说了那么多话，宋之闻有些体力不支，好像是真的倦极了，他慢慢地阖上了眼睛，睡着了。

乔笺从病房里退了出去，心情略微复杂，没有想到宋之闻已经是癌症晚期。

乔笺坐在车里，握着手机，可是那个号码始终没有办法打出去，犹豫了许久，她还是鼓足勇气拨出他的号码，毕竟好不容易才有这样一个打给他的借口。

很快，电话接通，可是两个人都没有说话，都是对着电话沉默，还是乔笺先开口：“宋然声，你有没有时间？我想和你见一面。”

宋然声站在办公室的落地窗前望着江面，眉头微微地皱起，可是心里是雀跃的，她终于肯给他打电话了，终于要和他见面了。他明明是高兴的，可是语气是不咸不淡的：“待会儿我要开会，现在我有时间，你可以来公司来找我。”

乔笺轻轻地应了声，她其实是以此为借口想见见他。

来到宋然声的办公室，乔笺贪婪地望着宋然声的眉眼，她如此思念他，她那里还留有他的衬衫，想到发疯的时候穿着他的衬衫，猛嗅衬衫的味道，试图在上面找到他的一丝气息。

宋然声坐在办公椅上，办公桌前摆满了文件，他的双手放在打开的文件上面，眼睛望着乔笺，努力地抑制心中想要将她拥入怀里的想法："你来找我是因为什么事？"

乔笺听到他这样说，神情有些黯然，他似乎还在生气，连语气都那样疏远。乔笺竭力稳住自己的情绪："我今天去了医院，宋伯伯的情况很不好，他希望你能放下过去。"

那是上一代人的爱恨情仇，当事人都接二连三地故去，过去的事情也只能烟消云散了，宋然声再怎么痛恨其实都是无济于事。宋然声和宋立声都是受害者，宋然声没必要再将怒气迁怒到宋立声身上，这样做毫无意义。平心而论，宋立声也很可怜很无辜，更何况宋之闻最后的愿望就是宋然声能够真正地放下恨，不要再活在过去。

听到乔笺这么说，宋然声冷笑了一声："所以乔笺，你今天故意跑过来，就是为了同我说让我放过宋立声？"他还以为她是特意来找他的。

"宋然声，放下过去不好吗？"乔笺觉得心很累，搞不明白为什么他的关注点永远是宋立声，她接着说，"这是宋伯伯最后的愿望。"

宋然声闭上眼，哼笑了一声，原来她只是为了宋立声和宋之闻来找他。

"他剩余的时间不多了，不然他是不会跟我说的。他还跟我说了许多以前的事情，他很后悔自己那样做，他觉得他对不起你妈妈，他其实当时已经爱上你妈妈了。"乔笺斟酌着说。

宋然声轻笑了一声，仿佛是听到了一个笑话。宋之闻怎么可能会时间不多了？他身体除了心脏动过手术，一直还不错，宋然声一点也不相信这套说辞："他竟然说他爱上了我妈妈，他做了那么多对不起她的事，最后竟然这样说。”

乔笺还想说什么，可是宋然声又继续说：“他不配，别玷污了爱这个字。他不就是觉得自己已经没有办法再保护宋立声了，所以故意那样说，让你来劝服我？他以为他这样说，我就会放过他最疼爱的儿子？别做梦了。”宋然声望着她，眼神犀利，“而你乔笺，别当说客。”

乔笺这才知道这是一个死结，他根本就不相信宋之闻的任何话，甚至会迁怒于她。宋然声一直觉得她站在宋立声那边，可是她现在只是希望他能放下过去。他已经让宋立声在圈子里身败名裂了，真的没必要再继续下去了。

之所以会这样做，只不过是因为宋然声对过去耿耿于怀，不愿意从过去的阴影中走出来，他这样下去，不见得会真正地快乐。

落地窗外天幕的乌云低垂翻涌，空中已经有了隐隐的雷声，夏季的天气多变，是雷阵雨。天色极暗，似是暮色，办公室昏暗，借着那昏暗的光，乔笺就这样望着他。

天空很快下起了暴雨，很大的雨滴，跟银珠子似的密密地打在玻璃上，发出“啪啪”的声响。风不知从哪个方向而来，席卷着宋然声办公桌上的文件，将那些薄薄的纸张吹得乱翻页，还有一沓文件被吹得飞起，纸张纷纷扬扬地从空中散落。

宋然声同样地望着她，沉声道：“乔笺，除了这个，你就没有其他话跟我说了吗？”

当然有，乔笺有好多话想要和他说，却不知从何说起，原来越爱一个人，她越没有安全感。在分开的时间里，乔笺以前心中那个肯定的答案越发模糊。她胡思乱想得越多，就越发质疑他是否是真心地爱她。她需要一个肯定的答案，来支撑她，否则她就越会陷入自我折磨的圈子当中。

乔笺问得直白：“宋然声，你当初接近我真的只是因为喜欢我吗？”还是说宋然声更想让宋立声这样孤立无援，才在精神上击溃宋立声？

宋然声突然很想抽支烟，虽然他因为哮喘的缘故从来没有抽过，可是此时此刻他很想抽一支。宋然声起身，也不看她，来到落地窗前，一言不发地望着窗外的风景。夏天的雨来得快，去得也快，没过一会儿就云收雨停，天色渐渐亮了起来，阳光从阴沉的云层中照出，巨大的光柱连接天与地，从挨着的高楼之间穿越。

都说高处不胜寒，原来这万人之上的高楼是如此孤寂。

“乔笺，你希望我怎么回答？”宋然声反问她，为什么他的真心被一次又一次地质疑？为什么她会以为这是他的算计？他只是在这一件事情上骗了她，可是她全盘将他否决。有时候他也会想乔笺是不是又想回到宋立声的旁边，所以才故意这样问，好心安理得地离开他。

听到宋然声这个回答，乔笺心里咯噔了一下：“你这是什么意思？”

“我在想我如何回答才会使你满意，或者说，你想要哪个答案，你倒不如直接告诉我，我怕我答错，不符合你的心意。”宋然声说。

又一次不欢而散，乔笺始终没有得到自己想要的答案。

回到家，声声正趴在地板上睡觉，听到声响，它懒洋洋地睁开眼睛，看到是乔笺，它轻轻地摇晃着尾巴。

乔笺将声声抱在怀里，它乖巧地舔了舔乔笺的手背。在怀里抱了好一会儿，乔笺去拿鱼干喂它，有了心爱的小鱼干，声声一边吃一边眯着眼睛。

“声声，你还记得上次被你害得进医院的男主人吗？你以前那样喜欢他，现在想不想他？”乔笺去摸它的背，“我和他吵架了，我们之间有一个结，可是我们将这个结越系越死。”

声声轻柔地“喵”了一声，似是给她以安抚。

乔笺又将它抱在怀里，叹了一口气，说：“我真的好想他，可是我们这段时间越走越远，我也不知道该怎么办。”

两人的关系越来越僵化，冷战的时间如此漫长，一分一秒都特别难熬，真正地度日如年，乔笺实在没有办法就将张琳琳喊过来喝酒。

“好久都没有喝醉了，想不到上一次喝醉还是和于云清，借酒发疯，没想到惹上了宋然声，才有后面那一系列的故事。”乔笺轻轻摇晃着杯中的液体，对着张琳琳说，“今晚你要陪我喝醉，不醉不归。”

张琳琳举起杯子和乔笺碰杯，张琳琳在乔笺这里也不拐弯抹角，直接说：“我怎么觉得你在处理宋然声这件事上特别拧巴啊？为什么要把这件事搞得这么复杂？你们都是准备要结婚了的人，开诚布公地谈一谈不好吗？”

“其实我知道问题出在哪里，我是在宋立声那里留下了阴影，他有女朋友，我竟然是最后一个知道的。那件事的失败，其实导致我现在在感情里特别怕输，我怕在宋然声这里，他也是骗我的，即使我感受得到他爱我，可是我还是忍不住怀疑他的真心。”乔笺苦笑了一声，“而宋然声知道我喜欢宋立声那么多年，他会觉得我现在做的一切都是为了宋立声。”

张琳琳撇了撇嘴，说：“我不知道宋少当初的动机究竟纯不纯，但是你质疑他爱不爱你实在是有些不应该，连我都知道他特别爱你，爱到骨子里了。”张琳琳将上一次宋然声跟着她去海岛的事情说给她听。

乔笺错愕，没有想到那架直升机上坐的竟然是他，那天他们两个吵得那么凶，她那样不留情面，可是宋然声即使再生气，他第一担心的还是她。他竟然在岛上陪了她那么多天，可是她一点都不知道。

宋然声向来是这样的，有好多次，她都将他气得不轻，他即使再盛怒，也会压抑着怒气，来顾全她的感受。乔笺突然想到了一句话——眼睛为你下雨，心却在为你撑伞，宋然声就是那样的一个人。每个人都有自己的脾气，如果有一天有人真的愿意为了那个人磨平自己的脾气，那他一定是爱惨了那个人。

还有上次他的求婚，在未知的情况下，宋然声偏偏在那个时候向她求婚，那样不管不顾。如果那都不是爱，那这世间究竟还有什么算是爱呢？

“既然，你清楚宋少是爱你的，那么一开始的动机真的重要吗？既然结果已经是相爱，为什么一定要斤斤计较一开始的方式？人生难得糊涂，世界上很多事情根本没法弄得清清楚楚。”张琳琳劝她。

张琳琳的这一番话简直是一言惊醒梦中人，是啊，就算宋然声一开始动机不纯又怎样呢？她已经爱上他了不是吗？难道真的因为这样，她就能狠心和他分手吗？很明显，她做不到，她顶多和宋然声大吵一架，只要宋然声道歉认错，她还是会原谅他，因为她爱宋然声，即使还是会意难平。

“其实宋少在岛上的时候哮喘发作过一次，有点严重，因为坐直升机的缘故。那一次我和肖阳都差点没有忍住，想要告诉你，可是被宋少阻止了，他不想让你担心。”

上一次他哮喘发作的场景还历历在目，乔笺想起来还有些后怕，明明有那么严重的哮喘，还对猫过敏，可是他因为她喜欢就纵容她养猫，而这一次，竟然又因为她，他的哮喘再次发作。

乔笺没有想到竟然还有这么一出，她听着心里有些难受，有些自责：“可是我今天还问他是否爱我。”宋然声听到她质疑他是否爱她，他快要被她气死了吧，他那样爱她，可是她还质疑他爱不爱他，乔笺现在有些后悔。

“去找他吧。”张琳琳说。

“我还是不想。”今天吵了那一架，说实话，现在两个人都没有心情。

“都说酒壮人胆，来，多喝点，喝得半醉，那个时候或许你就想了。”张琳琳将新开的一瓶酒递给她。

乔笺接过，这个时候她确实需要酒精来麻痹一下自己的神经，乔笺仰着头将那一瓶酒灌下。这个时候，她甚至讨厌自己的酒量还不错，要是一杯就醉就好了，或许她就有勇气给宋然声打电话了。

喝得半醉的时候，乔笺的意识却还是很清醒。张琳琳继续怂恿着乔笺打宋然声的电话，乔笺头脑一热，拿出手机，本来电话已经拨出去了，可是她又退却了，在接通之前赶紧挂掉。

“我还是不想啊，我不知道该说什么。”乔笺自暴自弃道。

张琳琳的酒量没有乔笺好，这个时候，张琳琳已经喝醉，她高举着酒杯嚷道：“那就继续喝。”

于是乔笺又自暴自弃地喝酒，她什么都不去想了，一醉解千愁最好。

# 第十四章
## 曾照故人归

【1】乔笺，我们分手吧

第二天醒来时，乔笺只觉得头痛欲裂，这是宿醉的后果。昨晚喝醉之后，她和张琳琳都躺在沙发上呼呼大睡，完全醉得不省人事。张琳琳睡在另一张沙发上，还没有醒过来。

地面上是横七竖八的酒瓶，外面的阳光正好，窗帘半掩着，阳光穿过落地窗在地板上留下光影。乔笺揉了揉眉心，实在是不舒服，身上都是酒味，乔笺嫌弃地闻了闻自己。

洗了一个澡，那种头重脚轻的感觉好了一些，乔笺走出浴室的时候，张琳琳也醒了，坐在沙发上睡眼蒙眬地望着乔笺。

缓了一会儿，张琳琳的意识才开始回笼，她的注意点似乎还在昨天那个话题上面，她的酒量没有乔笺好，她先醉过去的。张琳琳揉了揉太阳穴，问乔笺："昨天晚上，你有没有打电话给宋少啊？"

乔笺擦头发的手一顿，稍稍回想了一下昨晚的情形："七分醉的时候，我是想给宋然声打电话的，可是我还是不知道该说什么好，我想着再喝一点，结果后面就醉得不省人事了。"

"那怎么办？"张琳琳问她。

乔笺没有再说话，其实她是不情愿先向宋然声低头的，因为宋然声确实做得不对，毕竟他先骗了她。

这时，声声"喵"了一声，弓着身子去蹭乔笺的脚踝。乔笺弯下腰，将声声抱在怀里。声声最近到了脱毛期，一摸就掉一手的毛，乔笺倒也不嫌弃，抱着声声坐在沙发上，将下巴搁在声声的小脑袋上。那只猫反过头来舔乔笺的脸，乔笺没有来得及避开，被猫亲了一个正着。

乔笺将猫轻轻拍开，这才回答张琳琳的问题："我不知道。"

张琳琳刚想说什么，乔笺的手机响了，是宋之闻的助理打来的。

"乔小姐，宋董的情况现在非常不好，各项指标都非常差，他之前一直拒绝化疗，医生说癌细胞早就已经扩散到了全身，昨天还吐了血，又昏迷了许久，今天的情况更加严重。"助理顿了一下，才继续说，"医生让我通知家属，宋董这种情况可能随时都会走。"

乔笺挂完电话，急急忙忙地换了衣服，又火急火燎地将车往医院开。等到她到医院，发现病房里只有宋之闻的助理和律师，还有宋立声站在床头。宋之闻倒是没有昏迷，只是半睁着眼睛，眼睛里没有半点光，十分浑浊。

宋之闻的身体微微地蜷了起来，是骨癌，全身的骨头一寸寸地痛，是真正的痛入骨髓。上一次见宋之闻是一个星期前，可是宋之闻在这短短的一个星期里瘦得不像样，似乎只剩下了一把骨头，头发全部花白了，整个人显得可怜而苍老。

"通知然声了没有？"乔笺问助理。

"宋先生一会儿就到。"助理回答她。

乔笺跟宋之闻打招呼，宋之闻已经没有了说话的力气，只是微微地转过眼珠，他的额头上有细密的汗，应该是因为疼。他的眼睛一直望着门口那里，他是在等宋然声。

宋然声来的时候，医生正在喂宋之闻吃药，是止疼药。宋然声第一眼就看到宋之闻病床旁站着宋立声和乔笺，他们并肩站在一起，仿佛如同以前的很多次，乔笺都会默默站在宋立声的身侧。原来当他与宋立声站在对立面的时候，乔笺还是会选择宋立声，宋然声怅然地想。

像是有感应一样，乔笺忽然转过头，正好对上了宋然声的视线，他脸上没有什么表情，眉却微微皱着。

乔笺脱口而出："然声。"

乔笺想走过去，可是她来之前，一直抱着那只猫，身上肯定沾了猫毛，宋然声对猫那么过敏，更何况自从上次哮喘发作之后，宋然声好像更加容易哮喘发作了，而哮喘发作时那样难受，乔笺顾忌着这些，不敢跟他挨得太近，依旧站在原地，与他相隔着距离。

宋然声移开了目光，不想再看到她和宋立声并肩而立的场面。

医生和护士们退了出去。宋之闻眼睛望向宋然声，他神情好像有些激动，双唇嗫嚅着，可是半点声音也发不出，只能那样望着宋然声，眼神很是复杂，眼角已经有了些许湿意。

而宋然声只是淡漠地和宋之闻对视。之前乔笺和宋然声说这件事的时候，他根本不相信，现在亲眼看到宋之闻这个样子，宋然声这才知道原来竟然是真的。宋然声那样恨宋之闻，可是他仅仅只有那么一点时间了。

宋之闻的助理这个时候开口："宋董先前已经立下了遗嘱，遗嘱已经交给了律师，宋董已经授意，让张律师宣读遗嘱。"

张律师点了点头，从文件袋中取出遗嘱，将上面的内容一一念出。宋然声从头到尾都没有表情变化，他的脸色一直很冷漠，而乔笺一直望着宋然声。

宋之闻将百分之三十的财产给了宋立声，其余的全部给了宋然声，包括基金、房产、收藏等。

宣读完遗嘱，宋立声心有不甘，这么多年来，他一直很听宋之闻的话，在宋家委曲求全，可是没有想到宋之闻还是这样偏心，凭什么？他也是宋之闻的儿子，难道宋之闻对他和他母亲的愧疚只有这么一些吗？

再不心甘，宋立声面上却是不显，眼里还有点点泪光。宋立声哽咽着说："可是爸，你知道吗？我更想要的是你真正地认可我，将我真正地当你的儿子。我知道这些年，你将我接回宋家只是因为你对我们愧疚。"他是想利用宋之闻的愧疚来获得更多的利益，这份遗嘱在宋之闻去世之前还是可以改的。

宋之闻微微避开了宋立声的视线，或许是因为愧疚。他的这一生，纵横商场几十年，留下了一个个商业传奇，拥有无尽的财富和崇高的地位。外人永远只会看到他这一生的璀璨与辉煌，却没有人知道在他这一辈子最灰暗的时候，曾经有两个女人陪他走过，最后他却深深地辜负了她们。

他有这么多的财富，却再也换不回他最爱的人，想到这里，宋之闻的眼睛开始发红，他又将视线投向宋然声，似乎是想祈求他的原谅。

"你跟乔笺说的是真的吗？"宋然声终于开口了，"你最后喜欢上了她？"

大颗大颗的眼泪从宋之闻的眼角滑落，宋之闻很想说出那句话，可是他的身体不允许，他连睁眼都觉得疲惫，更何况发声。最终，宋之闻只能望着宋然声，眼神是那样绝望，那深深的爱他从未对叶琬说过，现在也不能说出来。

宋然声的眼眶开始发红，声音却很沉："你以为你做了那么多伤害她的事，你的一句喜欢就可以抵消所有吗？她不会原谅你的，我也不会。"

宋之闻喉咙发出低低的声音，却语不成调，像是一声声低低的哀鸣，他神色哀戚，像是痛极了，身体开始蜷缩。

宋之闻不是不可怜的，乔笺实在是不忍心，低低喊了一声："宋然声，算了吧。"

宋然声紧紧地抿着唇，右手紧紧攥紧放在腿侧。乔笺明白，宋然声的心里其实是十分矛盾的，这个他恨了那么久的人竟然已经是癌症晚期，可是再怎么恨宋之闻，那层血脉的羁绊是怎样也剪不掉的。

仪器突然发出响声，助理赶紧按了呼叫铃。一时间，医生和护士皆是手忙脚乱地进来，医生去翻看宋之闻的眼睛，又进行了一系列的抢救措施，可是监测生命的仪器一直发出警报。

宋然声眼里闪过担忧的神色，可是又很好地隐藏下去了。乔笺依旧离宋然声远远的，神色焦虑地望着抢救的医生、护士们。

好在过了一会儿，宋之闻的情况稳定下来。医生脸有愠色，这样的豪门，到了最后都会有很严重的纠纷，医生以为他们是为了那些遗产，所以他语气并不是很好："病人这样的情况不能情绪激动，不能受太大的刺激。"

宋之闻暂时昏了过去。

他们都从病房退了出来，站在长廊中，宋然声一直寒着脸，眼神锋利地望向宋立声，宋立声亦坚定地望向他，两人的视线相交，就像短兵相接。这一刻，恩怨如此分明，累积多年的爱恨情仇，终于决堤。

是宋然声先动的手，他一拳就打在了宋立声的脸上，宋立声这一次也毫不示弱地反击着，一时间两个男人扭打成了一团。

宋然声是学过泰拳的，下手快狠准，拳拳打在宋立声的要害处，而宋立声也是学过一些武术的，踢腿过去进行反击。两人这小半生的怒气似乎都在此刻发泄了出来，恨不得让对方去死，像两只野兽一样厮打着，衣衫凌乱，半点风度也无。

乔笺被这突然的变故吓到了，她站在一旁，根本不敢上前劝开他们，只能在旁边喊着他们的名字。

可是打红眼的两个男人根本就不听，宋立声刚开始还能用手挡开宋然声的拳头，过了一阵渐渐招架不住，于是干脆用尽全身力气朝宋然声撞过去。宋然声一个不注意便被宋立声撞倒在地上，宋立声一条腿压住宋然声，一只手掐住宋然声的脖子，另一只手抡起拳头准备砸下去，可是宋然声的反应也很快，一只手扣住宋立声的手腕，一条腿屈膝去顶宋立声，只一瞬，宋然声一个用力就将宋立声掀翻下去。

宋立声的头撞在了大理石地板上，发出沉闷的声音，他呻吟了一声，头撞得发昏，还没有反应过来就被宋然声钳制住，宋然声发狠地将拳头砸在宋立声的脸上。很快，宋立声的脸上青肿了一片，嘴角有血流了下来，整张脸显得可怕极了。

再这样下去，只怕会出人命的，乔笺赶紧去拉宋然声，惊恐地高呼："宋然声，别打了！"可是乔笺的力气比起宋然声来说实在不值得一提，她根本就拉不动宋然声。

宋立声意识好像已经不清楚了，眼睛半睁，似乎没有什么光彩，乔笺慌得要命。宋然声一拳拳打在宋立声的头部，乔笺去拉都没有用，不能让宋然声这样打下去，否则后果不堪设想。

宋然声已经失去理智，乔笺急中生智，电光石火之间，"扑通"一声，她跪在地上，双手抱住宋立声的头，额头抵在地板上，用背部护着宋立声，高喊着："宋然声，住手！"

还好宋然声反应快，不然这一拳就落在了乔笺的背上，他的拳头离她的背部仅有几厘米的距离，他每一拳都带着雷霆万钧的力量，他甚至想都不敢想这一拳落在她身上会有什么样的后果，可是她就这样冒冒失失地过来了。

宋然声因为害怕，手都有些微微地发抖，可是下一瞬，滔天怒气翻涌上来，她竟然愿意不顾危险，这样护住宋立声！想到这里，他的喘息又粗重了几分，忍无可忍，宋然声的拳头又重重地挥下去，擦着乔笺的耳畔重重地砸在地板上。

乔笺听到耳畔急速的风声，吓得尖叫了一声，可是下一秒疼痛并没有传来，只听到地板发出沉闷的声响。

宋然声站了起来，乔笺这才敢抬头去看他，宋然声脸上也挂了彩，嘴角青了一块，脸色骇人，那目光像是要将乔笺撕碎，胸膛剧烈地起伏，像是怒极了。

乔笺正想解释，宋立声又呻吟了一声，他意识回笼了一些，躺在地上实在是不好看，于是乔笺去扶宋立声，宋立声另一只手撑着墙才慢慢地站了起来。

两个男人的目光又如短兵相接，仇恨如此鲜明。

乔笺怕他们再动手，望着宋然声，急急地哀求道："宋然声，别动手打人。"如果宋立声出了事情，宋然声是要负法律责任的。

宋然声太阳穴的青筋一跳一跳的，他是如此憎恶过去的一切，憎恶宋之闻，而他对付宋立声，主要是对宋之闻的报复，可是造成这一切的人已经快不久于人世，上一辈的爱恨将会随着宋之闻的离世最终烟消云散、归于沉寂。

宋然声没有想到最后宋之闻爱的人竟然是他的妈妈，对他也并不是没有感情。

这些年来，他和宋立声玩猫抓老鼠的游戏已经玩得够多的了，这次他给宋立声设的套让宋立声在整个圈子里信誉全失，宋立声再也无法在圈子里立足。除此之外，宋立声还需要承担巨额的罚款，他将会一无所有，而刚刚那几拳似乎将对宋立声母子的怒气发泄了大半。宋之闻最后的遗愿就是让他放下过去，放过宋立声，而乔笺，她夹在中间，两厢为难，如果他要继续下去，势必又要和乔笺站在敌对的位置上。

宋然声垂在身侧握成拳的手，紧了又松，松了又紧，他突然就下定了决心。

“宋立声，我可以放过你，但是以后别让我在圈子里见到你。”宋然声几乎是咬牙切齿地说出那句话，然后转身快步地向后走去。

顶层的高级病房的长廊空荡荡的，长廊很长，乔笺放开宋立声，连忙追过去。宋然声走得很快，任凭乔笺如何喊他，他都没有回头，乔笺追着宋然声走了好长的一段路。

终于，乔笺在电梯门口截住了他，乔笺已经累得气喘吁吁：“宋然声，你怎么不等我？”

宋然声这才转头，他那双如寒星的眼睛没有半点温度地望向她：“乔笺，我们分手吧。”他的声音很轻，却带着不容抗拒的坚决。

这声音落到乔笺的耳里只觉得是雷霆万钧，像是要撕裂她的耳膜，乔笺难以置信地望着他，以为是自己听错了，愣愣地问：“宋然声，你说什么？”

“乔笺，我们分手吧。”宋然声重复了一遍，语气还是那样坚决。

“为什么？”乔笺强装镇定地问，明明难过得好像呼吸重一点，心脏就会痛不欲生，好像所有的血液都开始逆行，耳朵里面有轻微的轰鸣，耳朵里那些细小的脉络急速地搏动，像是要破裂。这个时候，乔笺越难过反而越镇定。

“你或许应该遵从你的内心，我们之间只是一个错误，是我一意孤行的错误。”如果不是他一开始有预谋地让乔笺看到宋立声喜欢的人是徐曼曼，或许乔笺也不会对宋立声死心，可笑的是，最后她又为了宋立声跟他站到对立面。

“我的内心？”乔笺讷讷地重复，仿佛已经没了思考能力。

宋然声突然轻笑了一声：“乔笺，你知道吗？你我所有的相遇都是我费尽心思设计的，很久之前，我们就有过交集，你救了我，那个时候你还不认识我，后面也忘了我。”

那是在一个停车场，在夏季的傍晚时分，宋然声已经忘记那天自己是要去做什么了，却清楚地记得那晚群星璀璨，深蓝的天幕铺陈开，美得似乎远处的星星就要坠落下来。

那个时候宋然声的哮喘要比现在严重得多，那天他亲自开的车，空调温度开得有些低，而他又突然降下车窗，外面的空气温度很高，冷热空气交替就引发了哮喘，那次的哮喘来势汹汹，药又放在后座的包里。

宋然声伏在副驾驶座上，大口地喘着气，手紧紧地攥紧衣领，眼睛通红，十分地难受。而乔笺正好经过，那时正是乔笺当红的时候，怕别人认出来，她还戴着一个口罩，从半降的车窗中，她看到呼吸困难的宋然声。

乔笺靠近，敲了敲车窗，有些担忧地问："你怎么啦？"

宋然声虚弱地抬起头，就看到了担忧地望着自己的乔笺。她虽然戴着口罩，只露出一双眼睛，但是宋然声认出了她，上次他在酒店救了她，宋然声用眼神示意后座："药……"

乔笺望过去，只见后座有一个包，她急急打开车门去拿，果然在包里找到了哮喘喷雾。她将宋然声扶起来，又将药递给宋然声。

宋然声用过药好一会儿才缓过来，从乔笺的反应来看，宋然声肯定乔笺压根儿就不认识他，只神色复杂地望着她。

最后，宋然声望着她倒是笑了起来，轮廓也变得温柔极了，也是在那一刻，他确定自己心动了。后来，他一直在关注她的消息，直到忍不住想再次见到乔笺，他就借探于云清的班为借口，再一次接近乔笺。可是，乔笺早就将他忘得干干净净了。

"如果非得说我设计你的话，那就是我在设计你的心，从一开始我就是想要你的心。那个时候，我甚至极力否认自己的这种感情。赵欢那部电影也是我找他让你演的，所有的一切都是我的预谋。我所有的目的都是为了与你相遇，连宋立声都是借口，是我找的说服自己的蹩脚的借口。我知道我不应该喜欢一个……一个死心塌地地喜欢宋立声的女人。从一开始，我的目的就是你。”宋然声平静地阐述完。

原来是这样，原来在她不知道的时光里，宋然声已经将她放在心上，可是她浑然不觉。而在她决定忘记宋立声的那段时间，他又强势地对她表白，原来他对她撒的那个谎，真的只是为了让她放下顾虑而爱上他，可是她一直怀疑他是故意接近她，好对付宋立声，质疑宋然声对她的感情。

她实在是错得太过离谱，宋然声怎么可能会屑于利用她的感情来对付宋立声呢？他有的是办法和手段，根本不需要这样多此一举，就算乔笺帮宋立声也无济于事。

“乔笺，事实证明我错了，我们的半年根本抵不过你和他的十几年。”她根本就没有办法不在乎宋立声，甚至愿意冒着自己受伤的危险替宋立声挡那一拳，因为叶琬的缘故，宋然声对感情一直很偏执，他需要的是同样纯粹的感情，但宋立声永远占据着乔笺心里很重要的一角，甚至现在还要两边为难。如果是这样，那么他宁愿自己先放手，把自由还给乔笺。他原本以为自己偏执到就算囚禁也要将乔笺绑在身边，可是原来爱到浅碧深红处，是情愿放手。

电梯门此刻打开，宋然声走进电梯。乔笺忙拉住了宋然声的衣角，所有的镇定在此时此刻全部粉碎，她颤抖着声音说：“宋然声，是我错了，事实并不是这个样子的，我生气只是因为……”

宋然声却不想再听，轻轻地拨开了她的手，甚至不想看乔笺，宋然声垂下了眼睛，电梯门缓缓关上，渐渐隔绝了乔笺的视线。

等电梯门完全关上，乔笺的眼泪才流下来。宋然声竟然拨开了她的手，那样疏离地对她，他竟然不要她，他那么爱她，可是他竟然不要她了！

乔笺终于忍不住，捂着脸哭了起来。

乔笺只觉得被宋然声伤透了心，这个浑蛋！明明她已经那么爱他了，难道他没有感受到吗？

【2】他只是生气了

身后有脚步声传来，随即是宋立声的声音：“乔笺，我都听到了。”宋立声踉跄地走过来，吃力地蹲了下来，拉下她捂着脸哭的手，她哭得很狼狈。

“我也不信我们十多年的感情比不过你们这短短的几个月。在那些青春时光里，我们一直陪伴在对方身边，那些岁月是我们永远也割舍不掉的。乔笺，再给我一次机会吧，这次我会学着如何去爱你。”宋立声想伸手将乔笺脸上的眼泪擦去，可是乔笺却头一偏，避开了他的手，站了起来。

“不是几个月，宋然声喜欢了我很多年，在那些我不曾知晓的岁月中，原来他一直喜欢着我。”乔笺将脸上的眼泪擦去，“我好像从来没有在你面前哭过，你知道为什么吗？”

宋立声鼻青脸肿，面露疑惑，印象中的乔笺干练、聪明，好像这的确是他第一次见到乔笺哭，她向来很坚强，无论他遇到什么大风大浪，乔笺都会陪在他身边，将一切事情都处理得稳稳当当，甚至比他还要冷静自若，像个女战士一样陪他披荆斩棘。

“其实我一点也不坚强，跟你在一起的那些年，每次我想哭的时候，总是会躲着哭，怕给你添麻烦，所以才会表现得那样勇敢。可是宋然声不同，在他面前，我一点也不需要假装，想哭就哭，想笑就笑，因为这是他给我的底气，就算是我无理取闹，他也会容忍我。”说到这里，眼泪又流了下来，乔笺伸手擦去脸上的眼泪。

原来是这样，宋立声只觉得心开始发酸，原来那个时候乔笺是那样爱他，可是他因为误会做出那样伤害她的事情，甚至他的内心还走失过，而现在他是真的想挽回、想弥补，乔笺却再也不给他机会了。

“有些事情并不能用时间来衡量，尤其是爱情，我全心全意地爱慕着他，这次我完全看清了他的心。为什么你们都以为我放不下过去呢？

没错，我那些年少青涩的时光里都有你，但是并不代表我会忘不了你，事实上，我早就释怀了，也早就不爱你了。”乔笺伸出手按下电梯键。

人总是要失去了才知道珍惜，才会遗憾。宋立声以为乔笺会一直爱着自己，所以仗着这份爱去利用她，甚至跟别人谈及婚嫁。他以为乔笺会一直在原地等他，兜兜转转，乔笺已然走远，而他最后才发现原来最爱他的是当初的乔笺，只有她是无条件地喜欢他的，可是失之再不可追。

“可是宋然声已经放弃你了。”宋立声其实已经分不清究竟是因为喜欢乔笺，还是因为想借乔笺来打击宋然声，或者两者都有，他就是不想放开乔笺。他知道自己很卑鄙，可是还是想再试一试。

楼层显示器的数字在变化，很快电梯就要上来了，乔笺听到宋立声这么说反而笑了，她说得笃定：“宋然声这个人做什么都是说一不二，很有原则，可是我总能打破他的原则，与其说他下定决心要和我分手，还不如说他其实是在生气。”而她需要做的，无非是要哄回他，宋然声对她总是会心软的，或许需要时间，可是乔笺有把握，宋然声会原谅她。

乔笺知道这一次的确是自己错了，她不应该质疑他对自己的喜欢，也没有让宋然声有足够的安全感，没有让他感受到其实她已经很爱他了，是任何人都不能比的。如果他知道这些，或许就不会说出那番话。

“叮。”电梯门打开，乔笺走入电梯，两人隔着电梯门对视着，明明咫尺的距离，两人之间却像有 条鸿沟，泾渭分明地将两人分割在不同的世界。宋立声想伸手去触碰她，却始终没有办法伸出手。

“宋立声，我希望我们以后能保持距离，我不想再引起宋然声没必要的误会了。”电梯门关闭之前，乔笺对宋立声说。

乔笺走了。

宋立声知道那个全心全意爱着他的乔笺，已经消失在那些时光的最深处。宋立声喉咙发涩，胸口像是扎了一根针，十多年的至亲伙伴，是他亲手推开了她。以后，他们之间只余下过往的那一点空欢喜，而那些空欢喜是他这辈子再怎么努力都无法触及了的。

傍晚时分，宋然声回到了云山，管家一看到他回来，就忙迎上去。宋然声摆了摆手，说："让我静一静，你们都下去吧。"

花园里种了山茶树，这些树是宋然声从宋家移栽过来的，正是日暮伯劳飞的时候，枯寂阳光的余晖染上树叶的边缘。已经过了山茶的花期了，面前的这株是十八学士，是叶琬花了大价钱买回来的，当初还只是一株树苗，而现在已经是枝繁叶茂了。

真是应了那句"树犹如此，人亦何堪"。叶琬已经故去，没有想到宋之闻也没有多少时间了，可那些鲜明的爱恨仿佛犹在昨日。

宋然声伸手抚上叶子的边缘，情绪翻涌，自言自语道："你会原谅他吗？他竟然说他是喜欢你的，只是他这份喜欢太迟了，迟到你们没有后退的余地。"阴阳两隔之后，追及过往，原来是那样的真相。

"我知道你其实并不想我恨他，可是自从你走后，没有一刻我是不恨他的。我时常在想，如果他从一开始就没有骗你该有多好，你们会不会就此白头，而他依旧是我最崇拜的父亲。"只可惜，这一世已经是木已成舟。

宋然声在花园里待了许久，等到天色一分分地暗下去，他才回客厅，告诉管家："以后，别让乔笺上云山。"

管家错愕。

乔笺这几天一直没有联系上宋然声，手机号码被拉黑，社交软件也被删除了，开车去云山，山脚的安保人员却拦住了她，打电话给云山的管家，才知道是宋然声下的指令，他不愿意见她。

一时间，生命中竟然没有了宋然声的任何消息，有时候乔笺有些恍惚，好像所有的过去都是不真实的存在。

有时候，爸妈打电话过来询问他们的情况，怕他们担心，乔笺都是竭力隐瞒，脸上堆着笑哄着老人开心，可是一挂掉电话，整个人都会垮下来。

乔笺只觉得房间里安静得可怕，自宋然声走后，仿佛一切都是空荡荡的。最想他的时候，会穿上他留在这里的衬衫，开一瓶酒，靠坐在落地窗旁。脚下是浮华万千的灯火，由车灯汇聚成的河流缓缓地流动，乔笺很想跟宋然声解释，可是现在宋然声连一点机会都不给她。

宋之闻的情况已经越来越不好，每天昏迷的时间越来越长，清醒的时候又痛得死去活来，需要医生注射止疼药。乔笺会时常去看他。

这天，乔笺傍晚时分去的医院，给他带了一盅鸽子汤。病房的门是半开着的，乔笺透过门缝望过去，一眼就看见了宋然声。

高级病房的落地窗，正对着窗外深蓝的天幕，漫天的流云绮丽，静默无声中，阳光温柔地在地板上伸了一个懒腰。宋然声逆着光站在那里，侧对着乔笺，宋之闻睡着了，可是手抓住了宋然声的手腕，宋然声小心地将宋之闻的手放下，然后缓缓地将病床摇下去。

乔笺看得眼眶发热，宋然声向来是嘴硬心软的一个人，对于他放在心上的人，其实他一直是那样温柔。乔笺知道，他终于放下了，放下过去对他来说实在是太难，可是他还是选择放下了。

宋然声终于看见她了，两人隔空对视着。乔笺咬着唇望着他，思念的浪潮几乎要将乔笺淹没，她好想扑进宋然声怀里，可是宋然声眉眼的疏离让乔笺止住了脚步，她眼眶微红，宋然声的身影变得越来越模糊，是眼泪漫了出来。

两人走到了医院的走廊，宋然声走在前面，乔笺跟在后面。宋然声一直没有开口，乔笺终于忍不住叫住他："宋然声，我真的好想你。"声音已经是哽咽不堪。

"乔笺，我已经放过你了，也愿意放过宋立声，为什么还要来招惹我？"宋然声不看她，眼睛望着远方，做出这个决定，是宋然声深思熟虑的结果。

既然她割舍不掉宋立声，他也不会为难她，他想要的从来都是纯粹的感情。那时，他盲目自信，以为自己完完全全可以取代宋立声，可是到了最后才发现太难了。与其三个人这样纠缠不清、痛苦不堪，不如给她自由。

“因为我爱你啊，宋然声。”乔笺可怜巴巴地望着他，眼睛红得厉害，好像马上就会哭出声。

宋然声怕自己心软，侧过头躲过了她的视线，也不再听她说其他话，匆匆地离开了医院。

宋之闻走的那天，天气很好，是八月末，叶琬最喜欢的季节。他的精神瞧着还不错，甚至还让护工推着他去楼下的花园走一走。傍晚的时候他说自己困了，于是就睡下了，可第二天就再也没能醒来。

也好，这对宋之闻来说也是一种解脱。而那一代所有的薄情和深情尽数都被时光掩埋，再不可见。

与宋然声再次见面是在宋之闻的葬礼上，宋然声胸前佩戴着白花，来到宋之闻的遗照下面，鞠了一个躬，仰着头微微注视了遗照好一会儿。来吊唁宋之闻的人很多，灵堂中是来来往往的人，宋然声站在那里，似乎只是一个普通的吊唁者。

给前来吊唁者鞠躬的是宋立声，宋然声用他的方式原谅了宋之闻，可是也只能到此为止，宋然声在那里站了一会儿就转身离开了。

宋然声知道乔笺一直在看着他，那目光仿佛是有了实质，落到人身上都有些发烫，可是他偏偏故意不去看她，他也累了，长痛不如短痛，更何况多看一眼真的怕自己心软。

宋然声走得很快，乔笺正想追上去，宋立声却拦住了她。乔笺有些急，宋立声却用身体堵住了她，让她没有办法追上去。宋立声有些不折不挠：“乔笺，葬礼结束后，我就要离开这里了。”

“什么？”乔笺有些惊讶。

宋立声笑了笑，原本他对这样的遗产分配心有不甘，可是后来终于明白，宋之闻这样是在保护他，因为他的确不是宋然声的对手，终究，宋之闻在某些方面，还是尽到了一个父亲的责任。

“我用爸爸给我的遗产，补交了偷税的罚款，赔偿了那些订单。在这个圈子里，我已经是个笑话了，我准备把公司卖掉，然后离开这里，回到经常在梦里见到的家乡，我很怀念槐花的香味。”宋立声似乎是想引导乔笺回忆起过去的那些时光，他想让她心软，因为他还是不想放弃她。

乔笺知道宋立声的意图，他心里较着劲，不想让她跟宋然声在一起。她心里惦记着追宋然声，终于有些不耐烦，看着他，语调有些冷：“这些都与我无关，我之前已经说得很清楚了，就这样吧，宋立声，就当成全我。”

说完，乔笺错开宋立声的身体，急急地追了出去。宋立声望着她匆匆穿过人群，直到再也看不见她的背影。宋立声喉头微涩，他终于彻彻底底地失去她了。

等乔笺跑出去，宋然声已经走了，又一次错过了。乔笺觉得沮丧极了，空荡荡的道路上只余她一个人傻站在那里。

宋然声让司机开车去了墓地，他想去看看叶琬。天气依然很热，等宋然声走到叶琬墓地附近，他已经出了薄薄的一层汗，脚步突然就止在了原地，因为宋然声看见了安礼。

安礼撑着一把黑色的伞，伞的一半遮在叶琬的墓碑上，挡住了炽热的阳光。安礼神情温柔，像是同心爱的人共撑一把伞，走着走着，漫漫的余生就那样过去了。

宋然声看到安礼蹲了下来，将手中的花放在墓碑前，伸出手指抚摸叶琬的那张照片，神情虔诚得令宋然声的眼睛发酸。或许在宋然声不知道的时光里，安礼经常来这里看叶琬，安礼此生的爱恋皆在于此，只不过，君埋地下泥锁骨，我寄人间雪满头。

宋然声还记得第一次见安礼的场景，安礼站在叶琬的灵堂前，眼睛红得不像话。造化弄人，如果没有当初那样重重的阻隔，或许他们就在一起了，只可惜错过了，就是一辈子阴阳永隔。

没有惊动安礼，宋然声悄悄地转身下山了。

宋然声回到公司，把自己关在办公室，开了一瓶酒，站在落地窗前。日暮下的整座城市很美，尤其是从他办公室望出去。宋然声望着窗外流逝的江水，只觉得人生就是这样流逝的过程，不断遇到也不断失去。

他在办公室待了许久，直到天色暗淡，脚下灯火渐次涌现，是人间的繁华三千。远处的光偶尔投射到了玻璃上，擦过他的眉眼，映着他的寂寞。

乔笺没有追上宋然声，于是开车到云山的山脚，到这里等着宋然声，她有预感他会过来。宋然声心情不好的时候，都会来这边，不管怎样，今晚乔笺都要等到他。

路灯昏暗，空气中有不知名的虫鸣声，云山的晚上倒是一点也不热，晚风凉爽，带着不知名的花香，就是蚊子有些多，乔笺只觉得自己的小腿都要被咬肿了。车上太闷，乔笺又不想上车，只好倚着车喂蚊子。

大概八点钟的样子，车子雪白的灯柱从远方打了过来，是宋然声回来了，乔笺抬手微微遮住了光，站在路中央，等着那辆车开近。

宋然声看见了乔笺，她站在路中央，车灯光照在她身上，路面上的影子拉得好长，她好像瘦了，身影显得有些单薄。在离乔笺不远处，司机停了车，换了近光灯。乔笺的脸隐在阴影里，宋然声看不清乔笺的神情，可是他看出了她的义无反顾。

僵持了好一会儿，宋然声终于下车，乔笺几乎贪婪地望着他，可是宋然声微微移开了视线。他的唇微微抿着，神色冷清，可乔笺知道他身后是如深渊般的寂寞，那些寂寞好像是有了实质，爬上了他的眼角。

乔笺有些心疼，声音闷闷的，带着些委屈：“宋然声，我等了你好久。”

“有什么事吗？”宋然声的声音冷冷淡淡。

“我一直想和你解释，我之前会生气，并不是因为你不放过宋立声，我害怕你一开始接近我的目的是为了让我放弃宋立声，我在意的是你对我的爱，我计较你的爱里掺杂着其他的目的。”乔笺将自己的心里话全盘说出。

宋然声无动于衷，好像乔笺所说的与他毫无关系。

“我有做得不对的地方，我后来不应该质疑你是否爱我，可是在那种情形下，我没有办法不怀疑，连任助理和徐慢慢都是你的人，更何况你的确是骗了我。”乔笺一直盯着宋然声，可是宋然声还是那样冷漠。

在见过乔笺本能地为宋立声挡那一拳之后，宋然声就什么也不肯相信了，而此刻，他只轻声说：“现在说这些已经没有意义了。乔笺，该说的话，我之前已经说得很清楚了。”他是真的下定了决心，才会和乔笺说分手，其他的他什么也不想说了。

## 【3】她会一直等他

乔笺回到家，只觉得很累。宋然声知道宋立声想要挽回她，所以宋然声才说让她遵循内心，宋然声和她说分手，其实是宋然声想给她一次重新选择的机会。

这一路以来，他们两个的爱一直是不平等的，宋然声好像一直付出得比乔笺多，乔笺的脚步和宋然声比起来要慢得太多，宋然声退一步，她走一步。可是宋然声知道乔笺对宋立声是怎样步步为营的，宋然声难免会比较，会觉得乔笺不够爱他，觉得她还是放不下宋立声，可是乔笺早就放下了。

乔笺叹了一口气，整个人都瘫在沙发上。声声见女主人闷闷不乐，于是轻轻地跳上沙发，朝乔笺“喵”地叫了一声。乔笺有气无力地将声声抱过来，下巴抵住声声毛茸茸的脑袋，对着它说：“我哄不好宋然声了怎么办？宋然声以前都不怎么需要哄的，可是这一次他好难哄啊。”

乔笺看着声声，又想到了一个明天去见宋然声的借口。

第二天，乔笺抱着声声去云山，开车到了山脚，保安那里依旧是不放她上山。乔笺给宋然声打电话，听筒里冰冷地播放着机械女声，她依旧躺在宋然声的黑名单里，而换号码打过去，宋然声也是不会接的。

乔笺又打电话给管家，管家接到她的电话有些意外：“乔小姐。”

“宋然声在云山吗？”乔笺直接开门见山。

管家似乎是犹豫了一下，终究还是告诉她：“宋先生今早就出国了，要去巡视海外的分公司，归期未定。”

听完管家这番话，乔笺气得慌，这个宋然声，这么大的事情他一点也没有透露给她，他是真的不怕她一气之下同意和他分手吗？转念一想，宋然声根本就是故意的，他在逃避她。

乔笺又问：“他有没有告诉你大概的时间？”

管家知道自己职责所在，是不应该告诉乔笺这些的，可是她看得出宋然声是真心喜欢乔笺，也不知道他们之间发生了什么，宋然声才下这样的指令，看得出宋然声并不快乐，管家还是告知乔笺：“并没有，但是保守估计至少一个月。”

那么长时间，乔笺想想就生气，乔笺在电话里说了自己的意图，声音闷闷的：“我上次不是带走了声声吗？我现在想把声声还回来，你现在来山脚把猫接回去吧。”

管家想了一下，在电话里答应了乔笺。

很快，管家就开了一辆车下山。乔笺看到她就将声声抱给她，笑道：“我还想请你帮个忙，我在声声的脖子上戴着的铃铛里塞了一张字条，如果宋然声回来，你记得提醒他看，也记得告诉我一声。”

“好的。”管家答应她，“如果宋先生回来了，我会打电话给您。”

乔笺摸了摸声声，然后跟管家告别。

接下来的时间，乔笺开始等宋然声，等待的日子总是特别漫长，漫长到乔笺度过的每一秒都仿佛被谁故意拖慢了速度。

而思念如此熬人，心中千千结，唯有宋然声可以解。宋然声躲她，手机故意没有开国际漫游，根本就接不到国内的短信和电话，而其他联系他的方法乔笺又没有，乔笺只有每天握着手机，每隔几分钟就给宋然声发短信。其实她知道他现在根本收不到这些短信，可就是忍不住想给他发。有时候，她用申请的新微信小号去加宋然声，可是宋然声从来没有同意过她的好友申请。

乔笺在想宋然声是否也在异国那样的车流之中，可惜她连他去了哪个国家都不知道，更不知道他们之间相隔多少个时差，或许她的黑夜是他的白天。

乔笺几乎每天都要开车去云山，慢悠悠地绕着云山山脚开，有时候也去江边别墅那边，她去碰运气，希望能碰见宋然声的车，可是一个月过去了，还是没有宋然声的半点消息。

乔笺只觉得讨厌死宋然声了，这一个月以来，他是真的忍心不透露一点消息给她。乔笺只觉得愤懑，又觉得委屈，她每天做得最多的就是抱着手机，生怕宋然声给她打电话错过了。

可是事实上，这一个月以来，她还是连宋然声的半点消息也没有。

“宋然声，我讨厌死你了。”乔笺将手机狠狠地往沙发上一摔。

手机刚摔在沙发上，屏幕突然发出亮光，一下一下地开始振动，是有电话来了。乔笺盘膝坐在对面的沙发上，听到声音，鞋都不穿，光着脚踩在地板上，三步并作两步走，急匆匆地去拿手机。

屏幕上的那一串数字让乔笺愣了一下，眼里是浓浓的失落，因为号码不是宋然声的，是宋立声的，手机还在手中振动，乔笺最终还是接了。

“乔笺，我今天要离开了。”宋立声在那边说，背景音有些嘈杂，有人说话的声音，也有机场的广播音，他声音沉重，像是有些难过。

乔笺一时无语。

“对不起。我曾经做过那样伤害你的事情。再见了，乔笺。”宋立声又在那边说，现在想想，真的觉得很对不起乔笺，他利用乔笺的喜欢，带她穿梭各种酒局，讨好各类客户，又想借着她打击宋然声。他究竟将她当成了什么？他知道他们之间再也没有办法回到从前，也再没有办法挽回任何情义，该说的乔笺已经说得很清楚，所以他只想说声抱歉。

乔笺沉默了半晌才开口：“宋立声，再见。”那些爱与恨终究随着时光流逝了，宋立声从此成为她人生中翻过去的一页了。

可是宋然声呢？乔笺失落地扔下手机，他们之间怎么会闹到今天这个地步？宋然声究竟要什么时候才能回国呢？要是她知道宋然声去了哪些国家也好，至少可以去找他，偏偏她什么都不知道，只能在国内干等着他。

又过了半个月，乔笺还是没有收到宋然声的半点消息，只觉得自己等得快要发疯，宋然声这个样子像是要躲她一辈子。

那段时间，乔笺经常做噩梦，好不容易在梦里见到宋然声，可是她还没有喊出他的名字，就看到另外的女子挽住了他的手臂，而宋然声眉眼温柔地望着那名女子，目不斜视地经过乔笺身旁，乔笺气急，去抓宋然声的手，可是他一根一根地掰开她的手指，眼神厌恶，看着她说：“乔笺，我已经不爱你了。”

更多的时候是梦到自己很老了，可是还是没有等回宋然声，她就这样日复一日地等着他，可是生命中再也等不来一个宋然声了。

午夜梦回，乔笺才发现自己的眼泪将枕头都染湿了。她又伸手去摸手机，渴望着奇迹降临在这一秒，可是这个世界上并没有奇迹。梦里的那种绝望太过清晰，乔笺心中生出一些怒气，她又忍不住编辑短信：“宋然声，你是个浑蛋！”

乔笺只觉得这个样子的自己糟糕极了，消极又颓废，肖阳的电话就是这个时候打来的。

“乔小姐，你还记得海岛上的那个小赵老师吗？今天他联系我，让我带句话给你，他说孩子们都非常感谢你。”肖阳在那边笑得爽朗，自从上次那个公益片播出之后，那片海岛收到了许多外界爱心人士的捐赠，还有许多志愿者上岛支教。

小赵老师就是一个志愿者，小岛上来了许多志愿者，所以小赵老师决定去南海更偏远的小岛上面支教，趁着在家的时候，打了个电话给肖阳，那边的海岛上是真的一点信号也没有。

乔笺突然生出了一个想法，她要去海岛支教，在这里等着也无济于事，每天除了消极颓废，一点意义也没有，还不如换一种有意义的等待方式，更何况就算宋然声回来了，只要他不愿意见她，她还是一样见不到。她敢打赌，如果宋然声知道她去了偏远的海岛，一定会担心，这样，他想见她的概率反而要更高些。

“我和他一起去！”乔笺下定决心。

肖阳被她的这个想法吓了一大跳，反复地跟她确定：“乔小姐，你确定吗？据小赵老师说，那边的生活条件特别艰苦，岛上甚至每天只能供几小时的电，你确定要去？”

“我确定，说起来我以前还是个学霸呢！你也不用担心我吃不了苦，在娱乐圈拍戏那么多年，什么地方没去过？我曾经去无人区拍过电影，电影拍了好几个月，什么苦没有吃过？”乔笺笑了笑，“麻烦你给我一下他的联系方式，我想跟他一起去。”

乔笺那样肯定，肖阳终于答应。乔笺联系了小赵老师，小赵老师虽然犹豫，但是最终还是答应了乔笺，出发的时间约在三天后。

乔笺利用两天的时间准备了许多东西，准备了文具，还有一些书籍，整整两个大行李箱，准备带给岛上的孩子们。

走之前她给云山的管家打了个电话，说了她要去支教的事情，还把那个岛的地址告诉了管家。乔笺握紧手机，眼睛开始变得酸涩，哑着声音说：“宋然声如果回来，请你一定要告诉他，我一直在等他。”

这次去的海岛，比上一次的海岛还要偏，是个小岛，岛上没有马路，甚至水泥路都少，最多的是石子儿路，坑坑洼洼的。

乔笺带着的两个行李箱很沉，小赵老师人很好，非得把乔笺的两个行李箱都拿过去提，乔笺不肯，于是小赵老师才将一个轻一些的行李箱给她，连拖带拽，两个人提着行李箱终于来到学校。

学校是真的很破，墙上的漆早就剥落了，泛黄的墙壁斑驳不堪，这里离其他较大一些的海岛都太远了，离大陆就更远，条件太艰苦，以前来过志愿者，可是最后都没有撑下去。学校里大大小小才十多个学生，一直在眼巴巴地等新的志愿者过来。

乔笺将带的文具、书本分给孩子们，孩子们刚开始有些拘谨，后来就好些了。岛上孩子的父母都是渔民，时常出远海捕鱼，十天半个月才回来一次，岛上只有一个阿姨照顾着他们的起居。

只有一间老师宿舍，小赵老师去了男学生的宿舍，特意将那间老师宿舍留给了乔笺。房间有些暗，乔笺想开灯，却记起现在还不是供电的时候，房间有些小，只摆了一张桌子和一张床，上面都积了灰。

乔笺正想收拾，小赵老师就敲门进来了，他有些不好意思地挠了挠头说：“我来帮你吧。”

“不用了，我自己可以的。”乔笺笑着拒绝。

小赵老师性格腼腆，心眼有点实，虽然乔笺拒绝了他，他还是打了一大桶水来帮她擦桌子和床板。乔笺知道小赵老师特别尊重她、感激她，因为上一次的公益片让外界更多地关注海岛留守儿童的情况。

小赵老师很年轻，娃娃脸，看上去像个高中生，乔笺忍不住问他：“小赵老师，你当时为什么想来海岛支教呢？”

“虽然我家现在在陆上定居了，但是我也是从小在海岛上长大的，上学需要坐船去大一点的海岛上上学。小时候很苦，我很清楚海岛的教育情况，所以大学毕业后就成了一名支教老师，想帮助偏远小岛上的孩子们。”

乔笺听完忍不住对小赵老师竖起大拇指：“小赵老师，你真伟大！”

小赵老师又不好意思地挠挠头。

乔笺教小岛上的孩子们语文和音乐，他们都很乖巧听话，也很单纯，乔笺很喜欢他们。乔笺跟他们在一起时觉得很充实快乐，再也没有那种颓废和消极。

可是还是会很想宋然声，只要稍微闲下来，那种噬骨的思念就沿着四肢蔓延。岛上是一点手机信号也无，信号格那里显示着“无服务”，乔笺将心事全部编辑收入草稿箱，想着等回去了再给宋然声看，她是多么想他，多么爱他。

乔笺每天会站在岛上最高的地方眺望大海，她渴望有一艘船能够带来宋然声，可是极目远望，等到暮色四合，那碧蓝的海面空悠悠的，只有天上的云经过。

有时候回去晚了，小赵老师会打着手电筒来找她，带她回去。乔笺跟他说了好多次，她会自己回去的，这里离学院并不远，可是小赵老师总是不放心。

这一天，乔笺实在没有忍住，在小赵老师来接她的时候哭出声：“小赵老师，如果我等的那个人一直没有来，该怎么办？”乔笺心里越来越没有底，不知道宋然声会不会来找她，她已经来岛上半个月了，宋然声去国外也已经两个月。

小赵老师不知道如何安慰她，只反复地说：“他一定会来的，你一定会等到他的。”

同一时间，宋然声刚刚从机场回到云山，十几个小时的飞机，他只觉得很累，管家见他回家立马吩咐厨房给他准备晚餐。

宋然声靠坐在沙发上，仰着头闭着眼睛养神。这两个月他飞了几十个国家，跑了四个大洲，几乎是马不停蹄。欧洲那边的一家分公司出了问题，所以在那边多待了一段时间。他睡眠向来不是很好，在国外还得频繁地倒时差，这两个月他都没有休息好。

一声细微的猫叫声传来，宋然声眉头微微一皱，怎么可能会有猫？那只丑猫已经被乔笺带走了，他以为是自己的幻听，可是那只猫又叫了一声。

宋然声循着猫叫声去宠物房，疑惑地推开门，刚一推开，那只猫竟然狡黠地从门缝中挤了出来。宋然声一愣，真的是那只丑猫，当时乔笺从江边别墅搬出去，又把它从这里抱走，宋然声一直以为乔笺是想和他分手，可是这只猫又出现在了这里。

虽然许久未见男主人，但是声声还是认得宋然声的，见到他，声声又死性不改，弓起背去蹭宋然声的裤腿，眯着眼睛，像是久别重逢的故人，撒娇似的“喵”了一声，难得宋然声没有一脚踢开它。

宋然声低头看着它，喃喃道：“你怎么会在这里？”

“是乔小姐送过来的。”管家回答他，“乔小姐还说，它脖子上戴着的那个铃铛里，有她想和您说的话。”铃铛已经被专门负责宠物的人摘下来了，考虑到宋然声对猫过敏，已经消过毒，管家将那个铃铛拿了过来。

宋然声垂头看着那个蓝色的小铃铛，过了一会儿，终是将那个铃铛握在掌心。

洗完澡，宋然声靠坐在床头，手中握着那个铃铛，在床头灯下细细地查看。乔笺说这里面有想对他说的话，可是乔笺究竟是想和他说什么呢？这两个月他故意让自己那样忙碌，就是怕自己一空闲下来就会想她，怕自己反悔。

宋然声摇了摇铃铛，里面有明显的沙沙声，乔笺在铃铛里面放了一张纸，宋然声本想不管它，可是终究还是没有忍住，拿了一把小镊子从铃铛的缝隙里面插进去，费了好大的劲，才从里面掏出一张折成爱心形状的粉色的纸。

乔笺究竟想和他说什么？宋然声一点点地将那张纸展开，粉色的纸上只写了几个字，是她娟秀的字迹：宋然声，我爱你。

## 第十五章
## 曲终奏雅

宋然声看着上面的字愣神，心底却掀起惊涛骇浪，原来她想说的竟然是“我爱你”，心里开始酸酸涩涩，这两个月，其实他无时无刻不在想她。

在瑞士的时候，那天开会，他突然望着窗外出神，瑞士的天气好得像画，他会想国内的天气是否也是那么好，乔笺很喜欢晴天。在西班牙的时候，有穿红裙的女郎在街头跳佛拉门戈，他还是会想到乔笺那部穿着红色嫁衣在雪地自刎的电影……好像他逃到世界上的各个角落，她的影子始终都会如影随形。

宋然声用手小心地抚平纸上的折痕，忽然细心地发现纸上有小小一团类似水渍的痕迹，是她的眼泪，她竟然哭了。

宋然声只觉得这滴眼泪是落到了他的心尖，滚烫地将所有的坚硬毁于一旦，那些想要离开乔笺、给乔笺自由的念头此刻湮灭得干干净净。在乔笺面前，宋然声所有的原则都不是原则。

宋然声拿起手机想联系她，突然记起她还躺在自己的黑名单里面，他将乔笺的号码从黑名单里拉了出来，一瞬间，短信提示音响个不停，竟然全是乔笺给他的短信。屏幕连续弹出乔笺的短信，一条接着一条，仿佛永无止息。

“宋然声，我好想你。”

“宋然声，我知道你和我说分手只是因为你生气，可是你究竟因为什么生气呢？我都跟你说了，我早就不喜欢宋立声了，也放下了他。”

“我生气并不是因为宋立声，是因为我在意你，你明不明白？”

“宋立声，你浑蛋，明明是你错了，你先骗了我，可是你错了态度还那样恶劣。”

“宋然声，我爱你。对不起，我总是不让你知道，我已经是如此爱你。”

……

“我再也不想看到你了。”

“宋然声，你是个浑蛋。”

“宋然声，我一直在等你回来。”

总共三千一百八十条短信，从他出国的第一天，到半个月前，一个半月的时间里，乔笺竟然发了那么多条短信给他，平均每天快四十条，原来在他思念乔笺的时候，乔笺也在是这么思念着他，宋然声被这些短信弄得溃不成军。

又是新的一天，海岛上升起的太阳格外红，红艳艳的颜色似乎是被海水冲洗出来的，海风温柔地从海洋吹向海岛上的学校，学校里的学生陆续起床。

今天负责给学生做饭的阿姨请了假，她的儿子过几天结婚，儿子前几年就在陆上买了房，阿姨今天坐船去那个沿海城市，所以做饭的事情落到了乔笺和小赵老师的身上。为了不让学生们饿肚子，第四节课没有给他们上，只是让他们在教室里写作业。

乔笺择菜洗菜，小赵老师负责掌勺。乔笺洗菜的时候发现厨房里没有葱了，学校后面几十米的地方有个菜园，是阿姨种的菜，乔笺从板凳上站起来，拍了拍手，准备去菜地里摘一些。

这半个月来，乔笺时常帮着阿姨干活，这些摘菜的事情现在做起来简直是轻车熟路，很快她就拔了一把葱。做好这些之后，乔笺急匆匆地就往学校赶去，小赵老师还等着葱炒菜呢。

走到厨房门口，乔笺习惯性地说："小赵老师，我回来啦。"

可是小赵老师这次并没有应她，乔笺跨过门槛往里面走，疑惑地喊："小赵……"那声老师还没有喊出口，就看到了站在那里的人，他有一张惊英俊的脸，是真正的朗眉星目。那双眼睛如同夜色下的海，眼睛里波涛汹涌，昭示了他此刻的情绪，厨房里站着的那个人不是宋然声，还会是谁？

眼睛开始发酸，眼泪涌了上来，这一切都像是在做梦，宋然声突然就这样出现在她的面前，心酸、委屈和狂喜的情绪悉数涌上心头。

乔笺就这样望着他，不是没有想过再次见到宋然声的情形：或许是在她给孩子们上课时，他突然出现在教室的窗户旁温柔地望着她；或许是在沙滩上，在漫天云彩倒映在海面上的时候，他从漫天的霞光中走向她……

可是宋然声突然出现在这狭小的厨房里，她手里还拿着一把葱。乔笺望着他，又想哭又想笑，这两个月还积攒了那么多怨气，最后的表情是要哭不哭，要笑不笑的，她想自己肯定丑死了。她想喊他的名字，可是喉咙酸涩得半句话也说不出来。

"乔笺。"宋然声亦是声音沙哑，喉咙像是涩得发麻。

宋然声的这一声"乔笺"，让乔笺全面崩溃，她不管不顾地奔向宋然声，小炮弹似的撞进宋然声怀里，撞得宋然声往后退了好几步。

宋然声伸出手紧紧抱住乔笺，像是要将她嵌入骨血中才甘心。他将下巴抵在乔笺的肩上，贪婪地汲取她的气息。她身上的气息令他安心，他的心好像残缺了一块儿，非得要她的气息才能弥补。

乔笺抱住宋然声终于哭出声，他们已经两个月没见了，之前还有冷战，总共加起来，他们之间已经有好几个月没有好好说过话了，她好想他，每想到他，她的心脏就一寸寸疼。她想念他的怀抱，他的亲吻，想念他所有的一切，一想到这里，乔笺就哭得更厉害了，压抑的哭声一声接一声，像是一只受了极大委屈的小奶猫。

宋然声听着乔笺的哭声，心疼得要命，他轻轻地拍乔笺的背，像哄小孩子一样，又低下头去亲她的发顶。

哭了一会儿，乔笺又觉得他可恨，他竟然一言不发地跑到国外两个月，她气得用粉拳去捶他的背，可是她越打，宋然声将她抱得越紧，好像她是世界上最最重要的珍宝。最后，乔笺哽咽着骂："宋然声，你是浑蛋！"

"我是浑蛋。"宋然声声音沙哑地跟着重复。

乔笺一听，又用力地捶了他好几拳，在他的怀抱里，她都听得到那捶打的闷响。乔笺闷着声音说："你讨厌死了！"

"我讨厌死了。"宋然声将乔笺抱得更紧一些，在她的耳边说出这句话。

那些淤积在乔笺心中的怨气终于全部发泄出来了，乔笺又有些心疼，刚刚的那几拳，她是用了大力的，乔笺有些后悔地抓住宋然声的衣服，闷声闷气地问："你疼不疼？"

就她那点力气，跟挠痒痒似的，怎么可能会疼？宋然声故意逗她，将头埋在她脖颈那里，声音显得有些委屈："有些疼。"

乔笺紧张地挣脱他的怀抱，紧张地说："让我看看，是不是被我打青了？"

乔笺眼底紧张的神色宋然声看得分明，她好像心疼得要掉眼泪了，宋然声赶紧握住她的肩膀，俯下身去亲吻她的眼皮，吻掉她的眼泪，言语含糊："其实一点也不疼。"

"宋先生……"小赵老师突然出现在厨房门口，看到厨房内的这一幕，突然就闭了嘴。

乔笺赶紧将宋然声推开，背过身擦了擦眼泪。

“宋先生，我找到茶叶了，实在不好意思，我找了好一会儿，我给你泡茶。”小赵老师讪讪地说。

地上还有乔笺撒落的一把葱，乱七八糟的，小赵老师看见了，想去捡，乔笺赶忙制止他：“我来吧，你去泡茶。”

小赵老师这才一拍脑袋：“哦哦，对。”

宋然声蹲下来，跟乔笺一起捡葱，乔笺突然觉得这样烟火气的生活是最浪漫的事情了。

吃饭的时候，乔笺跟小赵老师正式介绍宋然声：“这是我未婚夫。”说完和宋然声相视一笑。

小赵老师是真的打心底为乔笺高兴，她终于等到了那个人。

晚上的时候，两个人躺在床上说着悄悄话。白天，乔笺要给学生们上课，下课后又忙着给他们做饭，两个人根本就没怎么好好说话。

“对不起。”宋然声说，他不应该这样一言不发地就出国，还故意让乔笺联系不上他，尤其是下午看了乔笺手机上这半个月以来编辑的短信，他越发内疚，原来她是这样爱他。

“算了，既然你来找我了，我就原谅你了，我是一个很大方的人。我也有些地方一直做得不好，我知道我一直让你没有安全感，让你没有一点底气。所以，宋然声，我们往前看好不好？我会做得更好，过去的事情也不要再提了。不过，你以后就算再生气也不能一走了之，因为等一个人实在是太难熬了。”乔笺拉了拉他的手。

房间里没有点灯，已经过了供电的时间，宋然声借着月光自黑暗中看她，将她拉在怀里承诺她：“好。”

万籁俱静，安静得可以听到远处海浪的声音、风吹过树叶的声音，而耳边是爱人的心跳声，没有什么比这更令人安心的了。乔笺望着他说：“宋然声，等我们老了，我们就去找这样的一个小岛隐居吧，或者找一个深山，我们两个种种花、种种菜，手牵着手去散步，等孩子们得闲来看我们的时候，我们就给他们做一大桌好吃的。”

宋然声的嘴角一点点地弯起，或许是因为乔笺说到了孩子们，他眼睛里似乎跳跃着某种光彩，他笑着问乔笺：“孩子们？你要给我生几个？”

“生两个吧，最好是一个男孩、一个女孩，我相信你一定是很好的父亲。到时候，我们一家四口，穿着亲子装去逛街，你抱着小的，我牵着大的。”想想那个画面就很美好，乔笺在他的怀里一点点地笑开，乔笺正想问宋然声，却猝不及防地被宋然声堵住了唇。

宋然声的吻很急切也很温柔，他捧着她的脸细细地吻着，从眼角到嘴唇，再从嘴角一点点地往下，每一个吻都带着怜惜，他的手开始游移，灵巧地解开她的衣服，在她身上点起一团又一团火。

乔笺伸手环住宋然声的脖颈，整个身子都贴着宋然声起伏，彼此身躯交缠、摩挲。月光大好，屋子里摆放着的桌子在月光下留了一个长长的影子。床上挂了帐子，透过细细的纹格，可以看见里面交缠的身影，压抑的声音偶尔溢出帐外，雪白的帐子像是一团飘逸的雾。

在最意乱情迷的一刻，宋然声在乔笺的耳边轻声地说：“乔笺，那就给我生个孩子吧，多给我一个至亲的人。”他将一切尽数都交付与她，帐子里只余两人粗喘的声音，久久不能平息。

第二天，乔笺没能起得了床，是宋然声替她去上课的。乔笺刚开始还担心宋然声不会上课，没有想到宋然声倒是有模有样，讲解生动，对孩子们也特别有耐心，看得出宋然声是真的很喜欢小孩子。

因为乔笺想在岛上多支教一段时间，所以宋然声也留了下来。其实从国外回来是最忙的时候，公司里面堆积了一堆的事情，等着宋然声去处理。宋然声舍不得乔笺，于是每天靠卫星电话处理公务，如果有紧急文件非得要他签字的，他就让助理用他的私人飞机送过来。

宋然声为了改善海岛上孩子们的生活水平和教育水平，他打电话让助理采购了一堆食材、营养品和书籍送到了岛上。

岛上的日子快乐又充实，每到日暮时分，乔笺会牵着宋然声的手沿着海滩走，赤着脚踩在绵软的沙滩上，看着潮水一点一点地退去。

本来还想在岛上再多待一段时间的，可是乔笺发现自己的月事迟迟没有来，她的月事向来很准的，再加上这段时间她和宋然声根本就没有避孕，她推测自己很可能是怀孕了。

当乔笺将这个推测犹豫地告诉宋然声的时候，宋然声整个人都愣住了，他抓住乔笺手臂的手都有些发抖，乔笺第一次见宋然声这样六神无主。过了好一会儿，他才说："我们立马回去，我去联系助理，要他派飞机来接我们，我们去医院检查。"

宋然声这句话才刚说完，又自己否定了自己，懊恼地说："孕初期不能坐飞机，我要助理安排船来接我们。"

乔笺笑着拉住宋然声，揶揄地说："宋然声，你这么紧张干吗？这只是我的推测，或许根本就没有怀孕呢？明天不是助理安排了船要过来送物资吗？你要他们带几根验孕棒过来不就可以了吗？如果真的怀孕了，我们就去医院做检查。"

宋然声这才记起明天有物资船要过来。看到乔笺还在笑话他，宋然声一把将乔笺抱在怀里，脸颊贴着脸颊，他用只有他们能听见的声音说："乔笺，你不许笑话我。你都不知道我有多紧张，你本来就是我的全世界。现在你又要带着我进入一个新的世界，我能不紧张吗？你都不知道你对我有多重要。"

宋然声太紧张的后果就是，当晚他失眠了，无论怎样都睡不着，躺在床上动都不敢动，怕翻身将乔笺吵醒，一晚上就保持着那个动作。海岛上的夜十分寂静，这样寂静的夜里，宋然声听了一晚上的海浪声。

第二天，乔笺看到宋然声眼底的那两个黑眼圈又是好笑又是心疼，宋然声连课都不许乔笺去上，怕她站久了腰疼，他自告奋勇地去给孩子们上课。

好不容易等到物资船过来，宋然声第一时间就将验孕棒拿了过来，让乔笺去验。乔笺看到他这个样子，也紧张了，问他："宋然声，要是我没有怀孕呢？”

“没怀孕也没关系，只是验了，我们好安心，也好准备。”宋然声说。

检测的结果很快就出来了，是两条杠，乔笺看着验孕棒又哭又笑，带着哭腔喊了一声：“宋然声。”

等宋然声进房间，乔笺已经哭得泣不成声。宋然声还以为乔笺没有怀上，他的期望太大，给乔笺造成了压力，所以她太过失落，他忙走过去抱住乔笺，安慰她：“没关系没关系，别难过。”

乔笺哭得上气不接下气，过了好一会儿才抽抽搭搭地说：“不是……呜……宋然声，我怀孕了。”

巨大的狂喜从心底蔓延开来，宋然声笑出声，激动地去亲她，直到乔笺嫌弃地将宋然声的脸推开。乔笺的眼泪怎么也止不住，眼睛红得不像话。宋然声心疼得要命，忙去哄她：“乔笺别哭了，你想要什么，我都给你。”

乔笺撇着嘴，不知是不是怀孕的原因，乔笺特别想无理取闹，哭唧唧地指着他说：“宋然声，你浑蛋，我怀孕了你才说什么都给我，意思是没有怀孕的话，你就什么都不给我喽？”

乔笺哭得更厉害了，宋然声慌得要命，于是抓起乔笺的手往自己的脸上招呼，态度恭敬地说：“好好好，我浑蛋，我是大浑蛋。”

当初第一眼见到的，那个玩世不恭的宋然声算是彻底地折在了乔笺手上了。

乔笺打算后天离开海岛，她得去医院做一个详细的检查，宋然声已经找了几个老师来海岛上接替乔笺的工作。

宋然声知道乔笺怀孕后，第一个电话打给了安礼，声音里带着浅浅的笑意：“安叔叔，你那部电影乔笺短时间内都不会有时间拍了，因为她怀孕了，你重新选个女主角吧，不好意思，安叔叔。”

原来那次乔笺拒绝安导后，安导一直没有公布她不再担任女主角的消息，因为宋然声请求安导一定要将这个角色留给乔笺，不然到时乔笺的处境更加糟糕，所以安导一直在等乔笺去给他当女主角。

原来那时她惹宋然声如此生气，宋然声都那样为她着想，什么都为她考虑周全了。

没有开免提，乔笺都能听到安导的笑声，他是衷心替他们高兴的。挂完电话后，安导立马在社交平台上发布一条消息，言语很谨慎，说明乔笺不再担任他新片的女主角，言辞之间表达了自己对乔笺的欣赏，并且表示下次一定会找乔笺合作。

此条消息一出，媒体纷纷猜测原因。三个月后，当乔笺自己公布婚讯还有已经怀孕的消息时，各大社交平台的服务器直接瘫痪。等大家知道乔笺嫁的人是宋然声后，各大服务器又瘫痪了一次，但这已经是后话了。

离岛前一天的下午，宋然声突然神神秘秘地说要带乔笺去一个地方。宋然声小心地牵着乔笺走向沙滩，沙滩上什么也没有，乔笺疑惑地问宋然声："你究竟喊我来干吗呀？"

只见宋然声望着她笑，然后伸手指了指天上，乔笺这才抬头去看，只见远处的天空中有两个点，等飞得近了，乔笺才看清原来是飞机。

乔笺疑惑地问："宋然声，这是干什么？"

宋然声一脸的神秘："待会儿你就知道了。"

飞机飞过来了，这两架飞机在空中盘旋着，绕着既定的航线飞，留下一条条长长的飞机拉烟，等飞了一会儿，由飞机拉烟组成的"嫁给我"的英文花体字出现在天空。

天空幽蓝得一丝云都没有，像是洗过了一样，拉烟构成的那两个英文单词像是一缕缕洁白的云，映得天幕越发澄净。头顶的两架飞机还在飞，朝着两个不同的方向飞，最后交汇于一点，在天幕上画出了一个大大的心形图案，等全部画完，两架飞机才飞走。

乔笺捂着嘴看着天上似云般洁白的拉烟，在碧海之上，蓝天之下，那是宋然声对她的深爱。乔笺又去看宋然声，只见他单膝跪了下来，从怀里掏出一个丝绒礼盒，里面是找知名设计师定制的钻戒，宋然声举着钻戒对她说：“宋太太，你愿意嫁给我吗？”

上一次的求婚太仓促了，宋然声一直很想重新补一场求婚给她。

乔笺红着眼睛将手递给他，宋然声将那枚钻戒郑重地给她套上，那是宋然声要与她相爱、相守一生的誓言。

“我愿意。”乔笺说。

天幕幽蓝澄净，碧海绵延万里，在这些深爱的岁月里，他们终会与此生挚爱携手一生。

全文完

2019.6.16

# 后记

文 / 傅周

我和飞言情工作室真的是缘分匪浅。

正儿八经准备写小说应该是在四年前的时候，那个时候刚看完一年的小说，还记得是在某阅读软件上面的。

那个时候最喜欢看的就是穿越和霸总，特工王妃带球跑、替嫁弃妃和残疾王爷真的是我的心头好，当然，永远不屑一顾冷冷地说“女人，别痴心妄想”的霸道总裁更是我的最爱。

后来有一天，看了无数的霸总和王妃之后，终于决定自己写！

开始，我也是在网上默默挖了一个坑，豪情万丈地去写文，可是发现我根本做不到日更，手速实在是太慢了！我只能做到周更，坚持了一个月之后，看着可怜的点击量，我决定去写杂志。

无意之间，我看到一个作者群里的一个叫作《拾光》杂志的约稿函，该杂志有一个非常适合我的栏目，其栏目要求情节别致，以虐恋情深为主。这不就是我的最爱吗？！那我当然要写啊！

过了一段时间之后，有个叫“小锅”的编辑来联系我了。对不起，我当时真的第一反应是小锅是不是骗子，因为小锅的自我介绍是：你好，我是《飞言情》的杂志编辑！

我想当时投的杂志是《拾光》啊，为啥是《飞言情》的编辑来联系我？那个时候也是刚接触这个圈子，于是我就去问群里的小伙伴，后来证明小锅的确是正经编辑，因为《拾光》和《飞言情》是同一家公司的。

对不起！

之后小锅把我分到了冬菇的手里，那个时候的冬菇也是刚刚参加工作，是一颗嫩嫩的冬菇，而我也是一棵嫩嫩的新苗。

记得第一次过稿是在十月的样子吧，当时冬菇很激动地告诉我，我过稿了。她还说我是她手上第一个过稿的作者！隔着屏幕都可以感受到她的激动，我也很开心，因为这也是我第一次过稿！

我们都是彼此的第一次。

可是过了这个短篇之后我就没写稿了，因为我要忙实验，我要设计引物将基因敲除掉，做的是国际最新的CRISPR技术（让我吹了一下牛）。后来又忙毕业论文，再之后兵荒马乱地毕了业。

这期间换了几份工作，参加了许多场考试，最终在去年十月份定了下来，真正稳定下来后，才又真的开始写。

冬菇这个时候已经成为“老”冬菇了，这几年也做出了很不错的成绩！

我的第一个长篇就是冬菇鼓励我写的，其实我当时根本就没有写长篇的打算，多亏冬菇慧眼识珠，看中了我的那个短篇，这才有了这本书。

这么几年兜兜转转的，我还是回到了《飞言情》身边，没有想到最后我真的没有放弃写作，还可以在这里出自己的书，还成了飞言情工作室的独家签约作者。

真的很感谢小锅和冬菇把我从邮箱里“挖”了出来，不然我还不知道在哪个角落里周更呢。也很感谢冬菇陪我一起成长，一直鼓励我，让我真正在写作这条路上坚持了下来，并且越走越远。

谢谢飞言情工作室，爱你们！